U0115035

平望诗钞

孙中旺　姜雨婷　◇　选辑

广陵书社

图书在版编目（ＣＩＰ）数据

平望诗钞 / 孙中旺，姜雨婷选辑. -- 扬州 ：广陵
书社，2016.9
ISBN 978-7-5554-0637-2

Ⅰ. ①平… Ⅱ. ①孙… ②姜… Ⅲ. ①古典诗歌－诗
集－中国 Ⅳ. ①I222

中国版本图书馆CIP数据核字(2016)第239567号

书　　名	平望诗钞	
选 辑 者	孙中旺　姜雨婷	
责任编辑	王　丽　顾寅森	
出版发行	广陵书社	

扬州市维扬路 349 号　　　　　　　邮编　　225009

http://www.yzglpub.com　　　E-mail:yzglss@163.com

印　　刷	苏州市越洋印刷有限公司
开　　本	889毫米×1194毫米　1/16
印　　张	18.75
字　　数	300千字
版　　次	2016 年 9 月第 1 版第 1 次印刷
标准书号	ISBN 978-7-5554-0637-2
定　　价	58.00 元

风雅平望诗韵长

（代前言）

平望位于苏州、湖州和嘉兴之间，正处于锦绣江南的核心位置。据文献记载，在隋唐时期，此地尚"淼然一波，居民鲜少"，自南而北，只有塘路"鼎分于葭苇之间，天光水色，一望皆平"，平望之名即因此而来。

唐代以后，由于驿站的设立，平望渐渐发展成为京杭大运河上"烟火万井，商旅千樯"的繁华巨镇，兼之风景优美，物产富饶，人杰地灵，使得历代达官贵人及文人学士纷纷驻足于此，留下了不少脍炙人口的诗篇。这些诗篇跨越了时空的隧道，从不同角度记载了平望的历史和社会变迁，成为我们了解往昔平望的重要桥梁。

在吟咏平望的诗歌中，相关莺脰湖的篇章占据了重要部分。莺脰湖因湖形似莺脰而得名，一名莺斗湖，又名樱桃湖。湖中风景优美，唐代以来就是颇负盛名的游览胜地，传说大历年间，著名道士张志和就是在此升仙而去，因此后人在莺脰湖边建升仙亭和玄真子祠以示纪念。明清时期的莺脰湖有"莺湖夜月""殊胜钟声""远浦归帆""玄真仙迹"诸胜，游客如云，佳作迭出，声名远播，以致于在清代文学巨著《儒林外史》中就特设有"名士大宴莺脰湖"的章节，书中诸名士雇了两只大船，茶酒置办齐全，并有"唱清曲打粗细十番"的一班乐队随行，在莺脰湖上吃喝玩乐，"那食品之精洁，茶酒之清香，不消细说。饮到月上时分，两只船上点起五六十盏羊角灯，映着月色湖光，照耀如同白日，一派乐声大作，在空阔处更觉得响亮，声闻十余里。两边岸上的人，望若神仙"。可见当时游览莺脰湖的盛况。

不过在游览莺脰湖的人中，有的可能是因为天气情况而滞留。当时的莺湖，面积辽阔，常有风涛之险，俗有"莺铁面"之称，言其风涛之无情。清人沈学渊路经平望时就遇到大风，"孤舟忽作万斛牵，巨缰危如一线弱。外湖四面浪拍空，里湖水驶当要冲”，不得不在平望停留下来，谁知大风一连刮了三天三夜，以致于“米盐将罄但食粥”。当然，沈学渊的遭遇并非孤例，在相关平望的诗篇中，主题为“阻风”的篇章甚多，可见很多人都有相同的经历。值得注意的是，同样是阻风滞留于平望，大家处理的方式却显著不同。宋代的赵鼎有《过平望趋吴兴阻风，游殊胜寺，用益谦韵》的诗，可见他是以游殊胜寺来消磨时光。而明代的王骥德是以秉烛夜话来度过，由其《阻风莺湖》诗中“客愁难更遣，烧烛话黄昏”之句可证。还有人是和同伴以雅集赋诗来度过，如明末和尚释通凡，他留下的《阻风平望道中闻笛，同王道安诸侣赋分零字》诗，就客观地记载这次雅集的事实。最豪放的是喝酒，如明代郭谏臣，他的《平望阻风》诗中就有“驿路船争聚，江桥酒易赊”之句。另外明代程嘉燧的《平望阻风》诗中有“旁市求鱼入，邻舟得酒归”的记载，上述的沈学渊在其《阻风平望》诗中也有“白酒三升不直钱”之句。宋末元初的方回是因大雪泊船平望，其《大雪泊平望买酒戏书》诗中有句云：“不恨衣绵少，但愁无酒钱。能将钱致酒，即似衣添绵。”看来以这种方式在平望消磨时光的人还真不少。

由于路经平望的旅客众多，当地的服务业也发展了起来。首先当然是酒家，在诗歌中也有不少反映。宋代杨万里的《夜泊平望》诗中就有句云：“一色河边卖酒家，于中酒客一家多。青帘不饮能样醉，弄杀霜风舞杀他。”看来当时平望的酒家已经很多。明人史鉴的《平望送郦用明还鄞》诗中有句云：“酒旗招客临官道，河水流渐过断桥”，可见当时平望的官道上到处酒楼，迎客的酒旗招展。史鉴所记，并非虚言，在明清时期的“平望八景”中，其一就是“溪桥酒店”，明人俞睦有诗云：“溪桥酒店系垂杨，好鸟多情唤客尝。最爱春风初起处，一帘疏雨杏花香。”清人刘嗣绾曾在平望酒楼休憩，其《晓泊莺脰湖憩酒楼》诗一开头就是“湖舫迢迢当远游，狂吟一上酒家楼”，他还在酒楼上看到“云山隔岸吐新月，烟水极天摇古愁”，可见此酒楼确实风景如画。

酒楼之外，平望也有了风月场所。清人沈虬在其《莺脰湖竹枝词》中就有“画眉桥北小娘浜，粉面烟鬟醉几场。昔日风流消歇尽，行人犹指旧平康”之句，可见画眉桥北的小娘浜是其汇聚之处。早在晚唐时期，江淮名妓徐月英就曾流落到平望，并有《送人诗》广为传颂：“惆怅人闲万事违，两人同去一人归。生憎平望亭前水，忍照鸳鸯相背飞。”晚明时期，广陵名妓钱昭仲流寓平望，善歌曲，名士毛莹赞其“曲宴共西园，清音推北里”，可见其演唱水平之高。

不过在唐代平望还未发展起来，颇为荒凉，有人对平望的印象竟然是因为此地蚊子凶悍，唐人吴融就有长诗《平望蚊子》以纪其事。据吴融记载，别处的蚊子仅仅是“候夜嘬人肤”，而平望的蚊子却“白昼来相屠”，而且“不避风与雨，群飞出菰蒲。

扰扰蔽天黑，雷然随舳舻。利嘴入人肉，微形红且濡。振篷亦不惧，至死贪膏腴。舟人敢停棹，陆者亦疾趋。南北百余里，畏之如虎驱。"虽然此地风景优美，诗意无边，"江南夏景好，水木多萧疏。此中震泽路，风月弥清虚"，但由于这些可怕的蚊子的存在，吴融"虽然好吟啸，其奈难踟蹰"。以致于先后经过了几次，都因蚊子坏了清兴，弄得"襟怀曾未舒"。晚明的吴江人周永年刚开始时颇因此诗为平望叫屈，"尝读吴融诗，疑其或作恶。蚊阵何处无，独云平望路"。但在平望住了一晚上后，确实领教了当地蚊子的厉害，"帷似有人开，满中皆彼趣。扇驱手已疲，烟辟火难厝。耐热引被蒙，针刺忽穿度。既饱微若醉，喧呶又复据。将飞辄乱鸣，翕集类相慕。客枕无以当，起坐不敢怒。一身为射的，众喙自奔赴"。于是忍无可忍，也写了《平望蚊子》诗，"何由共歼除，忍令作露布"。但到清代，已颇为改观，平望人翁敏慧安家于莺湖之滨，炎夏天气在门前纳凉，蚊子极少，连蚊帐也不用，因此特做《平望无蚊子》诗，认为在吴融和周永年时代，是因为"平望在前朝，有水皆蒲泽。芦苇复丛生，蚊子为巢穴"，故蚊子猖獗。而"后来居民蕃，市廛相比栉。蒲芦尽斩刈，不使复萌蘖。蚊子无藏身，种类皆屏迹"。平望不但蚊子绝少，而且成为消夏胜地，"至于莺湖滨，风景殊清绝。近村景幽旷，远山青巀嶪。莺燕互飞翔，鸥凫同出没。卜筑居其旁，恍入清凉国"。三首以"平望蚊子"为主题的长诗，倒从侧面记载了平望发展的历史轨迹。

平望享誉天下的特产当然不是蚊子，而是莺湖里的银鱼。清人陆翔麟在《东吴棹歌》中有咏银鱼诗云："莺湖银鱼天下无，黄金为眼玉为肤。"而清人王濂在《莺脰湖银鱼歌》中亦云："莺湖风味著江南，佳种争夸尾四三。"检诸史籍，可知陆翔麟和王濂所言不虚。银鱼又被称为银刀、银条、白小鱼，在吟咏平望的诗歌中，写到银鱼的数不胜数。据清人王光熊在《莺脰湖棹歌》中记载，莺湖中的银鱼长寸许，碧玉色，金眼翠尾，味道鲜美，而太湖所产银鱼长而有骨，味道不佳，被平望人贬称为银鱼婆。莺湖所产银鱼以出万家潭的最为有名，清初吴江人徐釚在《莺脰湖竹枝词》中云："万家潭口银鱼美，滑似莼丝味更鲜。堪笑江东老张瀚，只将鲈脍向人传。"女诗人吴琼仙在《莺脰湖银鱼》诗中也写道："万家池产味更殊，嗜此那忆松江鲈。"可见银鱼的鲜美已经超越了名满天下的松江鲈鱼。桃花开时，春水初涨，也是银鱼上市之时，莺湖中渔船穿梭，岸边卖鱼、晒鱼者熙熙攘攘，成为平望代表性的民俗画面。上述的吴琼仙就描绘道："欲飞不飞波上烟，渔女隐泛瓜皮船。银鱼簇簇冒丝网，晚渡夕阳喧卖鲜。"而这种画面乾隆皇帝也曾经见过，他南巡时路过莺湖，在《莺脰湖词》的御制诗中就有"绿云枝上挂银刀"的描写。

除了捕鱼，平望人的主要生计还有蚕桑和纺织。乾隆皇帝在《平望》诗中就记述当地"泽满鱼虾船作市，地多桑柘树成阴"，而清人吴翌凤的《莺脰湖棹歌》中也有"处处闲田都种桑"的记载，可见当地植桑养蚕的普遍。为了祈求丰收，当地还有蚕神崇拜，在莺脰湖中的平波台上就有蚕花娘娘塑像，前述沈虬的《莺脰湖竹枝词》中就有诗云："平波台筑水中央，新塑娘娘竞进香。跪上花幡亲自祝，今年蚕茧十分强。"可见香火之胜。据王光熊《莺脰湖棹歌》记载，在殊胜寺旁的扇子坊，春日会有从南浔来的女伎，打鼓唱舞，以祝蚕花，俗称蚕花娘。与此同时，平望的丝织业也很发达，上述的王光熊《莺脰湖棹歌》记载，当时的平望，"四乡皆以放纱织布为业"，莺湖南农家还能织出"轻匀"的濮绸。关于平望的纺织业，诸如"织素邨邨连晓鸡""共勤机杼女鸣窗""万户鸣机彻夜声"之句指不胜屈，正是因为这些织女们的彻夜辛劳，才使得吴江一带明清以来享有"丝绸之府"的美名。

端午节的莺湖龙舟竞渡，是旧时平望颇有影响的民俗活动，在诗歌中也有不少反映。据前述王光熊《莺脰湖棹歌》记载，端午节里平望人看龙舟达到了"万家空巷"的地步，女人们也"浓妆相约看龙舟"，由于西塘据莺湖之胜，为看龙舟的最佳处，所以在五月前，大家"争赁西塘近水楼"，为了能够"至期率其家人寝食其上"，甚至"屋价虽昂不惜"。清人陆得楗在《莺湖竞渡》诗中就记载了龙舟竞渡时"但闻箫鼓杂众嬉，画舫珠帘满湖浦。鸾翔凤翥互腾骞，电掣风驰尽雄武"的宏大场面。清人张士元、柳树芳也都亲自观看过端午的莺湖龙舟竞渡，分别留下了《闰端午莺脰湖观竞渡歌，酬钱巽斋先生见寄》及《莺湖竞渡歌》，对此进行了绘声绘色的描写。而清代费仑的《莺湖竞渡歌》中还记载了一个新婚的吴姓青年，在画眉桥上观看莺湖竞渡时，不慎落水而死，留下了一个悲伤的故事。

地灵则人杰，莺脰湖畔多才子。冯梦龙的名著《醒世恒言》中有《钱秀才错占凤凰俦》的故事，故事中的钱秀才生得唇红齿白，眼秀眉清，兼之饱读诗书，广知今古，"下笔千言立就，挥毫四坐皆惊"，这样一个才貌双全的书生，就是平望人，虽然故事可能是虚构，但从中可见冯梦龙对平望的推崇。南宋末年，名士孙锐隐居于平望的桑盘村，留下了不少动人的诗篇，尤以《四景诗》脍炙人口。其友人赵时远的《莺脰湖》诗云："莺去湖存事渺茫，梵宫占断水云乡。四围烟树波涛阔，六月桥亭风露凉。远近征帆归别浦，高低渔网挂斜阳。翠微深处一声笛，惊起眠沙鸥鹭行。"写出了莺脰湖的美丽风光，堪称流传千古的绝唱。明代末年，毛莹之父等人结莺湖社，社中有名士，有名僧，有名妓，时时雅集，留下诗篇众多。清初名士叶继武隐居平望唐湖之滨的古风庄，"有烟水竹木之胜"，叶继武在此组织了影响深远的惊隐诗社，入社之人可考者近五十人，均为"江浙之高蹈而能文者"，顾炎武、归庄、吴宗潜、吴炎、潘柽章等均在列，该

平望诗钞

社声势浩大，为当时"吴社之冠"，惊隐诗社"五月五日祀三闾大夫，九月九日祀陶徵士，同社麇至，咸纪以诗"，十多年间，名士们在这里"乐志林泉，跌荡文酒，角巾野服，啸歌于五湖三泖之间"，风雅无边，令人神往。

当然，在平望现存的古诗中，也有慷慨激昂的乐章。平望地处江浙要冲，历来为兵家必争之地，明代的倭寇之乱和清代的太平天国时期，平望均受到了很大的冲击。明代嘉靖年间，吴江县令杨芷建敌楼于平望盛墩袤腰桥之北，与名将俞大猷及戚继光等人联合，先后在莺湖和唐湖大破倭寇，盛墩由此易名"胜墩"。关于此战的诗歌不少，沈啓的《胜墩歌》有云："我侯身将水上兵，险据胜墩扼其吭。命士直冲射其首，翻身正堕马上强。三千逆徒气尽夺，乘胜斩馘盈吴舼。凯歌浩荡三吴舞，胜阁嵯峨万里扬。"生动地再现了当时的战斗场景。太平天国时期，平望受到了极大破坏，庐舍俱毁，尸骸载道，"以累代声明文物之区，一洗为寂寞荒凉之境"，当时人庄庆椿有咏《张烈女》《徐烈妇》《黄烈妇》之作，记述了平望女性宁死不屈的斗争。而平望人王阶升的《庚申四月廿五日，贼攻平望，皖南江总镇兵溃失守》《廿七日贼至六里舍，纵火焚掠，予同村人避匿黎里》及《五月廿七日午饭陈稼生处，闻湖州赵竹生官军于昨日击退平望贼匪，喜而有作》诸诗，为亲身经历，可补太平天国时期平望史料之缺。

光阴流转，沧海桑田，旧时的平望风物很多都已经成为历史的云烟，但平望驿里的悲欢，莺脰湖上的渔歌，殊胜寺的钟声，平波台的明月，画眉桥的掌故，以及韭溪的风景、梅堰的梅花、桑盘的橘林……至今仍在平望古诗的字里行间中栩栩如生，令人无限怀想。感谢这些古诗，使我们能够穿越时空的隧道，感受到平望古镇过去的风韵。

目 录／contents

01　风雅平望诗韵长

平
望
诗
钞

平望诗钞

08

平望诗钞

13

平望诗钞

16

平望诗钞

20

平
望
诗
钞

24

30

36

刻泊吴江码头，今日早赴平望微雨。第二十五站，浙江嘉兴县西水驿六十里）

附录一：平望词钞

颜真卿

颜真卿（709—784），字清臣，别号应方。唐万年（今属陕西西安）人。开元二十二年（734）进士，唐代宗时官至吏部尚书、太子太师，封鲁郡公。书法精妙，擅长行、楷，与柳公权并称"颜柳"。善诗文，著有《颜鲁公集》。

登平望桥下作

登桥试长望，望极与天平。际海兼葭色，终朝凫雁声。近山犹髣髴，远水忽微明。更览诸公作，知高题柱名。

（《颜鲁公集》卷十五）

夜泊平望送别

百里西吴道，两人共此舟。月明天不夜，湖阔水常秋。知己难分手，忧时易白头。萧萧芦荻里，双宿有沙鸥。

（道光《平望志》卷十四）

张 籍

张籍（766？—830？），字文昌。唐乌江（今属安徽和县）人。贞元十五年（799）进士，大和中迁国子司业，世称"张司业"。师事韩愈，与白居易友善，其乐府诗与王建齐名，并称"张王乐府"。著有《张司业集》。

平望驿

茫茫孤草平如地，渺渺长堤曲似城。日暮未知投宿处，逢人便向问前程。

（《张司业集》卷七）

张 祜

张祜（约785—849？），字承吉。唐清河（今属河北邢台）人。出身望族，家世显赫，初寓姑苏，后至长安，长庆中令狐楚表荐之，不报。爱丹阳曲阿地，隐居以终。善诗，诗风清丽沉雄，在中晚唐诗坛上独树一帜。

题平望驿

一派吴兴水，西来此驿分。路遥经几日，身去是孤云。雨气朝忙蚁，雷声夜聚蚊。何堪秋草色，到处重离群。

（《张承吉集》卷二）

题平望驿，寄吴兴徐使君玄之

故人为作郡，百里到吴兴。藻思江湖满，公平道路称。包山方峻直，霅水况澄清。伫听司空第，遥知下诏征。

（《吴都文粹续集》卷十一）

李郢

李郢，字楚望。唐长安（今属陕西西安）人。大中十年（856）进士，官至侍御史。诗作多写景状物，风格老练沉郁。

平望驿感先辈李从实、周锴二故人

芦苇风多驿埭长，昔年携手上河梁。青云才子鸳鸯季，白石山人芝术香。骓骥欲陪先道路，大川斯济戢舟航。少微星动桂枝发，重整孤帆过水乡。

（《吴都文粹续集》卷三十七）

罗隐

罗隐（833—909），字昭谏。唐新城（今属浙江杭州）人。应进士试，历十年不第。黄巢起义后隐居九华山，后归乡依钱镠，历任钱塘令、司勋郎中、给事中等职。著有《甲乙集》等。

秋日泊平望驿，寄太常裴郎中

蘋洲重到杳难期，西倚邮亭忆往时。北海尊中常有酒，东阳楼上岂无诗？地清每负生灵望，官重方升礼乐司。闻说江南旧歌曲，至今犹自唱吴姬。

（《甲乙集》卷四）

吴 融

吴融（850—903），字子华。唐山阴（今属浙江绍兴）人。龙纪初，登进士第。昭宗反正，造次草诏，无不称旨，进户部侍郎。凤翔劫迁，融不克从，去客阆乡，后召还翰林，迁承旨。著有《唐英集》。

平望蚊子

天下有蚊子，候夜嘬人肤。平望有蚊子，白昼来相屠。不避风与雨，群飞出菰蒲。扰扰蔽天黑，雷然随舳舻。利嘴入人肉，微形红且濡。振蓬亦不惧，至死贪膏腴。舟人敢停棹，陆者亦疾趋。南北百余里，畏之如虎驱。噫嘻天地间，万物各有殊。阳者阳为伍，阴者阴为徒。蚊蚋是尤（一作阴）物，夜从喧墙隅。如何正曦赫，吞噬当通衢。人筋为尔断，人力为尔枯。衣巾秽且甚，盘馔腥有余。岂是阳德衰，不能使消除。岂是有主者，此乡宜毒荼。吾闻蛇能螫，避之则无虞。吾闻虿有毒，见之可疾驱。唯是此蚊子，逢人皆病诸。江南夏景好，水木多萧疏。此中震泽路，风月弥清虚。前后几来往，襟怀曾未舒。朝既蒙襞积，夜仍跧蘧蒢。虽然好吟啸，其奈难踟蹰。人生有不便，天意当何如。谁当假羽翼，直上言红炉。

（《唐英歌诗》卷下）

释皎然

释皎然，俗姓谢，字清昼。唐吴兴（今属浙江湖州）人。为谢灵运十世孙。约卒于贞元、永贞间，年六十余。幼负异才，性与道合，吟咏性情，文章儁丽。颜真卿、韦应物等并重之，与之酬唱。著有《杼山集》等。

同诸公奉侍祭岳渎使、大理卢幼平自会稽回，经平望，将赴于朝廷，期过故林不至

望祀崇周典，皇华出汉庭。紫泥倾会计，玄酒荐芳馨。圣虑多虔肃，斋心合至灵。占祥刊史竹，筮日数尧蓂。礼秩加新命，朝章笃理刑。敷诚通北阙，遗爱在南亭。苕水思曾泛，矶山忆重经。清风门客仰，佳颂国人听。攀桂留卿月，征文待使星。春郊回驷牡，遥识故林青。

（《杼山集》卷二）

登开元寺楼，送崔少府还平望驿

登望思虑积，长亭树连连。悠扬下楼日，杳映傍帆烟。入夜四郊静，南湖月待船。

（《杼山集》卷四）

同颜使君真卿送李侍御萼，赋得荻塘路

落日车遥遥，客心在归路。细草暗回塘，春泉萦古渡。遗踪叹芜没，远道悲去住。寂寞荻花空，行人别无数。

（《杼山集》卷六）

徐月英

徐月英，生平不详。晚唐江淮名妓。工于诗，有诗集传于当时。

送人诗

惆怅人间万事违，两人同去一人归。生憎平望亭前水，忍照鸳鸯相背飞。

（《历朝闺雅》卷三）

钱　信

钱信（937—1003），字诚允，本名弘信，后改名俨。吴越国临安（今属浙江杭州）人，钱元瓘第十四子。归宋后为随州观察使，改金州。后出判和州。能诗善文，钱俶时吴越国词翰多出其手。晚年颇以整理故国文献为己任。著有《吴越备史》。

平望赠蚊

安得神仙术，试为施康济。使此平望村，如吾江子汇。

（《吴兴艺文补》卷四十六）

苏舜钦

苏舜钦（1008—1048），字子美。宋开封（今属河南开封）人。历官大理评事、

集贤殿校理、监进奏院等职，因支持范仲淹的庆历革新，为守旧派借故罢职，后闲居苏州。工诗文，与梅尧臣齐名，人称"梅苏"。著有《苏学士集》。

邂逅刘公尤于平望之西，联舟夜话，走笔叙意

昔别蘋初生，离讴发清商。契阔几何时，遗啴犹在梁。我亦宦游者，吴会非我乡。三考一瞬息，扁舟此徜徉。邂逅通夕语，弭棹水中央。淡影月照户，遥音雁南翔。摅意良未尽，讵及罗酒浆。子去尚千里，道路阻且长。嵚崎慎所历，无令马玄黄。

（《吴都文粹》卷十）

沈 遘

沈遘（1025—1067），字文通。宋钱塘（今属浙江杭州）人。与弟沈辽、叔沈括俱有文名，称为三沈。皇祐元年（1049）进士，英宗时召知开封府，迁龙图阁直学士。为人和谨，勤于接下。通达博识，才干超群，明于吏治。著有《西溪集》。

平望道中

积水不知际，孤舟缘断隈。新晴寒气薄，短日暮天低。为客情犹昨，重来路已迷。区区何计了，长负旧林栖。

（《西溪集》卷二）

陈舜俞

陈舜俞（？—1075），字令举，自号白牛居士。宋乌程（今属浙江湖州）人。庆历六年（1046）进士，曾任明州观察推官、天台从事等职，反对王安石变法，后弃官归隐于枫泾白牛村。著有《都官集》《庐山纪略》等。

过平望驿，有怀湖州李使君二首

柳色阴阴平望桥，春流西受雪溪潮。玉楼有月清光远，蘋渚生风丽思飘。宁使簿书堆几案，已闻歌咏满渔樵。酒船欲访乌程去，愁费金龟返画桡。

凭熊飞隼两溪头，人似冰壶住玉楼。事逐欢谣入渔钓，诗随秋思满汀洲。茶收顾渚旗犹卷，酒赏乌家蚁半浮。去路无多平望驿，客魂秋雨宿扁舟。

（《都官集》卷十三）

赵 鼎

赵鼎（1085—1147），字元镇，自号得全居士。宋闻喜（今山西闻喜）人。崇宁五年（1106）进士。官至尚书左仆射、同中书门下平章事兼枢密使，被称为南宋中兴贤相之首。善文，工诗词。文章气势畅达，其词清刚沈至。著有《忠正德文集》《得全居士词》等。

过平望趋吴兴阻风，游殊胜寺，用益谦韵

霏霏疏雨歇，冷冷晚风清。扁舟泊清浅，落日涵空明。门临稻畦没，水浸莎岸平。欠伸得宽旷，杖屦喜微行。招提掩深靓，房户开斜横。纷纷诸衲子，尚作迎送情。神武行挂冠，吴市今变名。及闻名理谈，顿觉肝胆倾。凡笼了无著，古佛当自成。已复外身世，何者为官荣。同游有亚父，早定登坛盟。归来不受赏，慨慷羞论兵。闾阎取封侯，健儿胜书生。因之发深省，种种鸿毛轻。

（《忠正德文集》卷五）

沈与求

沈与求（1086—1137），字必先，号龟溪。宋德清（今浙江德清）人。政和五年（1115）进士。累官御史中丞，知无不言，前后凡四百奏，言甚切直。迁吏部尚书，兼翰林学士，累进知枢密院事。卒谥忠敏。著有《龟溪集》。

舟过荻塘

野航春入荻芽塘，远意相传接渺茫。落日一篙桃叶浪，薰风十里藕花香。河回遽失青山曲，菱老难容碧草芳。村北村南歌自答，悬知岁事到金穰。

（《龟溪集》卷二）

过平望

未办扁舟挂绿蓑，人间何处不风波。终须径为鲈鱼去，笠钓归寻张志和。（平望乃张志和得道之地。）

（《龟溪集》卷三）

吴 亿

吴亿，字大年。宋蕲春（今湖北蕲春）人。父择仁，官尚书。亿于南渡初通判靖江，后居余干。长于诗词，其《烛影摇红·上晁共道》楼雪初消词甚为人传诵。著有《溪园自怡集》。

游莺脰湖

树色烟光两岸分，棹歌声里散鸥群。船浮春水天疑近，人对春风酒易醺。翠袖不须花下舞，洞箫还待月中闻。游仙钓客今何在，湖上年年自白云。

（《吴都文粹续集》卷二十四）

宿烂溪留别张宗豫

春水没江堤，舟行觉路迷。云横孤岛外，花落小桥西。绿酒归人醉，青山落日低。汤休南浦别，芳草正萋萋。

（雍正《平望镇志》卷一）

史 浩

史浩（1106—1194），字直翁，号真隐。宋鄞县（今属浙江宁波）人。少好学，隐居鄮峰读书。高宗绍兴十五年（1145）进士，历任参知政事、尚书右仆射。淳熙中，除太保致仕，封魏国公。宋光宗御极，进太师。著有《尚书讲义》《鄮峰真隐漫录》。

次韵陈察平望有作

白旄黄钺拟亲麾，胜气俄周天四围。犬豕闻风先兽骇，狼狐见月已星稀。郁葱非雾中原在，炭粢神京大驾归。谠议更须频启沃，间无容发是投机。

（《鄮峰真隐漫录》卷五）

范成大

范成大（1126—1193），字致能，号石湖居士。宋吴县（今属江苏苏州）人。绍兴二十四年（1154）进士，官至参知政事。工诗，与杨万里、陆游、尤袤合称南宋"中兴四大诗人"。著有《石湖诗集》等。

过平望

寸碧闯高浪，孤墟明夕阳。水柳摇病绿，霜蒲蘸新黄。孤屿乍举网，苍烟忽鸣榔。波明荇叶颤，风熟蘋花香。鸡犬各村落，莼鲈近江乡。野寺对客起，楼阴濯沧浪。古来离别地，清诗断人肠。亭前旧时水，还照两鸳鸯。

（《石湖诗集》卷一）

杨万里

杨万里（1127—1206），字廷秀，号诚斋。宋吉水人（今属江西吉安）人。绍兴二十四年（1154）进士，官至宝谟阁直学士，封庐陵郡开国侯。工诗文，与陆游、尤袤、范成大并称"中兴四大诗人"。卒赠光禄大夫，谥文节。著有《诚斋集》等。

夜泊平望终夕不寐

船中新热睡难成，听尽渔舟掠水声。不分两窗窗外月，如何不为别人明。
樱桃湖里月如霜，偏照征人寸断肠。醉里不知家尚远，梦回忽觉路初长。
一生行路便多愁，落得星星两鬓秋。数尽归程到家了，此身犹未出苏州。

小泊梅堰登明孝寺

泊船梅堰日微升，一迳深深唤我登。随分垂杨兼老桧，备员野寺更残僧。

（《诚斋集》卷十三）

过平望

岂但湖天好，诸村总可人。麦苗染不就，茅屋画来真。行止随缘著，江山到处新。十年三过此，赢得鬓如银。

行得三吴遍，清奇最是苏。树围平野合，水隔别村孤。震泽非尘世，松陵是画图。更添一诗老，载雪过重湖。

小麦田田种，垂杨岸岸栽。风从平望住，雨傍下塘来。乱港交穿市，高桥过得椳。谁言破书箧，担取太湖回。

（《诚斋集》卷二十八）

过平望

望中不著一山遮，四顾平田接水涯。柳树行中分港汊，竹林多处聚人家。风将春色归沙草，天放晴光入浪花。午睡起来情绪恶，急呼蟹眼瀹龙芽。

过莺斗湖

画舫如山水上奔，小船似鸭避河滨。红旗青盖鸣钲处，都是迎来送往人。

忽闻江上四欢呼，知近吴江莺斗湖。火炬灯笼不须办，使家行住按程涂。

春来已自两旬余，欲借春看未见渠。烟树隔湖三十里，寒梢依旧向人疏。

（《诚斋集》卷二十九）

夜泊平望

夜来微雪晓还晴，平望维舟嫩月生。道是烛花总无恨，为谁须暗为谁明。

一色河边卖酒家，于中酒客一家多。青帘不饮能样醉，弄杀霜风舞杀他。

平望夜景

三鼕鼕，三当当，夜泊平望更点长，新月无光湖有光。昨宵一雪今宵霜，犬吠两岸归人忙。夜深人静无一事，画烛泣残人欲睡。忽有渔船外水来，一棹波声风雨至。

半生堕在红尘中，浮家东吴东复东。楼船夜宿琉璃国，谁言别有水晶宫？

（《诚斋集》卷三十一）

张 镃

张镃（1153—1221？），原字时可，因慕郭功甫，故易字功甫，号约斋。先世成纪（今属甘肃天水）人，卜居南湖。庆元间为司农寺丞。能诗擅词，又善画竹石古木。尝学诗于陆游，尤袤、杨万里、辛弃疾、姜夔等皆与之交游。著有《玉照堂词》《南湖集》等。

行次莺脰湖

震泽忽忽过，胥塘渐渐来。风高多罨岸，船侧屡翻杯。积草摊渔网，疏林聚客桡。景逢宜急写，句过恐难裁。

（《南湖集》卷四）

平望遇风

平望陂湖一望平，当年地志岂虚名。微茫远树山同出，破碎层云日斗明。更著百千寒雁叫，偏宜三四旅帆征。疏帘揭起从风入，要洗频年郁滞情。

（《南湖集》卷六）

过莺脰湖

晓雾蒙鸿合，山藏岸绝痕。浩波吞日去，金晃玉乾坤。

（《南湖集》卷七）

周 南

周南（1159—1213），字南仲，号山房。宋平江（今属江苏苏州）人。绍熙元年（1190）进士，为池州教授，罢去。开禧三年（1207）试馆职。因对策诋权要，为言者劾罢，卒于家。著有《山房集》。

余杜门兀坐三年，壬申六月九日出吊平望，归途阻风第四桥。余曰："是特偶相值尔，不然，岂造物者出门即相料理耶？"舟人曰："然。"因识之

地借沮龙宅，隄横海蜃楼。马蹄翻震雹，沙觜更生洲。云䃲悬绳渡，天风激箭抽。湿霖平衍沃，暗井灭夫沟。蹴起争桥齿，撺来似海鳅。浪花将岸飑，塔影听桴浮。却忆衔枚地，曾驱缟练舟。谩云天设险，岂是水为柔。无事人千古，逃荣茗一瓯。川灵工阅世，翻覆几时休。

（《山房集》卷一）

释居简

释居简（1164—1246），字敬叟，号北涧。宋潼川（今属四川三台）人。俗姓龙，依邑之广福院圆澄得度，走江西访诸祖遗迹。历住台之般若、报恩。后居杭之飞来峰北涧十年。晚居天台。著有《北涧文集》《北涧诗集》等。

平望徐监酒新楼

水际楼居入眼新，傍窗横榻欻诗人。早彫杜老双蓬鬓，晚赏徐卿两石麟。浓绿已摇三丈线，残红恰有一厘春。闲情直与眉霄壤，也为春归作小鼙。

（《北涧诗集》卷四）

孙 锐

孙锐（1199—1277），字颖叔，号耕闲。宋吴江（今江苏吴江）人。咸淳十年（1274）进士，授庐州金判。时元兵南侵，因愤贾似道误国，挂冠归。隐居平望之桑磐村，有林泉之胜，时时赋诗寓意。著有《孙耕闲集》。

渔父词和玄真子

平湖千顷浪花飞，春后银鱼霜更肥。菱叶饭，芦花衣。酒醢载月忙呼归。

得家书和陶渊明问来使作

我家平湖边，碧水豁清目。儿读谁氏书，庭开几株菊。绿筼可曾抽，银鱼想当馥。尔归语细君，涤圃秫须熟。

耀武亭别周团练申

湖光一片绮筵开，老矣将军去复来。漫说风尘轻似叶，岂教笳鼓动如雷。悲歌气喷三河少，武略功高八阵才。平望塞亭曾耀武，汉家空数单于台。

湖湄闲适二首

荻花塘外老渔家，夜夜湖边倚钓槎。打起秋风鱼数尾，调羹侭可荐胡麻。

推窗笑指浣溪纱，点点飞鸥拍浪沙。侬自有心禽解语，抛砖水激落天涯。

殊胜院柬悟雪禅人

百年萧寺古云间，五夜焚修昼掩关。雪岭衣传方丈室，虎丘石点可中山。天开烟罨成仙境，地接琉璃映佛颜。我亦挂冠为弟子，同参肯许是耕闲。

桑盘赠赵隐君

湖南茅屋里，避世隐墙东。瀹茗知泉味，栽桑助女工。高歌牛背笛，稳棹艇头风。忆昔天随子，相逢乐在中。

水羹吟

湖中蚬蚌甚佳，村妇调羹，名曰水菜。余珍嗜之，作《水羹吟》。

春风一夜浪花起，大蚌小蚌浮江沚。渔蓑撒网啨嚄音，满载论斗不论斤。寄语庖厨煮白汤，脱壳击肉和椒浆。烂蒸鲜美波臣选，倾壶泼面供早膳。调羹娘子善刀藏，尚方滋味何分辨。不须更说毳与晶，江南水菜人知少。总道奇哉君善烹，明日饷君君当扰。

四景诗

予家水滨，农村渔市倡和，雅有会心处。四时胜概，尤堪入辋川数幅。西塘杨柳，袅娜欲舞，寺沼品莲，灼灼袭人衣裾。湖中夜色，如玉如冰。驿后沙矶积雪，又如匹练横江。宜鲁望于此盘桓，而玄真于此跌荡者也。友人无近为肖四景图，置之屏间，予作四诗识之。

荻塘柳影

日出烟消春昼迟，柳条无力万丝垂。韶光新染鹅黄色，偏爱东风款款吹。

禅院风荷

碧筒注酒晚风凉，浇得新诗字字香。吟罢临风开佛座，捻花笑指浴鸳鸯。

平湖秋月

月浸寒泉凝不流，棹歌何处泛归舟。白蘋红蓼西风里，一色湖光万顷秋。

仙矶晴雪

湖天雪景弄朝晖，清彻如云散雨衣。肌骨已随云影去，玄真仙代竟忘归。

（《孙耕闲集》）

泊平望吊玄真子

仙非胜地仙不升，地非仙迹地不灵。古今绝胜天下景，多为羽客梯云轩。松江之南平望驿，千古清名垂载籍。遗基废井虽不存，依旧湖光接天碧。我闻在昔张玄真，平生活计一钓纶。浮家泛宅戏人世，龟鱼为友兼菱邻。故人分符刺苕水，东游历遍溪山美。翩然联璧至此乡，回视尘寰如敝屣。酒酣水戏身甚轻，席行水面同舟声。祥云瑞鹤欻然至，泛此凌空归太清。西塞山边飞白鹭，其间尽有朝元路。绿蓑平日恣遨游，何忍临歧弗相顾。争知万顷玻璃中，清都紫府遥相通。故来成此一奇事，欲将名姓传无穷。风帆过后沙鸟坠，灵迹虽存人不记。白蘋红蓼自争妍，谁识此为真福地。何人好事能挥金，结庐绘像湖之阴。寒泉一盏荐秋菊，往来不负诗人心。玄真今在天何处，独立河梁望飈驭。丹台玉籍若兼容，携手乘风共归去。

（《吴都文粹续集》卷三十七）

赵时远

赵时远，字无近，一作无逸，号渐磬野老。宋松陵（今属江苏吴江）人。嘉定十三年（1220）进士。工诗擅画。

和（孙锐）四景诗

午天云淡日迟迟，水面长条带影垂。不是纤腰浑不定，自缘无力受风吹。
荷风细细晚生凉，暑气缊缊入座香。饮尽碧筒人笑语，花边惊起睡鸳鸯。
楼台两岸枕长流，落日行人竞舣舟。清夜湖光平似镜，冰轮冷浸玉壶秋。
敛尽同云放日晖，寒光凛凛透重衣。扁舟清晓寻溪转，仿佛王猷访戴归。

（《孙耕闲集》）

莺脰湖

莺去湖存事渺茫，梵宫占断水云乡。四围烟树波涛阔，六月桥亭风露凉。远近征帆归别浦，高低渔网挂斜阳。翠微深处一声笛，惊起眠沙鸥鹭行。

（《吴都文粹续集》卷二十四）

宋伯仁

宋伯仁，字器之，号雪岩。宋广平（今河北广平）人，一说湖州人，嘉熙间，曾任盐运司属官。善画梅花，作《梅花喜神谱》，后系以诗，识于景定二年（1261）。工诗，著《雪岩吟草》。

烂 溪

几家篱落傍溪居，只有青山尽自如。隔岸有桥多卖酒，小篮无处不提鱼。何时茆屋人同住，旋买瓜田雨自锄。寄语牧童休笑我，都缘错读半生书。

（道光《平望志》卷十四）

王 恽

王恽（1227—1304），字仲谋，号秋涧。宋末元初汲县（今河南卫辉）人。仕宦刚直不阿，清贫守职，好学善文，为元代著名谏臣。著有《秋涧先生大全集》。

平望道中

今日风色好，舟行喜清和。吴江抵嘉兴，远不百里过。解衣坐篷底，闲听吴侬歌。大舸从东来，帆樯郁嵯峨。云是淮海公，赴召耽微疴。仓皇不少住，进棹如飞梭。物情忌太盛，从者不得多。尚余蔽川载，意气溢两河。有怀陶朱公，霸业到不磨。功成委之去，敝屣与弃蠡。左顾万金橐，右顾西施婆。可想不可见，五湖渺烟波。

（《秋涧集》卷四）

方　回

方回（1227—1305），字万里，别号虚谷。宋末元初歙县（今安徽歙县）人。南宋理宗时登第，无气节，为世所讥。及元兵至，望风迎降，得任建德路总管。善论诗文，主江西派，著有《瀛奎律髓》。

大雪泊平望买酒戏书

天若不产绵，世多冻死民。世若不酿酒，亦复愁杀人。冻面无人色，泊舟下塘侧。绵衣既云薄，酒亦何可得。妙绝少陵句，舟重欲无闻。袖手复缩脚，意终思一醺。试一问篙工，酒自此间有。奈何泥滑滑，寸步未易取。不恨衣绵少，但愁无酒钱。能将钱致酒，即似衣添绵。忍冻至于此，犹喜肆嘲弄。此雪遂大作，不冻复谁冻。

（《桐江续集》卷十四）

戴表元

戴表元（1244—1310），字帅初，一字曾伯，号剡源。宋末元初奉化（今浙江奉化）人。咸淳七年（1271）进士，元大德间被荐为信州教授。再调婺州，因病辞归。论诗主张宗唐得古，诗风清深雅洁，多伤时悯乱、悲忧感愤之辞。著有《剡源集》。

吴江界梅堰阻雪

古戍鱼龙外，归人雁鹜边。茫茫云塞路，衮衮雪欺年。蓬屋聊偷话，梅花是浪传。吴儿遗俗在，爆火适愁眠。

（《剡源逸稿》卷三）

唐 元

唐元（1269—1349），字长孺，号敬堂，学者称筠轩先生。元歙县（今安徽歙县）人。曾任平江路儒学学录等职，以徽州路儒学教授致仕。湛于经术，其议论亦不诡于正。著有《筠轩诗稿》《敬堂杂著》等。

十二月十四日过平望

岁晏意荒荒，云寒低薄日。太湖蓄巨浸，东走平望驿。篙师寻曲港，舟尾不容入。问尔何所为，官醅势无敌。危桅蔽川面，黄旗饱风力。古初犹淡薄，煮海事殊失。利源开一孔，横放无终极。齐鲁议莫胜，桑孔已破的。何如煅牢盆，亭户改耕织。吾民戒口爽，大官减供给。折衡人不争，区区陋智术。

（《筠轩集》卷三）

宿梅堰

日斜梅堰散牛羊，渐近邻舟借烛光。夹岸长枫浑欲醉，持篙小女白如霜。几年湖海催衰鬓，半纸功名笑漫郎。大小冯君文隽雅，相看喜色映眉黄。

（《筠轩集》卷七）

萨都剌

萨都剌（1272？—1355），字天锡，号直斋。先世为西域人，出生于雁门（今属山西代县）。泰定四年（1327）进士，累迁江南行台侍御史。善绘画，精书法，尤善楷书。博学能文，工诗。著有《萨天锡诗集》。

平望驿道

左带吴松右五湖，人家笑语隔菰蒲。风涛不动鱼龙国，烟雨翻成水墨图。越客卧吹船上笛，吴姬多倚水边垆。鉴湖道士如招隐，一曲他年得赐无。

复题平望驿

秋雨黄华下九天，又随归雁过吴川。荒村有火夜投宿，野渡无人秋放船。中酒不堪连夜饮，思家无奈五更前。归来却被青山笑，万丈黄尘两鬓烟。

（《雁门集》卷二）

入闽过平望驿，和御史王伯循题壁

广陵城里别匆匆，一去三山隔万重。日暮江东寄相忆，欲临秋水剪芙蓉。

（《雁门集》卷三）

宋褧

宋褧（1294—1346），字显夫。元宛平（今属北京）人。泰定元年（1324）进士，累官监察御史，后入为翰林待制，迁国子司业，擢翰林直学士，兼经筵讲官。卒赠范阳郡侯，谥文清。著有《燕石集》。

平望驿和王伯循芙蓉韵

都门暑雨别匆匆，尊酒论文久不重。却忆蓬莱云起处，如舟亭下看芙蓉。

（《燕石集》卷九）

陈 基

陈基（1314—1370），字敬初。元临海（今浙江临海）人。受业黄溍之门，所作诗文皆操纵驰骋，而自有雍容揖让之度，能不失其师传。至正中，以荐授经筵检讨。后奉母入吴，以教书度日，参张士诚军事。著有《夷白斋稿》。

平 望

下田不忧旱，高田正宜雨。四野已足霖，三吴复无暑。盂酒及豚蹄，盘馐及鸡黍。伐鼓乐社翁，烧灯祀田祖。

（《夷白斋稿》卷四）

陈一初

陈一初，元代人，生平不详。

春日游莺脰湖偶成

闻记莺湖旧有名，飞湍泻碧响春声。鲜鳞雪贴银花细，大舶风生竹叶轻。西塞玄真留胜迹，东林白社乐闲情。我来半日溪亭坐，吟得新诗信笔成。

（《吴都文粹续集》卷二十四）

释宗衍

释宗衍，字道原。元吴县（今属江苏苏州）僧人。善书法，遍读内外书，而独长于诗。至正初，住石湖楞伽寺佳山水处，一时名士多与之游。为诗以少陵为宗，取喻托兴，得风人之旨。著有《碧山堂集》。

泊平望

计程息劳牵，日晚江路永。连樯如有待，聚泊就村井。沙明鸥群回，月出人语静。心清独不寐，况乃风露冷。因思往来客，终日困驰骋。得非衣食驱，无乃缘造请。吾人方外士，素志慕箕颍。胡为淹水宿，混迹问蛙黾。丈夫别有念，此意谁得领。人生未闻道，如何卧烟景。

（《古今禅藻集》卷十八）

释善住

释善住，元代僧人，生平不详。

车溪道中

苇白茅黄溪水清，倚篷闲看浪鸥轻。板桥横处人家小，修竹参天落照明。
客里蹉跎岁欲阑，水边杨柳尚平安。夜来已作还乡梦，满目西风客棹寒。

（道光《平望志》卷四）

杨 岚

杨岚，字子山。元江浦（今属江苏南京）人。好学能文章，至正中，避兵临安，张士诚聘典书记，不就，遁迹平望，后隐黎里，号黎村逸叟。

殊胜寺访僧

湖边古寺寺边僧，日夕相看罢不能。惟与东林玉峰老，一尊闲向小楼凭。
莺脰湖边水正清，爱他兰若日空明。年来两度寻僧去，茗椀香炉亦有情。

（道光《平望志》卷四）

寓平望城

孤城三里近，一望水云平。棹破莺湖月，旗开雉尾城。烽尘卷暮色，铙吹沸涛声。何口安江左，秋风醉步兵。

（雍正《平望镇志》卷一）

景 奎

景奎，元人，生平不详。

题梅堰显忠寺壁

千古梅塘寺，山门面水开。地清尘不到，僧好客频来。澹墨诗题壁，残碑字没苔。桫椤树下石，云是讲经台。

（《吴都文粹续集》卷三十四）

释宏道

释宏道，一作弘道，号竺隐。元末明初吴江（今江苏吴江）人，沈氏子。少颖悟，日记千言，出家青墩之密印寺，从鲁山文法师游，淹通教典。洪武初，筑室澄源溪上。著有《楞严经注解》。

题友竹轩

有竹吾亦友，无竹吾亦友。但得竹中趣，何须种千亩。故人推有道，南归今白首。读书坐高轩，此君无恙否。涉世节且坚，结交匪云偶。不似河阳花，宁同彭泽柳。保尔岁寒心，清虚积已久。且将身外事，尽付一杯酒。

（光绪《平望续志》卷十）

胡奎

胡奎，字虚白，号斗南老人。元末明初海宁（今浙江海宁）人。生于元文宗至顺中，至正间，尝游贡师泰之门。明初，以儒学征，官宁王府教授。著有《斗南老人集》。

平 望

江上鲈鱼三尺长，渔翁撒网立斜阳。到城买得真珠酒，笑倚蓬窗待月光。

（《斗南老人集》卷五）

过平望

虹截江雨收，龙驱岭云散。渔屋起炊烟，舟人日晡饭。
江上青裙妇，移舟夜月中。唤郎双打桨，好趁正南风。

（《斗南老人集》卷六）

张 观

张观，字可观。元末明初枫泾（今属上海金山）人。元代迁居嘉兴，明洪武中寓长洲。少好游，工山水。师法马远、夏圭，与吴镇、盛懋、丁野夫相交，所作古劲清润，秀雅胜俗。

过平望

唤醒江鸥梦，舟行认洞庭。石桥浮半月，渔火点残星。驿路三千客，春风十里萍。逢山青未了，回首又长亭。

（《吴都文粹续集》卷三十七）

瞿衡

瞿衡，明人，生平不详。

平望亭

懒于篷底阅青编，来坐亭前一镜天。识我鸥闲如旧日，问人莺斗莫知年。半竿落日收渔网，几树春风系客船。邂逅花边须酌酒，囊中剩有卖诗钱。

（《吴都文粹续集》卷三十七）

释蕉室

释蕉室，明代僧人，生平不详。

平望夜泊

风静寒塘起暮烟，数声秋雁客程前。湖波东下青山尽，客路南来彩鹢连。霸国城空惟燐火，升仙祠古有题篇。夜深何处渔歌发，明月芦花野水边。

（《吴都文粹续集》卷三十七）

陶振

陶振，字子昌，自号东海钓鳌客。其先华亭人，赘于庞山谢氏，遂为吴江（今江苏吴江）人。少与谢常学于杨维桢，洪武二十三年（1390）举明经，授县学训导，迁安化教谕。天才超逸，诗词豪俊，负重名于时。著有《钓鳌集》等。

过平望

平望桥东倚画舟，江天空阔称冥搜。潋漫烟树村墟晚，浩荡云涛泽国秋。户绕鸭阑开驿舍，旗摇雉尾见谯楼。圣恩优老身康健，许着羊裘狎海鸥。

（《吴都文粹续集》卷三十七）

刘 璟

刘璟，字仲璟。明青田（今属浙江文成）人，刘基次子。弱冠通诸经，以刚直闻。燕王朱棣起兵时，命参李景隆军事。兵败归里。燕王即位，召之不至。逮至京，下狱自经死。著有《易斋稿》。

平 望

綦迂塘路短长亭，西到湖州只两程。群雁下田稉稻尽，不怜农父望秋成。

（《易斋稿》卷三）

张 淮

张淮，字豫源。明吴县（今属江苏苏州）人。少业举子，一试不利，即弃去。家贫落魄，天才豪宕，顷刻千百言。曾为商人赌赋牡丹百篇，一宿而就，饷谷三十石。性好酒，朝暮不离杯勺，竟以醉堕水死。

游莺脰湖

白鸟眠沙梦不惊，寒生水国半阴晴。酒涵春色花边过，船载湖光镜里行。南浦愁连芳草绿，东风歌送落梅声。那堪日暮临歧别，更听河桥柳上莺。

（《吴都文粹续集》卷二十四）

俞 睦

俞睦，一作余睦，字民用，号拙逸生。明无锡人。

平望八景

雨过南湖水更宽，琉璃影里月光寒。双莺一去无踪迹，夜夜惟看浴素鸾。（莺湖夜月）
树色依微欲曙天，一痕残月堕江烟。莺湖西畔前朝寺，惟有钟声落钓船。（殊胜钟声）
芦荻萧萧起晚风，行人从此挂归篷。遥看隔浦含烟树，尚带残阳一抹红。（远浦归帆）
画栋翚飞耸碧空，湘帘高卷绿杨风。吴山雪水无穷趣，都在凭阑一望中。（驿楼览胜）
当年于頔刺湖州，曾筑长隄捍逆流。两岸晓风杨柳绿，王孙得意骋骅骝。（頔塘跃马）

桃花流水鳜鱼肥，之子仙游尚未归。留得青山苔石在，行人错认绿蓑衣。(玄真仙迹)

溪桥酒店系垂杨，好鸟多情唤客尝。最爱春风初起处，一帘疏雨杏花香。(溪桥酒店)

几家茅屋住烟村，桑柘重重绿映门。昨夜莺湖初雨过，渐看新涨入篱根。(茅屋桑村)

(《吴都文粹续集》卷三十七)

姚 绶

姚绶（1422—1495），字公绶，号榖庵。明嘉善（今浙江嘉善）人。天顺八年（1464）进士，历官监察御史、江西永宁知府。擅画山水，取法于吴镇、王蒙，工行草书，取法魏晋。能诗，著有《榖庵集》。

自汾湖出平望舟值大风

风声水声各自怒，酒气寒气两相高。尊前便合求一醉，镜里且无论二毛。尘土寻常来衮衮，关山多少去劳劳。岁云暮矣当休息，漫引唐风作解嘲。

(《榖庵集选》卷五)

朱妙端

朱妙端（1423—1506），字静庵，一字令文，又字仲娴。明海宁（今浙江海宁）人，尚宝卿朱祚次女。幼颖悟，工诗。嫁教谕周济为妻。自伤非偶，情见乎词。著有《静庵集》等。

平望舟中即事

独坐篷窗下，挑灯话别离。旋沽平望酒，细味硖川诗。远寺钟声动，孤村月上迟。含愁缄尺素，慰我北堂思。

(《石仓历代诗选》卷五百五)

史 鉴

史鉴（1434—1496），字明古，号西村。明吴江（今江苏吴江）人。隐居不仕，留心经世之务，三原王恕巡抚江南时，闻其名，延见之，访以时政。鉴指陈利病。恕深服其才，以为可以当一面。著有《西村集》。

夜投殊胜寺真上人房

春风苦无赖，野寺暂相依。静夜名香遍，空堂漏水微。语投机自息，坐久世疑非。爱尔东林月，流光照客衣。

送吴泽民归梅堰（泽民家有芝秀堂）

宾馆穷经独下帷，吾家同叔每相资。青山折简招归隐，白首逢人在别离。此日梅花应待雪，新年芝草又生池。溪边无数垂杨柳，欲绾行舟住少时。

（《西村集》卷三）

平望送邬用明还鄞

吴江南下路迢迢，犹有颓城迹未消。千里帆樯天际没，万家烟火望中遥。酒旗招客临官道，河水流澌过断桥。此地那堪送君去，西风残雪马萧萧。

（雍正《平望镇志》卷一）

吴 宽

吴宽（1435—1504），字原博，号匏庵。明长洲（今属江苏苏州）人。成化八年（1472）状元，官至礼部尚书。其诗深厚浓郁，自成一家。善书，姿润中时出奇崛，虽规模于苏，而多所自得。著有《家藏集》等。

题 画

水长鹅肫，荡口花飞。莺脰湖边，吴歌唱彻。归去日暮，青山满船。

（《家藏集》卷十一）

释明秀

释明秀，字雪江，号石门子。明海盐（今浙江海盐）人，俗姓王。少时好为诗，与沈周诸人善，曾与朱朴、陈鉴结社。晚居胜果寺。著有《雪江集》。

平望道中

两岸青山日半衔，洞庭天水碧相涵。东风正报桃花信，湖面归渔网作帆。

（《古今禅藻集》卷二十七）

王廷相

王廷相（1474—1544），字子衡，号浚川，世称浚川先生。仪封（今属河南兰考）人。弘治十五年（1502）进士，官至南京兵部尚书、都察院左都御史。与李梦阳、何景明等并称"七子"。著有《归田稿》。

晚泊平望

微茫日欲暮，弥棹倚江洲。不见苍梧帝，空悲楚泽囚。乡关淹旅梦，风水足离忧。独舸东吴路，乾坤一海鸥。

（《王氏家藏集》卷十六）

陶 谐

陶谐（1474—1546），字世和，号南川。明会稽（今属浙江绍兴）人。弘治九年（1496）进士，嘉靖中，官至兵部右侍郎，总督两广军务。诗文直抒胸襟，明白坦易。著有《南川稿》《陶庄敏集》。

平望阻风雨

孤舟停小墅，百里望姑苏。少女鞭云至，商羊吸海俱。退飞愁画鹢，倾侧惧樯乌。解缆怜牵卒，饥寒怯上途。

（《陶庄敏公文集》卷四）

刘 麟

刘麟（1475—1561），字元瑞，号南垣。明安仁（今属江西余江）人。绩学能文，与顾璘、徐祯卿称"江东三才子"。弘治九年（1496）进士，嘉靖间以工部尚书致仕。居郊外南垣，赋诗自娱。著有《清惠集》。

平望舟中

鹰腔湖边送客归，刚谈今是又全非。凤凰枝上披云锦，牛斗声中赋短衣。韩干惯传神骏骨，严陵不下老渔矶。独怜殊胜僧无事，载笔牵裳过虎溪。

（《清惠集》卷二）

周 用

周用（1476—1547），字行之，号伯川。明吴江（今江苏吴江）人。弘治十五年（1502）进士，官至吏部尚书。谥恭肃。为人端亮有节概，书法俊逸。善绘事，得沈周揩授。喜为诗，有作必题。著有《周恭肃公集》。

潮音堂

片月开慧心，孤云度清影。老宿怀妙观，山中有真境。

烂 溪

我屋城南隅，密近清溪流。日薄野树乱，沙细群鱼游。时时问亲戚，泛泛行虚舟。平地望一雨，深竹鸣双鸠。农事贵及时，实与公私谋。长官尚平恕，缓征待兹秋。

（道光《平望志》卷十四）

王 云

王云，字时望。明吴江（今江苏吴江）人。与沈周、周用为友，学者称葵南先生。著有《葵南先生集》。

过曹枫江墓

诗史名还在，蜚蜚远近闻。残碑千古在，荒草百年坟。夜月莺湖景，晴川陇树云。椒浆倾藉草，恍欲接修文。

（道光《平望志》卷三）

陆 深

陆深（1477—1544），初名荣，字子渊，号俨山。明松江（今上海松江）人。弘治十八年（1505）进士，嘉靖中，官至詹事府詹事。少与徐祯卿相切磨，为文章有名，兼工书法。著有《玉堂漫笔》等。

平望阻风期友人不值

渺渺碧波连白云，期君不见重思君。妒花信急春如许，折柳情多日又曛。山色水光余此地，酒怀诗兴忆离群。阳侯若借东风便，灯火楼船坐论文。

（《俨山集》卷十二）

屠 侨

屠侨（1480—1555），字安卿，号东洲。明鄞县（今属浙江宁波）人。正德六年（1511）进士，历南京刑部尚书、刑部尚书、都察院左都御史等，素以清正著闻。卒赠少保，谥简肃。著有《东洲杂稿》《南雍集》等。

正月十五夜平望驿看月有怀

平望驿前春水平，元宵月里画船行。湖光汗漫一千顷，人意欢欣三五明。胸次若于星汉朗，歌声自得里闾情。回头漠漠家乡远，聊遣春庭有弟兄。

（《石仓历代诗选》卷四百五十一）

刘储秀

刘储秀（1483—1558），字士奇，号西陂。明咸宁（今属陕西西安）人。明正德九年（1514）进士，官至户部、兵部尚书，因得罪严嵩被削职。与张治道、薛蕙等俱以诗名。著有《刘西陂集》。

春日泊平望驿待浩庵不至

东风袅袅水平川，好向邮亭暂系船。铠脚三分全省地，岸头一望暮春天。参差楼阁鸣榔外，缥缈莺花落镜前。坐久不来日欲暝，几回吟咏式微篇。

（《西陂集》卷三）

释静可

释静可，号笑庵。弘治中主教席于车溪，尚书周用尝师之，取所居轩亭名各赋一诗，以纪其胜。著有《笑庵集》。

翠雨轩

华屋深沉傍翠筠，时从借润雨纷纷。八窗披拂春常暝，一径溟蒙路不分。秋霁淡鸣湘女佩，寒阴浓结楚台云。高僧定起声尘静，一击无言了听闻。

（光绪《平望续志》卷十）

沈 啓

沈啓（1490—1563），字子由，号江村。明吴江（今江苏吴江）人。嘉靖十七年（1538）进士，官至湖广按察副使。罢归，以著述自娱。著有《吴江水考》。

胜墩歌

天王之守在四夷，列国封疆各岿嶷。圣人贵德不贵险，愿言万古常雍熙。顾犹设险以守国，叠图豫审防流离。因天继地为保障，巍巍陈迹皆著龟。漠漠龙沙城朔方，朔方一城獥狁襄。龟蒙奄据弹丸地，大东遂荒及海邦。玉关小闭聊谢客，西域群番交辟易。渡泸五月驻南中，南夷心服终无致。丈夫胸中富甲兵，随方靖难树勋名。汉日千年屹铜柱，唐廷万里雄长城。猗与王国多英雄，卓见我侯杨令公。梗楠杞梓楚国美，明堂待用梁栋隆。吴江小试水为国，惠流政衍治化融。海飙忽作翻天浪，鲸奔鲵噬扬腥风。丧乱果谁胎国衅，海舶交征惟利浚。阴树巨室盘根株，明倩倭奴恣蹂躏。官执王章一禁之，立见诛夷及捐摈。持锋颠倒国是梦，恣握机权莫敢问。酿成大祸首江东，肝脑衅草杍柚空。万灵碎骨长平积，三月一火咸阳红。孙恩虎嗷喋地以拆，国珍狙诈天为朦。发纵由来皆汉儿，匿名夷狄谁暴之。反称狗监薄其罪，桓桓褒我伐叛师。乍浦新城蛮落张，乙卯之夏尤猖狂。枭心直欲窥南省，督府束手徒彷徨。我侯身将水上兵，险据胜墩扼其吭。命士直冲射其首，翻身正堕马上强。三千逆徒气尽夺，乘胜斩馘盈吴艎。凯歌浩荡三吴舞，胜阁嵯峨万里扬。保全吴郡御储足，奠安周镐寝殿光。自后诸凶分道寇，惴惴无复觊我疆。吴民倚戴真父母，天曹遽以司徒授。南官清雅称神仙，扳卧安能符再剖。琴堂两春花满堈，公车出入常带星。轻裘缓带挥三军，衵革横戈讲六经。诸生群将相先后，揆文奋武孰能右。胜墩何日标麒麟，穿碑岂得民无口。君不见，张巡许远守睢阳，蔽全天下存大唐，立我华夏敦纲常。又不见，叔子之守岘山岑，泪刻在碑碑已沉。浸淫恩德在人心，泪与长江相浅深。

（道光《平望志》卷十四）

徐献忠

徐献忠（1493—1569），字伯臣，一作伯宗，号长谷。明华亭（今属上海松江）人。嘉靖四年（1525）举人，官奉化令，有政声。谢政归，葺旧庐，治梅圃，读书其中。与何良俊、张之象、董宜阳并称"云间四贤"。著有《吴兴掌故集》《长谷集》等。

重阳前一日东还度平望湖

长湖东下昼鸣榔，积气秋深更渺茫。别浦烟光分蟹舍，隔林晴日上鱼梁。闰年野宿侵寒早，傍海军城去路长。侨客未怜苍鬓改，趱程犹望及重阳。

平望湖别叔皮二首

秋日送君平望湖，相将水上弄清菰。溪毛亦解离人思，锦带相牵狎二凫。
湖上珠光射斗牛，阖闾城边千树秋。江花媚客宁知别，水驿迎人暂可留。

（《长谷集》卷四）

皇甫汸

皇甫汸(1497—1582)，字子循，号百泉。明长洲(今属江苏苏州)人。嘉靖八年(1529)进士，官至工部主事。七岁能诗，又工书法，与皇甫冲、皇甫涍、皇甫濂并称"皇甫四杰"。性和易，好狎游。著有《皇甫司勋集》。

殊胜寺留别舍弟

野寺随林建，幽扉面水开。上方今夜月，千里故乡台。酒为闻鸡散，帆应逐雁回。佳期迷后会，含意问如来。

（《皇甫司勋集》卷十六）

送子约弟访董太史于苕溪，因怀殊胜寺旧游

越国青山外，吴江芳草前。夜帆看独往，春水怅悠然。过寺迷初地，逢桥记昔年。还闻倒屣处，应得蔡邕怜。

（《皇甫司勋集》卷十九）

寄吴医隐殊胜寺二首

闻尔禅房结隐居，斋心终日对真如。长明万叶青莲火，为照窗前五色书。
宛转金河接上池，只园亦有杏花枝。门前自施迷方药，何用长安市里知。

（《皇甫司勋集》卷三十二）

万 表

万表（1498—1556），字民望，号九沙山人、鹿园居士。明鄞县（今属浙江宁波）人。才兼文武，与唐顺之等讲学。累官都督同知佥事、南京中军都督府。熟先朝典故，御倭亦有功绩。通经术，著有《玩鹿亭稿》等。

元夕过平望驿

去年镗鼓欢歌夕，今日干戈扰攘中。子姪萧条三地在，亲朋宴赏几人同。寒檠篷底幢幢影，疾雨湖边阵阵风。此夕他乡思旧乐，谁将谈笑海涯空。

（《玩鹿亭稿》卷二）

沈 谧

沈谧，字靖夫。明秀水（今属浙江嘉兴）人。嘉靖八年（1529）进士。除行人，擢吏科给事中，官至江西按察佥事。著有《石云家藏集》。

游殊胜寺

画舫连云动，惊涛带雨飞。青山天外出，白鹭寺边归。僧偈传金粟，蝉声隐翠微。洞庭乘兴远，直欲老渔矶。

（《明诗综》卷四十六）

罗洪先

罗洪先（1504—1564），字达夫，号念庵。明吉水（今江西吉水）人。嘉靖八年（1529）状元，授翰林院修撰，迁左春房赞善。被罢归后，终日著书讲学。卒后赠光禄少卿，谥文庄。著有《念庵集》等。

至平望期唐一庵以赴越不值

莺湖望征棹，日暮水云深。不见芙蓉佩，空嗟萝薜心。兰亭留素帙，雁宕访珠林。那解沾巾地，还操别鹤吟。

（《吴兴艺文补》卷五十八）

陈 椿

陈椿，字子年。明吴江（今江苏吴江）人。嘉靖十四年（1535）进士，仕至湖广荆州府知府，居官冰清，予告归养，无以资生，仍为传经师，岁得脯修，以为仰事俯育之计，子孙贫乏不振。

唐家湖敌楼次杨明府次泉韵，并示周孝廉禹川

湖上楼船闻扣舷，仙凫恰对水鸥眠。三千组练明沧海，百万旌旗拂远天。地势近随兵势胜，郎星遥接帝星联。何当直捣天狼穴，斩得楼兰振旅还。

（道光《平望志》卷十四）

杨 芷

杨芷，字文植，号次泉。明安陆（今湖北安陆）人。嘉靖二十六年（1547）进士，三十二年（1553）任吴江县令。建敌楼于盛墩裹腰桥之北，大破倭寇，盛墩由此易名"胜墩"。后升南京户部主事、兵部尚书。

盛　墩

三载烽烟扣小舫，盛墩时伴水云眠。湖光一览浮空日，楼影孤峰傍远天。南海共欣千舰集，北辰遥指五星联。即今余孽终宵遁，万里升平奏凯还。

（道光《平望志》卷十四）

殊胜寺道人

殊胜寺道人，生平不详，嘉靖初，曾游平望殊胜寺，题诗其壁，后倭寇至镇，寺首焚毁。

题（殊胜寺）壁

我自蓬莱跨鹤回，山僧不遇意徘徊。时人莫解菩提寺，三十年余化作灰。

（《明诗综》卷九十六）

俞允文

俞允文（1513—1579），字仲蔚。明昆山（今江苏昆山）人。年十五岁作《马鞍山赋》，援据赅博。年未四十，谢去诸生，专事诗文书法，与王世贞善。工书法，尤善于小隶，学黄庭坚和米芾。著有《仲蔚集》。

宿莺脰湖

天边潋滟碧山流，万顷平湖画玉钩。今夜愁心落何处，烟空一叶坐扁舟。

（《仲蔚先生集》卷九）

徐师曾

徐师曾（1517—1580），字伯鲁，号鲁庵。明吴江（今江苏吴江）人。嘉靖三十二年（1553）进士。历仕兵科、吏科、刑科给事中，颇有建白，后乞归。幼先习儒，长而博学，兼通医卜、阴阳等。著有《湖上集》等。

荻塘诗赠纪二尹

彭泽归来迳未荒，芦花深处结茅堂。每乘野艇庿鲈脍，闲倚篷窗数雁行。霜露相鲜秋寂寂，水天交映晚苍苍。何时能跃西塘马，长忆伊人在一方。

（《湖上集》卷三）

过胜墩

十叶承平地，烽烟忽内通。北门无销钥，独记胜墩功。（昔年倭贼由南都而来，故云。）

过梅堰

传道梅花堰，梅花何处寻。深秋闻弄笛，寒色似相侵。

过殊胜寺

莺脰湖边古寺荒，数年烽燹到空堂。独余秋水淼无际，相共长天一色苍。

（《湖上集》卷四）

郭谏臣

郭谏臣（1524—1580），字子忠，号方泉，更号鲲溟。明长洲（今属江苏苏州）人。嘉靖四十一年（1562）进士，累官江西布政司参政。工诗，风格婉约闲雅。著有《郭鲲溟集》。

平望阻风

风色晚来静，湖光时渐嘉。远山衔落日，隔水映残霞。驿路船争聚，江桥酒易赊。渔樵堪白首，空复恋京华。

（《鲲溟诗集》卷一）

夏日舟次平望，与诸故旧叙别

吴中一卧几经秋，此日重为岭北游。泽国风生帆正远，楚天虹见雨初收。强将懒性移青雀，漫把闲心对白鸥。好趁晚凉维绿柳，故人灯下共淹留。

（《鲲溟诗集》卷三）

吴国伦

吴国伦（1524—1593），字明卿，号川楼子、惟楚山人、南岳山人。明武昌（今属湖北武汉）人。嘉靖二十九年（1550）进士，官至贵州提学佥事、河南左参政。工诗文，与李攀龙、王世贞等七人并称"后七子"。著有《甔甀岩稿》、《甔甀洞稿》等。

沈道初宪副王予卿参知载酒莺脰湖见访，即事留别

吴江春色太湖开，何处方舟载酒来。梦里关山重握手，病余天地一衔杯。烟波不浅莼鲈意，岩穴偏栖种蠡才。片月中流分鹢首，钟鸣萧寺若为哀。

莺脰湖舟中与王予卿道故

中原车骑总纷纷，雅道相看只使君。王屋振衣凭气象，夷门侧足过风云。那知千里星犹聚，直似当年手未分。垂老并应忘出处，湖头月色借论文。

（《甔甀洞稿》卷二十九）

田艺蘅

田艺蘅（1524—？），字子艺。明钱塘（今属浙江杭州）人，田汝成子。贡生。任徽州训导，罢归，作诗有才调，博学能文，为人高旷磊落，好酒任侠，善为南曲小令，老愈豪放。著有《大明同文集》《留青日札》等。

平 望

十室凋零九不存，荒凉鸡犬自成村。溪边多少沉沙骨，夜雨潇潇泣怨魂。

（《香宇集》续集卷十五）

王世贞

王世贞（1526—1590），字元美，号凤洲，又号弇州山人。明太仓（今江苏太仓）人。嘉靖二十六年（1547）进士，官至刑部尚书。好为古诗文，为"后七子"领袖，独主文坛二十年。著有《弇山堂别集》《弇州四部稿》等。

莺脰湖洗天亭月夜，与公瑕子念王复舍弟饮别

其一

湖光天色澹相和，今夜离筵乐更多。云作翠屏装宝镜，风为金斗熨青罗。尊前鹦鹉知衡在，曲里含桃奈郑何。一水峭帆归便得，不须低首怨骊歌。

其二

为尔狂歌思欲飞，壶中天地到应稀。玉山偏软乌程酒，银露徐欹白苎衣。月色总依双旆在，风流俱逐片帆归。西湖自好谁行乐，始信浮荣有是非。

（《弇州四部稿》卷四十）

顾大典

顾大典（？—约1596），字道行，号衡寓。明吴江（今江苏吴江）人。隆庆二年（1568）进士，历仕会稽教谕、处州推官、福建提学副使。诗宗唐人，书法清真，画山水堪入逸品。著有《清音阁集》等。

泛舟莺脰湖，因访王子良别驾

市远欲投宿，孤帆逗夕阳。百花藏杜曲，五柳荫柴桑。碧水浮莺脰，青云接雁行。同心多逸兴，好共撷春芳。

（雍正《平望镇志》卷一）

沈一贯

沈一贯（1531—1615），字肩吾，又字不疑、子唯，号龙江，又号蛟门。明鄞县（今属浙江宁波）人。隆庆二年（1568）进士，万历间官至内阁首辅。卒后赐太傅，谥文恭。著有《啄鸣集》《敬事草》等。

莺脰湖

西风莺脰湖,积水旷东吴。岸树微于点,江天青欲无。羁肠终日绕,客计一舟孤。买酒三家市,萧萧夹岸芦。

(《喙鸣诗集》卷八)

袁 黄

袁黄(1533—1606),原名表,字坤仪,一字了凡,晚号赵田逸农。明吴江(今江苏吴江)人。万历十四年(1586)进士。知宝坻县,有善政,擢兵部主事。博学尚奇,著有《两行斋集》等。

烂溪夜泊

载酒携琴访翠微,前村灯火对渔矶。孤舟自傍芦花宿,老鹤应疑道士归。明月满前春树冷,好山犹在主人非。百年心事同流水,半夜闻鸡泪满衣。

(《明诗纪事》庚签卷十五)

王穉登

王穉登(1535—1612),字百穀。明江阴(今江苏江阴)人,移居吴门。博学能文,善书法。吴中自文徵明后,风雅无定属。穉登尝及徵明门,遥接其风,主词翰之席者三十余年。著有《燕市集》《客越集》等。

月下过莺脰湖,怀周汝贤病

莺脰湖边月满船,湖波月色远浮天。题诗欲问周郎病,其奈归心急似弦。

(《王百穀集十九种》越吟卷下)

平望夜泊四首

鱼鳞成石量,桑叶论斤卖。珍重丝网难,家家月中晒。
雨多杨梅烂,青筐满山市。儿女当夕餐,嫣然口唇紫。

月下压酒声，将船系杨柳。明日到家近，不须沽一斗。

店傍栽紫薇，颜色斗江霞。我家庭下树，归日正开花。

（《王百穀集十九种》客越志卷下）

王叔承

王叔承（1537—1601），初名光允，一作光胤，字叔承，晚更名灵岳，字子幻，自号昆仑山人。明吴江（今江苏吴江）人。其诗为王世贞兄弟所推崇，著有《潇湘编》《芙蓉阁遗稿》等。

含云房幻巢阁

好事得旻公，禅栖野色中。湖浮莺脰碧，楼幻鹤巢空。竹叶杯能供，莲花社可通。归帆期晚泊，烟雨佛镫红。

（道光《平望志》卷四）

烂溪采珠歌（并序）

隆庆戊辰夏秋时，江南大旱，又毒热，人多暍死。吾乡烂溪产蚌珠焉，有径寸夜光者，有五色圆走盘者，农渔杂采，日数十百人，卖之可累千金，为作是歌。

松陵江东双烂溪，日南合浦不足奇。采来溪蚌大于斗，明珠历历开光辉。炯如银河堕片月，晨星错落流璇玑。绿珠含笑胡僧叹，走盘五色西摩尼。遂令长溪作宝市，竞抛禾黍穿沙泥。老渔泅波如野獭，儿童出没犹鸬鹚。岂无一人二人死，藏珠剖腹心相宜。粒珠可换米百斛，朝耕夕耨良苦为。是岁山西大雨粟，陇西地震山崩移。江南大旱珠岂瑞，金多谷少难充饥。愚民易愚哲人惧，啸倚斜阳坐溪树。莫得良农半化渔，明年蚬蛤皆堪虑。

（道光《平望志》卷十四）

风雪过莺湖

风雪莺湖晚，飘飘乱水涯。片帆开玉镜，孤梦入天花。景逼捞鱼艇，寒烟卖酒家。吴江秋稻足，竹叶许人赊。

中秋夜泛

湖月双悬镜，飞仙忽棹兰。水流莺胭绿，云度鹤翎寒。秋色今宵半，嫦娥此会难。赠来交甫佩，清桂玉珊珊。

莺湖晴望

到寺浑忘此，寻僧便觉闲。妙香蒲草畔，清论茗烟间。花丽鸟偏啭，湖边云乍还。却思灵鹫力，飞点镜中山。

观落照

巨蟹前溪觅，清尊隔岸分。明湖全拥树，落照半衔云。狂客谐禅理，高僧喜论文。片帆能出世，真欲与鸥群。

泛太湖至吴江归烂溪，一路桃花盛开纪兴

千岩古树几浮槎，数尽寒英起暮霞。百折清溪归亦好，五湖春水遍桃花。

九日发溪上

水树微茫溪上村，榜人渔火暗相论。几年放浪思黄菊，此日何为别故园。一枕波涛侵客梦，满船风雨出江门。囊中尚有鱼虾直，好问吴姬绿酒中。

晚泛溪上，四望白云变态，倚酒成歌，却寄林屋洞天隐者

钓船晚弄沧溪风，残阳断雨摇轻红。九华五彩递明诚，巧云万态横秋空。匡庐月映百重瀑，峨眉云拥千层峰。蜀江濯锦散金碧，隋堤叠嶂开芙蓉。烨如瑶池群风迎西母，深如瑞发虞廷百兽舞。茫如鲛宫蜃市飞精怪，森如天龙神鬼朝佛界。白云缥缈成明霞，山川孕秀飞菁华。巫峰玉女指仙梦，天上云英笔底花。云收五湖绿镜洗，一片青天荡空水。美人遥隔洞庭烟，醉把丹青难寄尔。霞笺恍得□□书，开函万宝晶光起。乾坤幻化总浮云，千古文章亦如此。

早春自烂溪出莺脰湖，有怀张玄真从此仙去

岸崩溪水急，帆在野船平。翡翠窥鱼立，藤萝就树生。烟知湖市到，火得晓炊成。忽忆玄真子，浮云去更轻。

（雍正《平望镇志》卷一）

王　忠

王忠，字子良，号坦庵。明吴江（今江苏吴江）人，居平望。由县学生入国子监。历河南磁州通判，升四川成都府经历。作室于莺湖旁，内有悬榻斋、挹翠轩诸胜，时与顾道行、沈璜、王叔承相唱和。著有《湖上集》《余生草》等。

自题川观堂

曲巷少人过，茅堂隐薜萝。开扉一以望，极目渺烟波。机息亲鸥鸟，情闲答棹歌。自来尘事少，岂必卧岩阿。

挹翠轩

苍翠挺幽姿，琅玕宛在兹。凉生炎暑际，色表冱寒时。素节贫无忝，贞心老自持。世情纷可识，永矢结相知。

悬榻斋

夙有林泉癖，归来狎隐沦。击壶歌烈士，悬榻迟高人。竹树周遭密，图书左右陈。无烦问过轴，聊以任吾真。

芙蓉槛

小槛浸池岸，幽芳近袭人。澄波涵影净，零露挹妆新。水气消烦暑，仙标隔世尘。纳凉科跣处，鱼鸟自为邻。

三杨阁

樗散原无用，幽栖合退藏。宅边无五柳，阁外有三杨。植记少年日，柯今百尺强。征西空有泪，物理固其常。

慈云庵

筑室礼金仙，皈依岂偶然。自应酬凤愿，亦以息尘缘。未悟三乘教，聊参一味禅。大云能覆地，随分毕余年。

双槐径

旧是我家物，婆娑惬素悰。团栾张雨盖，偃蹇卧虬龙。色倍雨余绿，阴偏夏正浓。经过无二仲，一任碧苔封。

独笑亭

小筑事冥搜，希心静者流。绕庭花影乱，尽日鸟声幽。迹与渔樵混，神惟竹素留。有时成独笑，不是学谯周。

（道光《平望志》卷三）

空明阁

携我盈尊酒，眺君湖上楼。水清寒藻出，天阔野云流。僧舍依林静，人烟夹岸稠。傍涯镫数点，十里见渔舟。

（道光《平望志》卷四）

黄凤翔

黄凤翔（1538—1614），初名凤翥，字鸣周，号仪庭，晚号止庵，别号田亭山人。明泉州（今福建泉州）人。隆庆二年（1568）进士，万历间纂修会典，管理诰敕，充经筵讲官，后官至南京礼部尚书。著有《田亭草》等。

平望舟中

棹鼓喧阗催晓发，苍茫一水分吴越。云帆摇曳竞呼风，绮幕高攀犹见月。江干渔父正高眠，垂柳如丝系钓船。昨夜得鱼兼换酒，举杯一醉问青天。锦衣鼎食非吾事，明月清风若个边。

（《四朝诗》明诗卷四十七）

潘志伊

潘志伊，字伯衡，一字嘉微。明吴江（今江苏吴江）人。嘉靖四十四年（1565）进士，授定州知州。万历间，任刑部郎中，终广西右参政。著有《山东问刑条议》等。

赠戚守溪

干戈多事日，仁者爱苍生。危坐宣乡约，劳心问水耕。和风梳鹤羽，冷月度琴声。野外春莺啭，缁流亦动情。

白下怀守溪

为忆故人好，悠悠动远思。鸿归乡梦乱，花绽旅魂知。白社遥存我，青尊近对谁。愿言豺虎靖，相与问山芝。

（道光《平望志》卷十四）

戚成固

戚成固，号守溪。明吴江（今江苏吴江）人，居平望后溪。勋祖。善鼓琴，能诗，不事干谒。与同里潘志伊、王孝交，及二人贵，成固以诗招隐，其志节如此。

赠潘伯衡先生

卜得幽居不甚宽，也能促膝一盘桓。春云罗翠移山采，秋树笼烟下雪团。湖上未闻小鸟唤，窗前先有老梅看。此情聊寄青云客，近日荒园好挂冠。

（道光《平望志》卷十四）

李应徵

李应徵，初名衷毅，字伯远，别字霁岩。明嘉兴（今浙江嘉兴）人。万历元年（1573）举人，选授临安教谕，升南国子监博士。著有《青莲馆集》《偶寄轩集》等。

秋夜归自苕水，泛月莺脰湖，寄怀沈子勺

朝辞若下城，暮驱笠泽艑。景物忽已改，川原亦邈缅。娱目惟清晖，百里同一眄。月出梅堰高，水落松陵浅。曲渚屡萦纡，环洲遡回转。澹澹波生烟，遥遥云没岘。枫林霜欲丹，蒹葭露初泫。境会心自恬，神旷理逾显。同怀寄秋水，离念得所遣。

（《明诗综》卷五十七）

王骥德

王骥德（？—1623），字伯良，一字伯骏，号方诸生，别署秦楼外史。明会稽（今属浙江绍兴）人。曾问学于徐渭，工戏曲，与沈璟、吕天成、王澹翁往来。著有《南词正韵》《曲律》等。

阻风莺湖

两日莺湖渡，依然宿柳根。白波千片立，黑雾半江屯。浊酒柴桑里，青裙水竹村。客愁难更遣，烧烛话黄昏。

（道光《平望志》卷一）

陈良模

陈良模，字范卿。明吴江（今江苏吴江）人。万历十年（1582）举人，授涪州知州，徙巴州，有循良声。转庆王左长史，遂归。性仁恕，雅好吟咏。既归，自谓获有田园之乐，益涉猎书记，乡里皆贵其名行。

过桑盘

昔有桑苎翁，烹茶碧水中。农家真淡泊，神宇何玲珑。桑树垂莺脰，于盘无渐鸿。谁栽四古柏，犹有晋唐风。

（道光《平望志》卷一）

汤显祖

汤显祖（1550—1616），字义仍，号海若、若士、清远道人。明临川（今属江西抚州）人。万历十一年（1583）进士，历任太常寺博士、詹事府主簿、礼部祠祭司主事、遂昌知县等职。工诗，尤擅戏曲。著有《还魂记》等。

寄乐石帆仪曹

莺脰湖南烟雨悭，吴江夜语孤舟闲。山深薄酒易醒醉，天远轻凫难往还。作县真如悬度国，迁官欲似飞来山。子公帝城能忆否，下马常眠双树湾。

（《玉茗堂全集》卷八）

邹迪光

邹迪光（1550—1626），字彦吉，号愚谷、愚公。明无锡（今江苏无锡）人。万历二年（1574）进士，官至湖广提学副使。以诗文自命，兼善绘画、音乐。著有《始青阁稿》《郁仪楼集》等。

过莺脰湖，湖水凤佳，为爝茗啜之

篷桡小如许，一苇忽冯陵。兀坐难舒足，长眠但曲肱。汲流多市妇，唤渡有田僧。旋取湖波瀹，银缸玉露凝。

日暮平望道中

其一

秋渚净无滓，明霞列水扉。牢骚为柳态，洁白是鸥衣。山转旋恭立，云来又背飞。官桥行尽处，田父射雏归。

其二

但有蒸林霭，曾无沸陌尘。犬声憎过棹，犊眼妒行人。测水频分荇，推篷可悉鳞。葛巾时自转，风起在青蘋。

（《始青阁稿》卷五）

自莺脰湖而往竟日风利

百里沧波曲曲通，碧天尘净敞秋空。占晴已得衔山日，挂席今乘破浪风。堤柳故如衰鬓秃，汀枫强作少年红。寻常不少阮生哭，此际无嗟道路穷。

（《始青阁稿》卷七）

祝以豳

祝以豳（1551—1632），字耳刘，号悍存，又号灵苑山人。明海宁（今浙江海宁）人。万历十四年（1586）进士，历任江西按察使、应天府尹等。家富藏书，有藏书楼名"万古楼""赐书堂"。著有《诒美堂集》等。

莺脰湖送别朱考功座师（时余下第初自燕京归）

一抹胥山千顷湖，净筵笼月月糢糊。夜光炯傍尊前发，暑气寒从剑首徂。谁复青云论意气，愁将白雪抵荣枯。持衡此去燕台上，为问千金骨有余。

（《诒美堂集》卷五）

潘有功

潘有功（？—1635），字臣伯。明吴江（今江苏吴江）人。天启二年（1622）进士，授中书舍人。崇祯间，为陕西参议，摄关内守道事，后以劳瘁卒官。为人旷达，不事威仪，诗文皆有清裁。

莺湖春雨

隔岸烟凝望若无，蒙蒙水影没鹈鹕。欲从渡口寻芳信，遮莫渔郎戴笠呼。

（道光《平望志》卷一）

登平波台

才觉身轻眼便空，狂涛声里起长风。千家晚市疏钟外，一点孤村远树中。浅濑有船轻趁鸟，断桥不雨欲成虹。收将八景供杯酒，为问烟波古钓翁。

浩淼光中一芥浮，天风吹散白蘋秋。凭虚槛外无尘世，浪迹人间有钓舟。绡出波心都是泪，蜃来海上欲成楼。醉横双眼长歌里，疑泛蓬莱清浅流。

（道光《平望志》卷五）

岳元声

岳元声（1557—1628），字之初，号石帆。明嘉兴（今浙江嘉兴）人。万历十一年（1583）进士。万历间，曾任工部主事。天启初，出任南京兵部右侍郎，因劾魏忠贤，削籍罢归。著有《潜初子集》《潜初杂著》等。

过悟珠庵，颇有风涛之险

一叶逍遥听所之，惊涛怒浪勿差池。湖南更有东林社，习静观心或在斯。

（道光《平望志》卷四）

陈继儒

陈继儒（1558—1639），字仲醇，号眉公、麋公。明华亭（今属上海松江）人。诸生，隐居小昆山，后居东佘山，杜门著述，工诗善文，兼擅书画。著有《陈眉公全集》《小窗幽记》等。

照公帆影阁

此地诗僧在，林扉尽日闲。夕阳鸥背外，秋色树声间。竹密疑无路，钟声如在山。不因帆影过，谁道水西湾。

（道光《平望志》卷四）

范允临

范允临（1558—1641），字至之，别号长倩。明吴县（今属江苏苏州）人。万历二十三年（1595）进士，官至福建参议，归后筑室天平山。工书画，时与董其昌齐名。著有《输廖馆集》。

平望有怀

云盖飘吴会，风期滞楚天。荷秋翻草露，树晚入江烟。梦逐啼乌断，心随去雁牵。暮讴凄转剧，清向溢长川。

（《输寥馆集》卷一）

庄元臣

庄元臣（1560—1609），字忠甫，一作忠原，号方壶子。明吴江（今江苏吴江）人。万历三十二年（1604）进士，授中书舍人。好学，喜谈经济。著有《曼衍斋文集》《庄忠甫杂著》。

题化城房壁

烟市千家簇簇，云涛万顷茫茫。远树遥天齐碧，疏星渔火争光。
落月暗淘黑浪，孤帆远送白鸥。萍叶芦花十里，钟声佛火千秋。

（道光《平望志》卷四）

徐㷿

徐㷿（1570—1642），字惟起，一字兴公，别号三山老叟、鳌峰居士等。明闽县（今属福建福州）人。工诗，以清新隽永见长，与曹学佺并称诗坛盟主。兼擅书画。著有《鳌峰集》等。

平望夜泛，怀黄仲华姚叔父强善长

烟水茫茫白，飘然指太湖。客身初离越，乡语又闻吴。月转汀花乱，霜深岸柳枯。欲随麋鹿去，台上吊姑苏。

（《鳌峰集》卷十）

程嘉燧

程嘉燧（1565—1643），字孟阳，号松圆老人等。明休宁（今安徽休宁）人，侨居嘉定。晚年皈依佛门，释名海能。折节读书，工诗善画，通晓音律，与同里娄坚、唐时升，并称"练川三老"。著有《松圆浪淘集》等。

平望阻风

驿路连吴近，乡音带越稀。寒流捎宿舸，夕浪急风扉。旁市求鱼入，邻舟得酒归。微微掩明烛，伏枕念无衣。

（《松圆浪淘集》卷一）

莺脰湖道中值雨漫兴

江南四月楝花风，绿雨生寒水气通。吴苑歌残春寂寂，严滩帆远碧蒙蒙。经时浪迹摊书外，尽日风烟泼墨中。莫忆乡园苦回首，江湖随地足渔翁。

（《松圆浪淘集》卷十一）

释通凡

释通凡，俗姓邱，字凡可，号叔遂。明嘉兴（今浙江嘉兴）人。出家于本邑憩云庵。工诗，与诸名士交善，性狂放，好诙谐。后见罪于岳元声，即蓄发业儒，补弟子员，世称邱秀才，后又弃去称山人。著有《树下草》等。

阻风平望道中闻笛，同王道安诸侣赋分零字

湿烟千顷压江汀，箫鼓东来亦暂停。柳叶抱风垂古渡，草光含雨傍孤亭。欲将杯渡同僧日，谩道乘槎是客星。试问渔人吹笛处，桃花能不怨飘零。

（《古今禅藻集》卷二十五）

查应光

查应光，字宾王，号玄岳先生。明休宁（今安徽休宁）人。万历二十五年（1597）举人。著有《丽崎轩诗集》《丽崎轩文集》等。

舟次平望驿

鸦啼野渡近黄昏，独敞虚窗醉旅魂。孤鹤遥临天外岫，片云欲阁水边村。白烟薄暮荒原草，红叶深秋古驿门。景况萧条乡思剧，谁能倒屣接王孙。

（《丽崎轩诗》卷一）

吴之甲

吴之甲，字元秉，号兹勉。明临川（今属江西抚州）人。万历三十八年（1610）进士，累官福建参政、两浙督学。为官清廉，虽历位显要，仍贫士书生之态，颇有卓绩。著有《静悱集》。

平望夜泊

平望望平楚，萋然夜阒寥。木兰舟已系，竹叶酒方浮。吴越怆陈迹，江山忆旧游。倚舷应一醉，栖泊任春流。

（《静悱集》卷一）

廖孔说

廖孔说，字傅生。明衡州（今属湖南衡阳）人。从父宦南京，遂为应天诸生。博学强记，为诗不经意。晚年戒酒屏人事，持佛号而逝。

重过兰溪

越迹吴踪久未能，飘来一叶泊孤僧。依然白酒青山夜，莺脰湖边摘野菱。

（《四朝诗》明诗卷一百十三）

范汭

范汭，字东生。明乌程（今浙江湖州）人，侨寓吴门。雅好浮白，高谈雄辩。著有《范东生集》。

舟次平望怀王子幻

微茫烟水阔，不辨故人家。湖上晚风急，满天吹雪花。春帆移远树，夕鸟啄平沙。独酌谁为慰，邻舟鼓自挝。

（《列朝诗集》丁集卷十四）

吴本泰

吴本泰（1573—？），字美子，号药师，又号雨庵。明海宁（今浙江海宁）人，寄籍钱塘。崇祯七年（1634）进士，除行人，授吏部主事，改南京礼部，历郎中。甲申后，隐居西溪，自号西溪种梅道者。著有《西溪梵隐志》。

舟次平望

秋棹吴江水，夕舂平望桥。红菱溅波冷，白鹭趁晴骄。市语吾乡近，墟烟别浦遥。为渔终笠泽，底事叹萍飘。

（《吴吏部集》之《海粟堂诗》卷下）

平望舟次别两儿

舣棹叮咛处，吴江第几桥。汝归家巷近，吾去帝城遥。门向竹篱补，砌将兰本浇。鸡鸣风雨夜，灯火可频挑。

（《吴吏部集》之《北游集》）

周宗建

周宗建（1582—1626），字季侯，号来玉。明吴江（今江苏吴江）人。万历四十一年（1613）进士，由知县擢御史。天启初，魏忠贤客氏乱政，宗建首疏劾之，后忠贤矫旨削籍，诬以赃罪，下狱死。崇祯初赠太仆寺卿，谥忠毅。著有《周忠毅公奏议》等。

宿阁中喜霁

积雨声满夜，乍喜晨光微。栖鸟出相语，早风吹未归。梦杂余醉后，懒忘深睡非。时闻窗叶堕，凉气未侵衣。

（道光《平望志》卷三）

周永年

周永年（1582—1647），字安期。明吴江（今江苏吴江）人，周用曾孙。诸生。少负才名，制义诗文，倚待立就。晚年扼腕时事，讲求掌故，欲有所作为。遭乱坎坷，居吴中西山，著诗累万首，信笔匠心，不以推敲刻凿为能。著有《邓尉圣恩寺志》《吴都法乘》《怀响斋词》等。

平望蚊子

尝读吴融诗，疑其或作恶。蚊阵何处无，独云平望路。今夕一宿此，始知真足怖。岂其蚊母草，偏向前溪聚。帷似有人开，满中皆彼趣。扇驱手已疲，烟辟火难厝。耐热引被蒙，针刺忽穿度。既饱微若醉，喧呶又复据。将飞辄乱鸣，翕集类相慕。客枕无以当，起坐不敢怒。一身为射的，众喙自奔赴。我血饫尔腹，幸不受刀锯。尔血殷人掌，杀亦分故误。可饮不可言，指口人知惧。嘬肤复聒耳，尔恶在多助。何由共歼除，忍令作露布。

（道光《平望志》卷十四）

莺脰湖诗

碧水堪游目，寒流亦似春。溪长接近漾，堤古限通津。转柁帆分路，衔鱼鸟养人。梵筵波涌出，香饭钵盛新。台寺遥相对，斋堂别有邻。洗天平月夜，唤客动钟晨。禅诵三方近，空光万顷亲。西南青嶂引，饮啄白鸥驯。缓棹聊容与，轻风起绿蘋。

（雍正《平望镇志》卷一）

吴江竹枝词

桑盘霜后摘金柑，似豆如丸价尽添。不向洞庭怀绿橘，韭溪还种唾花甜。

（乾隆《吴江县志》卷五十一）

周之夔

周之夔（1586—？），字章甫。明闽县（今福建福州）人。崇祯四年（1631）进士。为人负气节，任事敢言，授苏州推官，忤当道弃官归。明亡后曾起兵抗清，被张煌言任为参军，兵败后居潜寺中卒。著有《弃草集》。

莺脰湖送钱彦林北上

夜梦有仙人，遗我双白鹿。与子共骑之，巉角犹在掬。平明钱子至，飘然五铢服。画舫自天来，异书三万轴。倾泻琉璃胸，他人那可读。中夜风雨怪，应共蛟龙宿。握手奏天声，飞竹并续肉。湖光射朝暾，不及鹜子目。良悟梦先符，心期固非独。鹿蘋在京都，送子上天禄。

（《弃草诗集》卷二）

释行忞

释行忞，号复元。明湖州（今浙江湖州）人。少从紫柏学，工诗文。居南浔时与朱国祯、董斯张等结方外社。著有《且止庵草》。

吴江道中与陆叔度并载，晚至莺脰湖别

斜日松陵道，扁舟共汝还。不期初握手，旋复动离颜。水积犹余岸，云多莫辨山。宵来分寝处，宛在溆沙间。

（《明诗综》卷九十一）

程于古

程于古，生平不详，曾为中书舍人吴怀贤幕客，偶阅邸报，涂抹之，苍头怨怀贤，讦于东厂，捕下狱。怀贤承之，掠死。著有《落玄轩集选》《粤雪篇》等。

和公定平望道中韵

碧柳阴浓障沓茫，故山风景出情长。去年白社闲趺草，此日青楼怨女郎。流水正须惊缬面，远天何意织霞裳。悠悠驿路分南北，一度愁看醉卯觞。

（《落玄轩集选》卷六）

出平望驿

落日坐临空，沧波破远风。十年湖海意，回首对飞鸿。

（《落玄轩集选》卷八）

沈宜修

沈宜修（1590—1635），字宛君。明吴江（今江苏吴江）人，沈珫女，叶绍袁妻。聪颖好学，才智过人，工画山水，能诗善词，所生五男三女均有文采。著有《鹂吹集》。

暮春舟行，夜泊莺湖望月

曲堤春滟漾，杜若正芬芳。啼柳莺犹涩，衔芹燕渐忙。帘移摇绿小，棹举送青长。溪暗烟将暝，山遥树欲藏。笠舟渔罢钓，荇渚鸟窥樯。暮景留春色，微波怨夕阳。碧流浮镜藻，翠墅静岚光。掩映桃花醉，参差菜陌香。钟声帆澹霭，寺影月青苍。四野垂霞幕，千家宿雾妆。自堪供眺览，不必问潇湘。苒苒余萧索，滔滔独渺茫。偶来湖屿望，深喜袖衫凉。不尽江山兴，空怀诗酒肠。何能借风月，随意好悠扬。

（《鹂吹集》）

邢昉

邢昉（1590—1653），字孟贞，一字石湖，自号石臼。明末清初高淳（今江苏高淳）人。诸生。明亡后弃举子业，居石臼湖滨，家贫，取石臼水酿酒沽之。诗最工五言。著有《宛游草》《石臼集》。

莺脰湖

轻帆出浦口，雨色洒蘼芜。日映乌啼树，风清莺脰湖。溪回芳浦合，莎满白云徂。两岸瀼瀼露，应沾游女襦。

（《石臼集》前集卷四）

晓过平望二首

野水乱朝日，流光上绿蘋。兰桡动芳渚，欲采泪盈巾。
别离已千里，江水似愁生。无限青山色，莺啼树树声。

（《石臼集》前集卷八）

送潘江如移家吴江

江柳千条覆碧滩，黄巾未灭晓烽寒。海门潮汐浑如旧，城郭春风半已残。不使姓
名通骑省，却教妻子傍渔竿。他年莺脰湖边路，便作桃花源水看。

（《石臼集》后集卷四）

李天植

李天植（1591—1672），字因仲，人称蜃园先生。明末清初平湖（今浙江平湖）
人。明崇祯六年（1633）举人。性潇洒，绝意仕进。明亡，改名确，字潜夫，隐居陈山。
所作诗文，多为哀悼为明殉节者之作。著有《蜃园集》。

莺脰湖夜泊

孤舟贪水宿，苇曲更清阴。对月且高酌，无人自薄吟。野烟归棹冷，残火夜渔深。
此地谁相识，沙鸥有梦寻。

（《蜃园诗集》前卷二）

毛莹

毛莹（1594—？），初名培徵，字湛光，一字休文，晚号大休老人。明末清初吴
江（今江苏吴江）人。以媵子。早年游庠，工古文辞。穷居自适，屏迹禊湖间，日事
吟咏。多方外交，亲友敦劝应试不赴。康熙九年（1670），年七十七岁尚在世。著有《晚
宜楼集》等。

余久客莺湖，颇与酒诗之会。及冬解归，且将卜居郡中，爱作长歌留别同社，情见乎辞

莺湖水寒咽不流，衰杨夹岸风飕飕。乌啼月落烟光浮，此时游客装归舟。高斋置酒姑逗遛，分曹对垒倾百瓯。酒兵不解攻离愁，转从腊尾追春头。穷途偃蹇人所羞，襟期吾党偏相投。南园花发几唱酬，珠玑错落吐不休。醉中每自趋莲社，方外亦得盟糟丘。有时一棹凌沧洲，凭舷叫绝惊凫鸥。有时楼上扬清讴，讴声遏云云绕楼。长城谁独夸五字，雄风此足骄千秋。即今县家事边陬，数奇且勿思封侯。幕府未许借箸筹，人生行乐是良谋。移家将傍苏台住，芳溪香径堪夷犹。白公堤边停碧油，真娘墓前嘶紫骝。负郭虽无二顷田，倾箱或有千金裘。明春果否从我游，春光还待奚囊收。三径谁能自匏系，双柑终不负嘤求。已矣哉！君莫留，刚肠化为绕指柔。亦知聚散总常事，相对依然学楚囚。

寿殊胜寺渐庵上人

其一
碌碌尘劳内，翛然一衲轻。清谈对玄度，美酒待渊明。貌近庭槐古，心同湖水平。欲知无量寿，佛法等难名。

其二
法侣今谁在，惟师老斲轮。龙宫探妙藏，鹿苑启迷津。多宝常明炬，真金不坏身。如来亲受记，腊与道弥新。

莺湖晚步

偶尔沿塘步，风恬浪不侵。渔歌来远渚，爨火出疏林。舟楫江南北，人家世古今，意中成水观，鸥鸟共浮沉。

过殊胜方丈，侍玄道法师讲席奉和

久忆山中胜，兹来胜始全。虎溪新境界，鹿野旧因缘。树借慈云润，花经法雨鲜。衣珠虽指示，海藏恐无边。

社集感莺湖旧游

双柑曾此听黄鹂，占断春风万绿齐。一别人琴有余恨，再来陵谷未全迷。酒肠垒块凭村酿，诗兴阑珊认壁题。漫道浮屠戒三宿，梦魂长在武陵溪。

咏莺湖社中诸友

先君结社莺湖，共得十人，陆和卿先生暨渐庵上人为社中耆宿，已别见矣。兹六人者，羽翼骚坛，相继谢世，松柏先萎，蒲柳仅存，感怆之余，辄复成咏。钱姬能琴，颇不俗，每集必致之以充诗肠鼓吹，厥后不知所适，因并及之。

王文学叔美（名克让）
乌衣方盛时，轩轩亦豪举。客至有如归，此风今邈矣。
王文学季和（名克谐）
诗学得家传，诗才本天授。一自玉楼成，寒波咽莺膬。
潘文学孟言（名虞龙）
颇饶汲黯风，兼有郑庄意。是亦古之遗，交情尤笃挚。
潘少恭臣伯（名有功）
旷达性所钟，穷通了不异。中圣率天真，小草殁王事。
受饶二上人（殊胜东房）
雅道萃胜流，参以两禅喜。试举最上乘，茶香兼酒美。
钱姬昭仲（广陵妓流寓）
曲宴共西园，清音推北里。落絮偶沾泥，飞花忽随水。

挽渐庵上人

坐深禅榻起迟迟，记得欣然摩顶时。今我头颅已斑白，那教尊宿不先辞。
偶因访戴夜深回，重问生公旧讲台。不住愁心搅残梦，更无清磬入船来。

（《晚宜楼集》）

吴有涯

吴有涯，字茂申。明末清初吴江（今江苏吴江）人。幼颖异能文，明天启七年（1627）举人，数上春官不第，与同郡张溥、杨廷枢倡为复社。崇祯十三年（1640）署金坛教谕，迁平阳知县，政声大著。明亡后削发为僧，隐邓尉山。著有《客编奏议》、《燕游草》等。

沈烈女（并序）

氏为莺脰湖民家女，有殊色，越人欲强得之，不从，就缢。予闻而哀之。

莫簇鹇之羽，斗死不为双。翟雉惜柔尾，雨雪甘饿僵。贫女栖卑巷，不解绣鸳鸯。皎洁莺湖水，贞心清且长。湖水越溪至，越溪人不良。羞将此水浴，沾体减容光。永别何所倚，眷兹父母旁。父母诚善顾，明月凉空床。

（道光《平望志》卷十四）

钱 棻

钱棻，字仲芳，号涤山，别号八还道人。明末清初嘉善（今浙江嘉善）人。崇祯十五年（1642）举人。山水深得黄公望笔意。博通经史，著书涤山。史可法招致幕中不就。卒年七十八。

中秋看月莺脰湖

其一

高寒湖气净，烟树敛空霏。岸阔浮天远，舟孤受月肥。浅游疑邃古，久坐得精微。默默禅心另，琴樽总俗机。

其二

渔舟随月上，风泽细生纹。鹭白翻溪雪，鸥闲卧水云。短芦漾古渡，遥岫吐星文。小寺苍波里，钟声隔岸闻。

（《萧林初集》卷三）

钮应斗

钮应斗，字宿夫。明末清初吴江（今江苏吴江）人，秀水籍。幼有异表，性沉静，寡言笑。崇祯十六年（1643）进士，知漳浦县，有治绩。清军入闽，遂归，时年未三十。后征不仕，里居教授垂五十年，卒年七十四。

平波台

积水明于镜，中流峙此台。云从湖岸落，浪涌寺门回。柳外千帆去，沙边一鸟来。昔年题咏处，古壁满莓苔。

（《四朝诗》明诗卷六十五）

李 寅

李寅，字寅生，又字晓令，号珠仍。明末清初嘉兴（今浙江嘉兴）人，良年父。诸生。晚明复社名流。明亡不仕，遂为遗民。后游幕岭南，客死韶州。著《视彼亭诗》《鱼唱草》等。

曹家难后夜泊平望有感

犬吠寒塘寂，渔歌次第生。遣愁明月好，多难故园轻。野旷林无影，天空雁有声。风波今夜少，差息旅魂惊。

（《明诗纪事》辛签卷二十三）

周应仪

周应仪，字元度。明吴江（今江苏吴江）人，周用曾孙。官至光禄寺署丞。所作小诗，缠绵温丽。天启间曾校刻陆游《老学庵笔记》。著有《南北游草》《川上草堂集》等。

溪 上

明月溪边路，秋风溪上船。船头何所有，满把水中莲。
我家烂溪边，出门即溪水。秋来溪水深，处处菱歌起。

（道光《平望志》卷十四）

释上英

释上英，字胜幢。住殊胜寺，诗学宋人，而能清空一气，无斧凿琢削之痕。

过鹿野庵

漫说岩栖寺，松泉近世情。宁知真静者，不爱有高名。此地竹皆直，前溪水至清。溪声兼竹色，与子一嘤鸣。

（光绪《平望续志》卷四）

夜　雨

独与孤镫坐几更，自怜身世不分明。雨声有甚关人事，亦使愁端灭复生。

（光绪《平望续志》卷十）

释希复

释希复，明代僧人，生平不详，著有《释同石集》。

将往河南晓发平望

利涉非吾事，侵星奈晓何。水村浮寺远，岸火隔桥多。千里路方积，三秋日易过。垂哀试行脚，谁复虑风波。

（《古今禅藻集》卷二十二）

058

莺湖中秋

湖迥波逾白，天空气益清。百年当此夕，几度畅平生。胜景良难践，佳宾未易并。通宵宁拒醉，华月独欢情。

（道光《平望志》卷一）

释读彻

释读彻，字白汉，殊胜寺方丈。精通禅理，所为诗雅澹，书法宗智永。明末有两读彻，一为中峰苍雪。

月公血书《法华经》赋赠

一滴生前血，三生未了因。僧无不重法，尔岂独轻身。花落浑成字，经飞不是尘。楚云乘愿后，莫道更无人。

（光绪《平望续志》卷十）

王克谐

王克谐，字季和，生平不详，约活动于明末。

桑盘秋泛

雀食稻粱饱不飞，木奴千头摘欲稀。芦花摇雪望中白，枫叶映霞分外绯。遥想曲迳几时尽，恰愁路纡何处归。村翁村酿应时熟，甘菊正黄蟹正肥。

（道光《平望志》卷一）

庵 居

断机空愧乐羊妻，逃影番为巢许栖。蕉鹿梦中都是幻，风幡动处总成迷。折磨夜诵三更漏，消受晨餐一品虀。此水上流真胜地，要将来历问曹溪。

（道光《平望志》卷十四）

殳丹生

殳丹生，字山夫，初名京，字彤宝，号贯斋，入清改今名。明末清初嘉善（今浙江嘉善）人。诸生。工诗画。初寓苏州，徙盛泽，复迁蒋湖。晚年弃家，徜徉五湖以终，诗名播江浙。著有《贯斋遗集》。

殊胜寺

湖边殊胜寺，风景自然殊。近寺云千顷，看山水一区。人家当驿路，烟火簇桑榆。向夕波光动，应怜神女珠。

题英上人空明阁

古寺名殊胜，门临莺脰湖。往来成陆海，坐卧见冰壶。浩荡鱼龙舞，苍茫雁鹜呼。更将高阁倚，千里一平芜。

同徐璞宿空明阁

高阁三秋水，扁舟二老人。登临知不厌，羁旅自相亲。月照芙蓉渚，潮通杨柳津。几番携幞被，住此独逡巡。

莺湖春雨坐空明阁有怀徐璞

湖边高阁放春晴，细雨香飘绕化城。尽日凭栏来独坐，有时把酒得同倾。花飞水面银鱼小，风急帘前燕子轻。向晚迷离堪极目，烟波无际倍含情。

（道光《平望志》卷四）

李明嶅

李明嶅，字山颜，号蓼园。明末清初嘉兴（今浙江嘉兴）人。明贡生，著声复社。清顺治元年（1644）举人，官福建古田教谕。受知于巡抚佟国鼐，延掌书记，累有佐于治，后引疾归，著述以终。工诗，著有《乐志堂诗集》等。

莺脰湖市楼晚望，有以蔬果见饷者，赋此

市头临笠泽，渔火逼珠龛。水溜双桥下，帆飞八测南。村肴分白小，山果得黄甘。便拟探林屋，还愁路未谙。

（《乐志堂诗集》卷二）

徐汝璞

徐汝璞（1602—?），字我石，号雪渔、雪樵，又号塞斋。明末清初长洲（今属江苏苏州）人。诸生。入清后，隐居白蚬江，自棹一艇，绿蓑青笠，吟啸烟波间。不接宾客，惟一二高人逸士流连晨夕而已。工诗，著有《怀友诗集》等。

怀马犹龙

三载一回别，惊余鬓染霜。雪湖重泛棹，红杏遍栽塘。交以久而笃，情因淡愈长。相逢欲饮醉，资每出青囊。

怀唤石上人

风雨迟孤棹，禅宫静夜投。榻虚疑早下，酒美预为谋。佳句盈笥帙，青镫细校雠。只嫌严选佛，不得絮绸缪。

（道光《平望志》卷十五）

许　楚

许楚（1605—1676），字芳城，号旅亭，又号青岩。明末清初歙县（今安徽歙县）人。诸生，以诗文名，亦能书画。为文有法度，尝著《新安江赋》，为王士禛所激赏，诗亦声情激楚。著有《青岩集》。

月夜泊平望听吴歌

此夜净如拭，孤篷傍戍更。灯驱蚕市罢，凉借麦秋生。古调惭歌些，荒游重晚晴。谁于残石月，敢断子规声。

（《青岩集》卷一）

沈峻曾

沈峻曾，字寙庵。明末清初仁和（今属浙江杭州）人。顺治十一年（1654）副榜贡生。著有《涟漪堂遗稿》。

莺脰湖建张高士祠诗赋寄和韵

其一

扁舟一叶早登仙，泛宅浮家不计年。世外渔樵同白鹭，雨中蓑笠冒苍烟。太虚明月长为客，流水桃花别有天。遥念莺湖台阁上，词人得句向谁填。

其二（祠有平波台）

台涌平波高士塘，溯回秋水宛中央。仙人自相三山去，热客谁知九夏凉。浮席翩翩云鹤舞，流觞泛泛芰荷香。清风吹动沧浪啸，一似钧天奏羽商。

（《涟漪堂遗稿》）

释性炳

释性炳，字焕若，住殊胜寺潮音房。学法于读彻，学诗于毛莹，与潘禹瞻、周叔伦、陆崖诸人为诗文友。著有《观西楼诗集》。

两殿倾危感而赋此

暖雨寒风日易徂，百年胜事叹蹉跎。已知一木难支敝，须藉祇园称远图。湿渍残垣生熠爝，声倾败瓦下鼪鼯。几回梦想肠如结，轮奂何时映绿湖。

文觉禅师喜震泽邑侯邓公过访不值赋赠

秋风一棹泊僧庐，剧欲谈元两度虚。父老相从说贤令，不胜南望挂帆余。

送元道法师

芙蓉香老叶声干，一棹烟云去路宽。且喜到庵秋未尽，芦花十里待君看。

（道光《平望志》卷四）

莺湖春雨诗

莺湖二月尚知寒，极目霏微雨意宽。柳暗温云连水寺，鸥盟轻浪上渔礁。萧萧旅泊愁难剪，寂寂松寮溜亦繁。回想昔年垂钓者，空余烟水后人看。

和徐瞟庵韵

万顷烟波涌一丘，当年仙迹至今留。碧连荇草鱼吹浪，白乱芦花雁入秋。旷达何人追往事，风流羡尔续前游。莺湖淼淼重生色，把酒高吟最上头。

又

谁将胜事问寒塘，赖有伊人思未央。独向水云寻旧迹，更修樽俎对微凉。晴开杨柳连天碧，风引芙蕖绕座香。他日一杯开社集，桃花春水续清狂。

首春陈青书金山逸招同往桑盘看梅诗

正有观梅兴，欣同二妙游。风微香细细，村暖白浮浮。放艇依僧舍，开樽傍水楼。胜怀如读古，日暮尚淹留。

（雍正《平望镇志》卷一）

张世芳

张世芳（1608—1670），字文初，号季淳。明末清初归安（今属浙江湖州）人，后迁吴江之盛湖，为盛泽张氏始迁之祖。著有《萼辉堂集》。

夜过莺脰湖

蠡壳窗边渔火明，扁舟宛似镜中行。料因夜静钟常在，难得波平梦亦清。
十里桑麻迷客路，一帆风雨到江城。推篷回首闲云锁，犹忆前溪唱晚声。

（《盛泽张氏遗稿录存》诗存）

蒋 薰

蒋薰（1610—1693），字闻大，号丹崖，原籍浙江海宁，后徙居嘉兴梅里。明崇祯九年（1636）举人，入清后曾任伏羌知县。工诗文，作诗逾万，著有《留素堂文集》《留素堂诗删》等。

经莺脰湖呈诸戚

水黑翻鳌背，天青过雁声。孤舟从此去，诸戚黯离情。京口连云树，长安近日城。
临岐未忍别，莫漫赋西征。

（《留素堂诗删》之《西征稿》卷一）

方 文

方文（1612—1669），字尔止，号嵓山。明末清初桐城（今安徽桐城）人。诸生，入清不仕，与复社、几社中人交游，以气节自励。工诗，早年与钱澄之齐名，后与方贞观、方世举并称"桐城三诗家"。著有《嵓山集》。

寄怀史弱翁

春水漫漫莺脰湖，美人高咏在菰蒲。河行有注三边没，农政虽精十亩无。招隐曾坚华下约，谋生犹愧府中趋。何时贾得渔家女，捕蟹捞虾兴不孤。

（《嵓山集》卷六）

周亮工

周亮工（1612—1672），字元亮，一字减斋，号栎园。明末清初祥符（今属河南开封）人。崇祯十三年（1640）进士，官御史。入清历官户部侍郎，坐事罢，复官江安粮道。著有《赖古堂集》。

莺湖竹枝词

万家潭口鱼正肥，稻花远近香袭衣。却闻湖中歌四起，采菱满船鼓枻归。

（民国《震泽县志续》）

卜舜年

卜舜年（1613—1644），字孟硕。明吴江（今江苏吴江）人。工画，见赏于董其昌、陈继儒。明亡佯狂卒，年三十二。著有《云芝集》。

宿莺湖

莺湖日堕波余紫，青翰舟留白沙嘴。半夜潮生枕簟间，遥林月到篷窗里。呼出渔郎张志和，瓦盆白酒发高歌。平明共尔升玄圃，回首吴山青一螺。

（《明诗纪事》庚签卷三十下）

顾炎武

顾炎武（1613—1682），字宁人，号亭林。明末清初昆山（今江苏昆山）人。诸生。青年时发愤为经世致用之学，抗清败后漫游南北。其合学与行、治学与经世为一，与黄宗羲、王夫之并称三大儒。著有《亭林诗文集》等。

汾州祭吴炎、潘柽章二节士

露下空林百草残，临风有恸奠椒兰。韭溪（二节士所居）血化幽泉碧，蒿里魂归白日寒。一代文章亡左马，千秋仁义在吴潘。巫招虞殡俱零落，欲访遗书远道难。

寄潘节士之弟耒

笔削千年在，英灵此日沦。犹存太史弟，莫作嗣书人。门户终还汝，男儿独重身。裁诗无寄处，掩卷一伤神。

（《亭林诗集》卷四）

顾 樵

顾樵（1614—？），字樵水，号若邪居士。明末清初吴江（今江苏吴江）人。工画，山水入能品，兼善书法，工诗，有诗、书、画三绝之誉。志尚冲素，与顾有孝等并称高人。康熙三十六年（1697）尚在世。著有《吴郡名胜志》等。

秋日过潘力田村居

频年著述掩柴关，接岸芦花水一湾。燕欲窥梁嫌帙满，鸥常到户为人闲。独传史笔推西汉，已有移文效北山。世事等看朝槿改，相逢尊酒暂开颜。

（道光《平望志》卷十五）

魏 畊

魏畊（1614—1662），原名璧，又名时珩，字楚白。明末清初慈溪（今浙江慈溪）人。明亡后，改名畊，又名甦，字野夫，号雪窦。曾联络抗清志士，图谋恢复，因"通海案"而被害。工诗，为屈大均所赏，著有《雪翁诗集》等。

鸳脂湖寄朱茂朋

曾闻章句美，常忆弄珠楼。竹林五载别，白云多所愁。春雨桃花发，湖波日夜流。飘飘吴楚客，安能辨况浮。月出洞庭山，浦口系我舟。潊鹥忽争喧，沙鸰飞相求。徒然开幔坐，独酌思悠悠。晓渡青杨岸，挂帆风飗飗。回看怀君处，兰杜已盈洲。

（《雪翁诗集》卷三）

宋 琬

宋琬（1614—1674），字玉叔，号荔裳。明末清初莱阳（今山东莱阳）人。顺治四年（1647）进士，官至浙江按察使。曾长期流寓吴越。工诗，与安徽施闰章齐名，有"南施北宋"之称。著有《安雅堂全集》。

为方尔止题抱鸳图四绝

其一

鸳脂湖边避乱时，为郎曾赋定情诗。何堪再见张京兆，绝笔三年不画眉。

其二

天意偏教杀绿珠，抱鸳人与坠楼殊。可怜冢上相思树，夜夜啼鹃傍老乌。

其三

鹍弦一绝永无音，莫怪相如饮恨深。犊鼻着来将泪瀚，谁能更颂白头吟。

其四（尔止姬人死于怨家之手，作《长恨歌》记之）

图画诗篇总断肠，人间那得返魂香。报仇才证西方果，来世应为聂隐娘。

（《安雅堂诗》七言绝）

沈永令

沈永令（1614—1698），字闻人，号高陵，又号一枝。明末清初吴江（今江苏吴江）人。顺治五年（1648）浙江副榜贡生，授陕西韩城知县，又官高陵知县。诗文、词曲、书画皆有名。著有《深柳堂集》。

鸳脂湖竹枝词

云涛万顷涌平波，仙蜕无踪觅志和。桥婢渔奴何处去，沿溪惟有绿烟簑。

渔灯晚泊停榆槐，月影低墙入酒怀。通济近连殊胜刹，钟声夜夜渡潮来。

（《吴门杂咏》）

彭孙贻

彭孙贻（1615—1673），字仲谋，号茗斋，自称管葛山人。明末清初海盐（今浙江海盐）人。明末以明经首拔于两浙，入清后不仕，博览诸书，闭门著述。工诗善画，其七言律诗仿效陆游。著有《茗斋集》《五言妙境》等。

莺脰湖秋望

一路吟秋到泽涯，平林灭没点寒鸦。窥人宿鹭闲相侦，坠粉残荷尚有花。山水清光闲野客，烟波幽事傲渔家。明朝舞棹东归去，已买风篷上若邪。

（《茗斋集》卷二）

莺脰湖望震泽诸山

莺脰湖光沁客颜，汀蘋沙柳共潺湲。秋回残暑蝉声急，月落荒亭草色闲。吴越水分平望驿，荆蛮天尽洞庭山。胥门此去无多远，买剑亡家出楚关。

（《茗斋集》卷四）

归泊平望

落日扁舟下五湖，鸳鸯双桨带菰蒲。荒烟驿路长堤断，古戍春流画角孤。笠泽回环交众水，尹山明灭入寒芜。高楼何处空凝望，归梦今宵定有无。

（《茗斋集》卷十一）

莺脰湖

莺脰湖东秀水西，滥溪相接王家溪。捕鱼个个胜野獭，织素村村连晓鸡。此中卜宅五亩有，随处浮家八口携。孤篷过此月将杪，暑云未合水云绕。菱花藕花碍刺船，尹山明灭青无了。片帆落口小舟横，轻帆张幰微风生。洞庭缥缈入画障，水白河光如月明。七十二峰应笑我，如此云山乃远行。

（《茗斋集》卷十四）

舟经平望驿

平望桥平望夕曛，娄江笠泽此中分。风帆剪取一溪绿，半入江云半泽云。

（《茗斋集》卷十五）

叶小鸾

叶小鸾（1616—1632），字琼章，一字瑶期。明吴江（今江苏吴江）人。叶绍袁、沈宜修幼女。貌姣好，工诗，善围棋及琴，又能画，绘山水及落花飞蝶，皆有韵致，将嫁而卒。著有《返生香》。

舟　行

舸摇秋水碧如天，两岸蘋花落日边。只有枫江秋色好，卖鱼沽酒尽渔船。
轻云澹澹水悠悠，野鹭沙鸥浴蓼洲。杨柳烟斜临古渡，小桥深处一渔舟。
芊芊芳草绿平川，远树微茫插远天。春水一江帆影乱，野花迎棹向人怜。
黄鸟啼时春已阑，扁舟载酒惜花残。远山如黛波如镜，宜入潇湘画里看。

（《返生香》）

陶季

陶季（1616—1703），初名澄，字季深，晚号括庵。早负异才，潜心经史。明末清初宝应（今江苏宝应）人。明亡后，弃举子业，专肆力诗古文词。性好游历，所作诗多于舟车中得之。著有《湖边草堂集》《舟车集》等。

送越客二首

杨柳津亭破晓迟，轻帆欲进雨丝丝。前年记得君行日，一夜西南风倒吹。
君过姑苏百尺台，春阴一路野棠开。吴江城郭无相识，莺脰湖边寂寞回。

（《舟车后集》卷五）

徐崧

徐崧（1617—1690），字松之，一字嵩之，号瞿庵。明末清初吴江（今江苏吴江）人。少从史玄游，有诗名。好游佳山水。著有《百城烟水》等。

过姚田庵访契周尔飞二上人

蜿蜒龙坡路，徜徉日已斜。看枫过水寺，问菊到村家。客聚难禁酒，僧闲惯煮茶。云山秋色远，清兴绕天涯。

碧浪西风起，沿泂一径斜。临湖看野寺，觅渡问渔家。月色溪边树，灯光雨后花。秋宵移一榻，与子把青霞。

过莼香庵赠玄道法师

别业平川上，高风忆采莼。疏篱秋水入，小艇白鸥轻。煮茗邀溪月，谈经施野人。中峰能退隐，独处不嫌贫。

庚子秋访霞隐兄于粟隐庵

金潭处处绝织尘，欲渡无梁孰问津。明月一庭相见了，与君俱是旧时人。

甲辰秋同霞隐梅章苍谷重过粟隐

平川破驿马蹄多，风雨舟中问雪湖。旧隐金潭原不远，水烟秋暝喜同过。

舟过梅堰

向日波光起，回看渌水沉。野塘无住路，初月在天心。

宿显忠禅房

何处梅花发，寒香已暗飘。诗成闻击柝，酒醉学吹箫。寺绕兼葭岸，塘连薜荔桥。归云楼外月，风竹影萧萧。

（《百城烟水》卷四）

莺湖竹枝词

春湖一曲板桥斜，桥畔垂杨卖酒家。几度停桡人不见，东风吹落碧桃花。

（民国《震泽县志续》）

朱 陵

朱陵，字望子，号亦巢。明末清初吴县（今属江苏苏州）人。与万寿祺友善。工山水，得黄公望笔意。

莺脰湖竹枝词

美人当日逞妖娆，螺黛临湖日日描。一水只今清似镜，故应相对画眉桥。

湖堤四面柳毵毵，一棹烟波兴自酣。欲试鱼形三尾异，亟须先到万家潭。

两岸青楼映绿杨，妖姬薄醉逞红妆。于今尽属居民处，漫指浜名是小娘。

席草栽来长待收，也同禾黍绿油油。秋时卖用兼供税，装载船连到虎丘。

（《笠泽诗钞》卷六）

马天闲

马天闲，字犹龙，号菊窗。明末清初吴江（今江苏吴江）人，居平望翁家浜。与徐崧交。读书过目成诵，善医，工诗。著有《菊窗集纪略》。

诸勿庵送张志和仙像于平波台，次和徐脮庵韵

神仙闻说住丹丘，胜迹何当此处留。青笠不题西塞雨，绿蓑应泛雪溪秋。化工妆点成新像，水殿安排胜旧游。乘兴登临时极目，危阑倚遍更回头。

（道光《平望志》卷五）

吴 龙

吴龙，号潜庵。明末清初歙县（今安徽歙县）人。负笈来吴，执经周安期之门，与徐介白共事。工五言律，避乱隐于白足，后遂返初服，筑居平望雪湖间。

舟次平望送弟之楚兼致程枢仲

天涯相砥砺，此日贵能贫。月照家山远，舟分水驿频。四方从尔志，一衲老吾身。珍重秋江上，襄阳有酒民。

同嵩之过访霞允粟隐庵

高卧禅居傍水村，扁舟薄暮到衡门。黄花开遍霜林下，宾主相看两不言。

（道光《平望志》卷十五）

陈金篆

陈金篆，字青书。明末清初吴江（今江苏吴江）人。博学工诗，骨格清超，丰神绮丽。与同邑顾樵、徐崧、黄容辈相唱和。著有《环翠斋诗稿》。

祝元翁戚夫子八十

东南称泽国，众水发有源。一脉自天目，千古盛潺湲。汇聚曰莺脰，势将具区吞。涛声若雷殷，浪花如雪喷。奇气钟奇士，功业铭国门。而乃志高蹈，韬光隐丘园。陶情耽著述，摇笔堆珠瑞。夜火青箱列，春风绛帐翻。饭牛鄙宁戚，策马嗤王尊。热矣长安道，何如栗里村。亲戚悦情话，白首鼓篪埙。齐眉并德曜，服彩同贤昆。聚星占太史，荀淑夸龙孙。奚必渭滨钓，非熊载后辕。不须拜黄石，赤松手自扪。篮舆偶乘兴，前溪日正暾。锦囊得佳句，压倒白与元。即以介眉寿，万年何足论。莺脰视星宿，天目乃昆仑。

（道光《平望志》卷十五）

释元昂

释元昂，字晓轮，性好游，所至之处必纪以诗。著有《雪斋诗集》，钱汝砺为之序。

空明阁

放眼湖光曲槛前，窗明犹傍绿阴边。长空云涌千家月，远浦帆飞百里船。贝叶静翻临佛火，诗篇夜读照藜烟。何当风木伤心处，一榻依然那忍眠。

（道光《平望志》卷四）

释照影

释照影，字指月，住梅里江枫庵。工诗，与翁仲谦、徐介白、顾茂伦、朱长孺诸先生游。著有《镜斋集》。

题溯闻兼葭庵

螺庵半隐水云湄，风露萧萧雁下迟。独抱禅心照明月，白芦花底夜深时。

顿 塘

百里横塘晚气侵，迎风西去路阴阴。马嘶残驿斜阳动，人渡寒潮葭葵深。历乱荒途犹有恨，艰难世道总关心。苕溪一水通吴会，寂寞于公自古今。

（乾隆《震泽县志》卷三十四）

茅兆儒

茅兆儒，字子鸿，号雪鸿，一作鸿雪。明末清初钱塘（今属浙江杭州）人。明少宰瓒曾孙。喜远游，工书画。著有《东篱草堂诗钞》。

过平望

莺脰东西路，苕禾自此分。远村浮岸草，春水涨湖云。客兴凭孤棹，归心倚夕曛。苏台留未得，啼鸟不堪闻。

（《两浙辀轩录》卷六）

叶敷夏

叶敷夏，字康哉，号苍霖，自号唐湖渔隐。明末清初吴江（今江苏吴江）人。继武子。诸生。工诗，笔力矫健胜其父。受学于吴宗潜、宗泌兄弟之门。杜门嗜古，不妄交一人。顺治七年（1650）入惊隐诗社。著有《隐居杂录》。

茅　舍

茅舍斜阳里，荒扉绿竹边。水云过影白，谷鸟弄声圆。违俗悲青眼，潜名惜壮年。不才深自愧，低首读残编。

寄杨祠部艺

悠悠平望水，淼淼万家池。每到花时节，闻君自泛卮。

（道光《平望志》卷十五）

周抚辰

周抚辰，字其凝。明末清初吴江（今江苏吴江）人，仲烈子。为叶世侗妻弟，居平望之烂溪，曾与族父周尔兴同入惊隐诗社。

晚渡莺脰湖

暝色愁归客，孤舟不敢停。水兼天际白，山会晚来青。特兀前朝寺，凄凉旧驿亭。伤心今日事，身世一浮萍。

（道光《平望志》卷十五）

周　芳

周芳，生平不详，约生活于明末清初，与徐崧有交往。

平望道中见石梁落成偶题

莺脰湖东亘石塘，年来又见驾飞梁。派分震泽狂澜静，地接垂虹驿路长。古寺有钟催日夕，荒祠无客荐蒸尝。万家烟火凭望高，扰扰浮生有底忙。

（雍正《平望镇志》卷一）

方孝标

方孝标（1617—1697），本名玄成，别号楼冈。明末清初桐城（今安徽桐城）人。顺治六年（1649）进士，累官至内弘文院侍读学士，坐事流放宁古塔，后得释。康熙初仕吴三桂，为翰林承旨。著有《滇黔纪闻》等。

画眉鸟产越山中，平望镇有桥，名画眉桥云，俗传鸟过其下则不鸣，童子买得数笼皆携之过桥上，过后悬舟中，鸣噪倍常，戏慰以诗

野鸟离乡路，题桥俗谚奇。果然经此后，群噪若为期。梦或归巢数，身因巧弄羁。画船安饮啄，漂转莫深悲。

（《钝斋诗选》卷十）

沈自铤

沈自铤（1618—1680），字公捍，一字闻将，又字文将，号南庄。明末清初吴江（今江苏吴江）人。自炳族弟。与徐崧同学，以荐为鲁王行人。鲁王败走，归，遂隐居吴家港，与诸高士为诗社以终。著有《南庄杂咏》《钓闲集》等。

刘公塘

地势东南下，清流绕县城。筑塘兼泻水，导海复留泓。禹力终难继，神功自此成。刘公余治绩，还识旧时名。

（道光《平望志》卷十五）

尤侗

尤侗（1618—1704），字同人，更字展成，号悔庵、艮斋，晚号西堂老人。明末清初长洲（今属江苏苏州）人。少警敏，博闻强记，有才名。以乡贡调选，授永平府推官。吏治精敏，不畏强梁，坐挞旗丁归。诗词古文，才思富赡而新警，体物言情，精切流丽。著有《西堂集》等。

莺脰湖竹枝词

底事名为莺脰湖，湖中可有小莺无。我来倚棹吴江畔，但听春风叫鹁鸪。
万家潭口出银鱼，争道鲈腮味弗如。总被渔翁收拾尽，斜风细雨且归与。

（《松陵见闻录》卷十）

吴 绮

吴绮（1619—1694），字薗次，号绮园。明末清初江都（今江苏扬州）人。顺治
十一年（1654）贡生，官至湖州知府。工诗词骈文，诗仿徐陵、庾信，以清新为尚；
骈文学李商隐，以秀逸见胜，与陈维崧齐名。著有《林蕙堂全集》等。

杂 感

莺脰湖边树欲红，长年倚楫听晨钟。苕川多少浮家处，何日来寻桑苎翁。

平望戏成

谢安手板自无聊，又趁东风送短桡。沙上白鸥应笑我，年年身到画眉桥。

赠陆文孙

莺脰湖边杨柳春，相逢倚楫暗伤神。鄂君绣被知何处，肠断何戡是旧人。

（《林蕙堂全集》卷二十二）

曹尔堪

曹尔堪，字彦博，号博庵。清嘉善（今浙江嘉兴）人，曹尔堪弟。诸生。著有《岭
云集》《道迩堂集》。

泊平望驿

停桡依古驿，隔岸动渔歌。极浦残红断，遥山落口多。乡心悬鼓角，客路畏干戈。

咫尺松陵道，浮云渺逝波。

（雍正《平望镇志》卷一）

顾景星

顾景星（1621—1687），字赤方，号黄公。清蕲州（今属湖北蕲春）人。明末贡生，南明弘光朝时考授推官，入清后屡征不仕。康熙己未（1679）荐举博学鸿词，称病不就。著有《白茅堂集》。

平望桥看落月

只知桥似月，复讶月如桥。半壁云吹湿，千江影动摇。低连震泽雾，高驾海门潮。明夕清光上，依然看碧霄。

（《白茅堂集》卷五）

杜漺

杜漺（1622—1685），字子濂，号湄村。清滨州（今山东滨州）人。顺治四年（1647）进士，官至河南参政。家世工书，漺尤媚，得王献之之神。著有《湄湖吟》。

望莺脰湖

莺啼湖水深，湖光生窈窕。横流间长桥，一一画清照。古寺俨当心，蓬阁疑舣舫。忆昔使括苍，翻飞回苍鹞。御史强留宾，挥汗共谈笑。太守具歌舞，徒然夸二妙。于今十年往，风景看应肖。开窗棹如飞，低徊发长啸。羊裘者谁子，惟尔可同调。

（《湄湖吟》卷六）

周筼

周筼（1623—1687），初名筠，字青士、公贞，号筜谷。清嘉兴（今浙江嘉兴）人。工诗，尤擅五言律，闻名于当时，与王翃、范路、朱彝尊等相唱和。著有《采山堂集》等。

平望道中寄怀蒋楚稚

北望正萧瑟，吴江枫叶稀。故人不可见，游子复何依。道远孤城隔，天长独乌飞。犹希著书暇，一为嗣音徽。

（《梅会诗选》二集卷十）

潘柽章

潘柽章（1626—1663），字更生，又字力田，一字圣木。清吴江（今江苏吴江）人。明末补桐乡学生，入清后隐居韭溪，肆力于学，博览群书，尤长于考订。南浔庄廷铙史狱起，因撰《明史记》而及于难。著有《松陵文献》《观复草庐剩稿》等。

莺湖巫

神昼降，舞瑳瑳。砰雷鼓，怒睢盱。步婵媛，怖聋愚。折蔓茅，占所须。惟大赛，神曰俞。树翠旄，相召呼。醵金帛，空阎闾。张百戏，鱼龙趋。冠神山，吐蟾蜍。玉作埒，钱为铺。道羽盖，垂流苏。饰妖童，扬素娥。纷歌舞，骄长衢。观者谁，吴越姝。咽箫笙，骈绮罗。舳尾衔，人肩摩。波为埃，日模糊。神之来，骑青凫。肃回风，吹鸣枹。蒸兰蕙，酌醍醐。巫既醉，朱颜酡。锡百祥，乐且都。有客来，久嗟呼。岁阔逢，神忆无。小臣泣，万方痡。社鼓散，不须臾。今见此，何为乎。劳费殚，哀乐殊。神奚歆，矫者巫。愿投之，嫁莺湖。

莺湖逋客歌

天目双流东浩浩，莺湖百顷狂澜倒。芙蓉葭菼秋苍苍，长堤曲岸相萦抱。风帆来往吴越通，大波瀺灂藏蛟龙。中有畸人弄烟艇，三湘七泽吞心胸。濯缨濯足清冷水，牵牛迢迢入槎底。浮沉但学汀上鸥，恭敬犹为路旁梓。桑磐橘熟霜初霙，银鱼出网针纤纤。乐在风波忘家舍，此身自觉生黄炎。武陵花源宛然在，拍浮便了此生内。却笑昔年张子同，如何弃此凌霜霭。东将一访沧君椎，万里天风拂钓丝。旁人若问其中意，湖水湖云君自知。

韭溪八咏（有序）

韭溪名昉吴越，地枕具区，类盘谷之窈深，非愚丘之邃隘。栖迟五载，拟卜终焉。或闭户而山色湖光来亲几席，或追游而渔歌梵唱互答襟期。缅兹地灵，庶因人重。简邑乘则题咏在昔，访里人而名胜犹存。一时寓内，并揽风尘，用采击辕，有应风雅。徒惭巴里之唱，犹怅郢曲之希。当使吟放江潭，醉醒各行其志；盟邀匡顶，风雨不辍其音。中秋前八日，书于观物草庐。

溪桥晚眺

登临余长想，林端递日月。渔舟起暮歌，远向夕烟歇。

龙舌渔翁

今古绿簑衣，烟波钓龙舌。但觉费香饵，渊鱼静不屑。

东林精舍

朝阁暄风开，迟日深林影。山僧画欲眠，钟声为谁警。

唐塔灵祠

古祠飞寒雨，神鸦下食暄。千家秔稻熟，晨洗白云根。

沈望烟林

荒迳闭幽邃，遗津带渺茫。异花随杖引，相与笑东皇。

平湖雨霁

俯岸拾鲨鲤，湖堤决新涨。虽非曝鬐资，尚想承流壮。

远浦帆归

浮玉烟际峰，高秋雨中树。送风帆愈疾，倏忽沙头驻。

沟渎夜宿

朝向湖光出，暮向湖光还。长年沧波里，沟渎小杨湾。

莺湖旧业同耘野云顽作

乱后归来少，开樽亦偶然。花明上巳后，月暖暮春天。感旧余梁燕，伤时只杜鹃。门前榆柳在，愁绝见新烟。

莺湖晚眺同诵孙翊宿宫

携手暮何之，苍茫泛碧漪。回湍激岸远，孤月出云危。兰若中流动，渔灯隔浦移。棹歌都同意，清绝竹枝词。

胜墩怀古同吴赤溟

四战登临地，楼台几变更。明湖一雁落，古岸数舟横。渔火犹惊戍，屯丁久杂耕。承平功绩薄，惭勒昔时名。

同梅隐赤溟游桑磐精舍看梅（得余字）

寻梅纤一棹，风物总秦余。香为凌寒嫩，枝因得月疏。忘君逢老纳，独立见归渔。最爱湖光绕，千林浸碧虚。

（《观物草庐焚余稿》）

卜居韭溪

物情欣解冻，我意在寒冰。三径霜前菊，扁舟雪夜镫。流离存卷帙，贫病倚良朋。喜得南村伴，相携醉石藤。

（道光《平望志》卷十四）

王士禄

王士禄（1626—1673），字子底，号西樵山人。清新城（今属山东桓台）人。顺治十二年（1655）进士，选莱州教授，迁国子监助教，擢吏部主事。康熙初曾典试河南。自少能文章，工吟咏，与兄士禛称"二王"。著有《表余堂诗存》。

莺脰湖渔歌

湖西垂杨碧似苔，湖东渔船拨棹来。载得鸬鹚双翅湿，知从湖里捉鱼回。
湖岸茸茸幽草生，长桥短艇望纵横。八尺苎麻缝作网，网得银鱼春雪明。

（《十笏草堂上浮集》卷一）

邹祗谟

邹祗谟（1627—1670），字訏士，号程村，别号丽农山人。清武进（今属江苏常州）人。顺治十五年（1658）进士。早孚文名，其古文辞与陈维崧、董以宁、黄永并称"毗陵四子"。尤工填词。著有《远志斋集》。

往嘉禾行莺脰湖中

客游倦休憩，孤帆乘蹁跹。绪风薄千里，泠泠桂楫间。荇荬发照耀，黄柳媚清涟。仰望碧云合，旷然知空山。倒景不能发，余晖生红泉。愁来愤方结，理至累已捐。涤荡悦心耳，杳冥思神仙。琴高骑赤鲤，挥手随芳烟。波澜虚晓月，渺渺区中缘。去去谢湖水，绸缪永勿谖。

（《感旧集》卷十一）

莺脰湖

苍茫吴越地，到此觉愁无。二月桃花水，扁舟莺脰湖。天空迷暗浦，风急下飞凫。数问南州路，征帆带月孤。

（雍正《平望镇志》卷一）

王 昊

王昊（1627—1679），字维夏，号硕园。清太仓（今江苏太仓）人。明诸生，少与兄曜齐名，人称"娄东二王"。生有异禀，善诗歌、古文词、乐府，吴梅村叹其才为天下无双。著有《硕园诗稿》《当恕轩随笔》等。

平望镇

平波台畔布帆迟，桥到垂虹更可悲。吴越山川分堠地，篷窗独写倦游诗。

（《硕园诗稿》卷二十六）

陆弘定

陆弘定（1628—？），字紫度。清海宁（今浙江海宁）人。与兄嘉淑有"二陆"之称，弘定才名尤著，"西泠十子"交口称之，诗格亦颇相近。著有《爱始楼诗删》。

平望诗钞

过莺脰湖时自姑苏避兵从湖入

姑苏南下水烟空，缥缈轻帆汇泽中。别浦渔榔争晚渡，大堤戎马逐秋风。天空候冷回阳鸟，地逼吴江满落枫。回首由拳城外柳，依然千树五台东。

（《爱始楼诗删》）

王锡阐

王锡阐（1628—1682），字寅旭，又字昭冥，号晓庵。清吴江（今江苏吴江）人。生于明季当徐光启等修新法时，聚讼盈廷，独闭户著书，潜心测算，务求精符天象。博览群书，精通中西之学。著有《晓庵遗书》等。

挽潘吴二节士

缭峭余寒到短檠，人琴追忆不胜情。才雄一代谁兄弟，义重十秋并死生。绝调共和悲叔夜，诸孤无复望程婴。相期煨烬搜遗简，文献中原系重轻。

送潘次耕之燕二首

莺湖风□骇眠鸥，抱病何为万里游。野店月明慈母忆，□□尘暗故人愁。漫嗟却聘同君直，应悔知名似伯休。市有狗屠烦寄语，江东狂客欲相求。

无计邀君缓客舟，临歧尚许赠言不。从来总被虚声误，此去休教只字留。纵有千钟縻国士，岂堪一日负前修。还期寒食同携酒，痛哭钱塘原隰裒。

（《晓庵先生诗集》卷二）

朱彝尊

朱彝尊（1629—1709），字锡鬯，号竹垞，晚号金风亭长。清秀水（今属浙江嘉兴）人。康熙间举博学鸿词，授翰林院检讨。学识渊博，通经史，能诗词古文，与王士禛齐名，时称"南朱北王"。著有《曝书亭集》等。

舟次平望驿

舟人争利涉，日夕更扬舲。一水分平望，群山接洞庭。风来潮约约，烟积雨冥冥。愁听严更发，中宵尚未宁。

（《曝书亭集》卷二）

莺脰湖寄周四（吉亥）

莺脰湖边水，临流好结庐。桑麻深杜曲，鸡犬扰秦余。红叶层层树，银花寸寸鱼。耦耕兼有伴，暇拟著丛书。

（《曝书亭集》卷三）

题周恭肃公画牛二首

白川画龙兼画牛，绕村急雨菰蒲秋。百年纸墨黯无色，云气冥蒙犹未收。
牧童横笛吹不得，背面却看溪上山。记得烂溪西去路，荻花枫叶浅沙湾。

（《曝书亭集》卷十）

屈大均

屈大均（1630—1696），字翁山、介子，号莱圃。清番禺（今广东番禺）人。曾与魏畊等进行反清活动，后避祸为僧，中年仍改儒服。诗有李白、屈原遗风，著作多毁于雍正、乾隆两朝，后人辑有《翁山诗外》等。

莺脰湖作

雪助湖光白，风开野色新。白鸥相识否，前度弄梅人。

（《屈翁山诗集》卷六）

叶舒颖

叶舒颖（1631—？），一作舒胤，字学山。清吴江（今江苏吴江）人。爕侄。顺治间中副榜。工诗，为徐白、顾有孝所称许。著有《叶学山先生诗稿》。

莺湖竹枝词

周遭湖畔柳千条，流出莺声百啭娇。莺脰从来无处觅，东边倒有画眉桥。
慈云大士护平波，灵感曾传赛补陀。近日烧香天竺去，荒台留剩挂鱼簑。
苕雪西来水接天，钓徒闲掉橛头船。斜风细雨人归去，枉煞亭名是望仙。
银鱼出网细如丝，柔滑新鲜趁此时。佳味何须长一尺，薛家姊妹错题诗。

（《叶学山先生诗稿》卷九）

王士禛

王士禛（1634—1711），字贻上，号阮亭，又号渔洋山人。清新城（今属山东桓台）人。顺治十五年（1658）进士，官至刑部尚书。论诗以"神韵"为宗，笔调清幽淡雅，风韵和含蓄性。著有《带经堂集》等。

八册小景

八册西风晓镜铺，家家网得四腮鲈。水乡风味江南思，何日扁舟莺脰湖。

（《带经堂集》卷十九）

纪叶元礼遗事

门人叶元礼，少时从其从兄过平望酒家，一女子见而悦之，私询其母曰："适与吴江叶九相公同来者谁耶？"母曰："其弟四郎也。"女自此遂病，且死，告父母曰："儿因叶郎而病，今死矣。叶如再经此，须一告之。"如其言。元礼入哭之。事如唐崔护桃花人面，特不回生耳。因为赋诗。

阮家未卧酒垆旁，荀令桥南惹恨长。莺脰湖边逐春水，化为七十二鸳鸯。

（《带经堂集》卷六十三）

宋荦

宋荦（1634—1713），字牧仲，号漫堂，晚号西陂老人。清商丘（今河南商丘）人。曾被康熙帝誉为清廉为天下巡抚第一，官至吏部尚书。工诗善画，富收藏，精鉴赏。著有《西陂类稿》《漫堂说诗》等。

莺脰湖二绝句

垂虹亭畔峭帆开，莺脰湖中激箭来。我是沧浪濯缨客，寄声鸥鸟莫相猜。
孤舟落日漾波心，湖树湖烟四望深。空际一声闻欸乃，钓徒何处许追寻。

（《西陂类稿》卷十五）

王揆

王揆（1635—1699），字虹友，号汲园。清太仓（今江苏太仓）人，王时敏子。少游于同里陈瑚门，为入室弟子。及长，师事父执钱谦益、吴伟业，诗文益进。著有《步檐集》《芦中集》。

归过平望驿

平望湖边劈岸风，数声欸乃向垂虹。老除吟兴皆身外，归恐乡音是梦中。三径菊松知未改，六州山水赏应同。还家赢得头如雪，不信人言白发翁。

（《芦中集》卷五）

徐釚

徐釚（1636—1708），字电发，号虹亭。清吴江（今江苏吴江）人。康熙十八年（1679）召试博学鸿词，授翰林院检讨，入史馆纂修明史。因忤权贵归里，游历四方，与名流雅士相题咏。著有《南州草堂集》等。

夏日司寇公过城西草堂，招同己畦香山后村暨谦六起雷宗少诸子小集，即乘月至烂溪，访稼堂村庄，稼堂留饮有作，次韵二首

不雨径旬萎野蒿，扶锄抱瓮敢辞劳。忽惊赤脚喧高盖，急遣长须问小舠。进揖诸

生携拄杖，招呼亲串醉香醪。开襟且共消烦暑，剩有新裁白苎袍。

清浅蓬瀛不记年，相携访旧更留连。浮来竹叶新开酿，网得银鱼小刺船。入手但知杯可酌，举头又见月横天。东山綦屐香山社，尝愿追随烟水边。

冬日同竹垞访稼堂，夜宿平望僧舍

访戴相将似剡溪，行行不觉夕阳低。湖边晒网渔人集，渡口停桡贾客齐。懒向楸枰分黑白，且从阡陌辨东西。携来襆被茅庵宿，话尽霜天听晓鸡。

（《南州草堂集》卷十六）

莺脰湖竹枝词三首

年来处处少平康，枉断苏州刺史肠。不是茧村村老说，无人知道小娘浜。（沈茧村有"画眉桥北小娘浜，粉面烟鬟醉几场"之句，余爱诵之，故云）

酒店溪桥护浅沙，长堤衰柳点栖鸦。莺湖一片寒烟织，半是芦花半雪花。

万家潭口银鱼美，滑似莼丝味更鲜。堪笑江东老张翰，只将鲈脍向人传。

（《南州草堂续集》卷一）

嵇永仁

嵇永仁（1637—1676），初字匡侯，字留山，号抱犊山农。清常熟人，寄寓无锡。工诗文，善音律。著有《抱犊山房集》等。

平　望

一气自苍灏，难分吴越天。鸟随枫叶下，帆带夕阳悬。古驿深苔碣，横桥锁暮烟。兵戈犹未歇，饮马太湖边。

（《抱犊山房集》卷四）

吴时森

吴时森，字青霞。清初吴江（今江苏吴江）人。

胜墩（并序）

胜墩旧名盛墩，三国时吴总管盛斌葬此，故名。明嘉靖中邑令杨芷与孝廉周大章破倭于此，改名胜墩。朝廷以大章御寇有功，锡金币，欲官之，不受，乃授其子崇仁为苏州卫正千户世袭。

古墩红树锁斜曛，此地曾传净海氛。赤壁独收公瑾略，黄金空赏鲁连勋。萧条野戍新移柳，零落残碑旧勒文。多少行人谈往事，鸿名不数盛将军。

（道光《平望志》卷十五）

钱　遇

钱遇，生平不详，约生活于清初。

雪中泛莺脰湖

风霰孤篷集，澄湖宿暮烟。岸明疑有月，云满不分天。着树难为态，萦空倍觉妍。半醺成短咏，兴发子猷船。

（雍正《平望镇志》卷一）

释寂朗

释寂朗，清初吴江僧人，生平不详。

莺湖杂感

澄湖千顷势汪洋，怒若奔雷静镜光。跃马堤空溪店冷，钓鱼仙去驿楼荒。风帆今古烟云集，钟鼓晨昏岁月长。数里芦花秋似雪，独余鸥鹭向斜阳。

（道光《平望志》卷一）

沈广舆

沈广舆，字骀士，一字瑶田。清吴兴（今属浙江湖州）人。与吴之振、澹归和尚相友善。著有《嘉遇堂诗》。

宿平望

夜雨鸣何急，涛声枕上流。离家已隔岁，为客况逢秋。羌笛沉荒戍，渔灯出远洲。寥寥天地内，今古一扁舟。

（《嘉遇堂诗》）

夏 声

夏声，字沧涛。清六安（今安徽六安）人。康熙五年（1666）举人，三十八年任吴江县教谕，卒于任上。

秋夜泛莺脰湖

已凉时节未霜天，襆被奚囊上画船。千顷碧波摇素月，一条绯烛续寒烟。钟来断苇疏林外，唱起眠鸥宿雁前。今夜心魂信清绝，定知有梦属游仙。

（雍正《平望镇志》卷一）

瞿观至

瞿观至，常熟瞿式耜孙女，庠生杨一宁妻，工书画，能诗。

忆 家

何时一苇趁东风，莺水虞山百里中。第宅于今芜秽甚，古槐犹映夕阳红。

（道光《平望志》卷十五）

钮琇

钮琇（1640？—1704），字玉樵，号书城，室名临野堂。清吴江（今江苏吴江）人。康熙十一年（1672）贡生。历知河南项城、陕西白水、广东高明县令，卒于官。博雅工诗文，簿书之间，不废笔墨。著有《觚剩》等。

晓经梅堰同顾英白赋

征棹侵霜发，荒荒天未明。树衔初落月，钟报欲残更。野店悬灯影，村扉出犬声。

晓途知尚远，凭借一帆轻。

（《临野堂诗集》卷二）

高士奇

高士奇（1645—1704），字澹人，号江村。清钱塘（今属浙江杭州）人。工书法，入内廷供奉，后官至詹事府少詹事。卒谥文恪。学识渊博，能诗文，擅书法，精考证，善鉴赏，所藏书画甚富。著有《清吟堂集》等。

过莺脰湖

木叶稀疏尚带秋，寒芦宿苇压滩流。曾闻此地银梭美，闲倚篷窗唤钓舟。

（《清吟堂全集》之《归田集》卷六）

彭定求

彭定求（1645—1719），字勤止，号访濂，又号复初学人、南畇老人，晚号止庵。清长洲（今属江苏苏州）人。康熙十五年（1676）殿试第一，官至侍讲，谢病归。少承家学，淡于荣利，为学以不欺为本，践行为要。著有《南畇文稿》等。

莺脰湖棹歌（怀玄贞子）

轻船荡漾掠长风，白浪腾腾颇冥蒙。泛宅渔翁遗迹在，汀莎溪树晚烟中。
平波台似水中沤，倾泻银涛日夜浮。疑自蓬壶移别岛，不知人世有沧洲。
苕雪遥遥极溯回，绿蓑青笠亦悠哉。水仙配食今何处，不与三高作伴来。
江湖剩我寄情孤，合驾低篷学钓徒。春后银鱼方出网，还堪一傲季鹰鲈。

（《南畇诗稿》卷八）

张云章

张云章（1645—1726），字汉瞻，号俭庵，又号朴村。清嘉定（今上海嘉定）人。国子监生。康熙初举孝廉方正，议叙知县。曾主潞河书院。著有《朴村诗集》。

早发平望，宿石城，同冯文子话旧，念吕无党诸贤

莺脰迎朝旭，语儿系夕阳。劚桑林剩白，采菊岸披黄。念旧惊呼数，论交感慨长。篷窗重秉烛，他日最难忘。

（《朴村诗集》卷九）

潘耒

潘耒（1646—1708），字次耕，一字稼堂、南村，晚号止止居士。清吴江（今江苏吴江）人。师事徐枋、顾炎武，博通经史、历算、音学。康熙间举博学鸿词，授翰林院检讨。著有《遂初堂集》等。

通济庵赠密中讲师

多年不到桥西寺，为访深公踏月来。龙听法时云幂殿，鸟衔花处水平台。如归僧众饭千钵，似画烟村渡一杯。愿得法轮穷劫转，优昙长向讲堂开。

（《遂初堂诗集》卷六）

宿兼葭庵赠石邻上人

落日在渔网，扁舟临钓矶。故人九载别，草舍一灯微。有道禅难缚，无家遁始肥。桔槔终夜响，听者自忘机。

（《遂初堂诗集》卷六）

泽州公有莺脰湖见怀之作，依韵奉酬

春禽多善语，出谷爱新莺。坐树翩跹态，穿花宛转声。金衣翻日丽，翠脰掠霞明。碧水浑同色，澄湖久借名。涵天雪练净，贮月玉壶清。蓑笠浮家在，蓬蒿小隐成。砚临新涨洗，笛向远山横。仙棹欣停舠，寒潭正濯缨。笺题蒙枉寄，岁序怅频更。尚惜孤飞翼，无令世网婴。苔矶容独占，莼味有谁争。剖玉情虽重，锵金调莫赓。棹歌随欸乃，渔唱杂嘤嘤。纵入伶伦耳，难教叶凤笙。

（《遂初堂诗集》卷十五）

徐健庵司寇以一叶舟见访溪南，感而有作

授简飞觞记往年，碧山无日不留连。云霄久绝攀嵇望，萝薜仍余访戴船。世上纷纭蕉鹿梦，林间空阔海鸥天。五湖倘遂扁舟兴，一笠相将云水边。

（《遂初堂诗集》卷十六）

黄 容

黄容，字叙九，一字圭庵。清吴江（今江苏吴江）人。少好学能诗，多从长者游，有名于时。生平喜谈忠孝节义事，凡所闻见必纂述之。著有《明遗民录》等。

赠稼堂

烂溪卜筑水云宽，采得纯丝佐夕餐。身著儒冠长奉佛，才高玉署早辞官。九州历遍游方壮，万卷钞成兴未阑。窗外梅花庭内竹，梦魂清绝也应安。

（道光《平望志》卷十五）

查慎行

查慎行（1650—1727），字悔余，号他山。清海宁（今浙江海宁）人。康熙四十二年（1703）进士，特授翰林院编修，后获罪放归。诗学东坡、放翁。自朱彝尊去世后，为东南诗坛领袖。著有《敬业堂诗集》《他山诗钞》等。

夜泊平望驿桥下

掞柁开吴江，收帆宿平望。环桥横吾前，天势堕空旷。或言虹下饮，比拟犹未当。分明半轮月，初吐碧波上。风定川不波，上下巧相况。小舟入圆镜，光景互摩荡。夜寒人语稀，独此发孤唱。

（《敬业堂诗集》卷十二）

先 著

先著（1651—？），字渭求，又字迁夫，号躔斋，一号染庵，又称之溪老生。清泸州（今四川泸州）人，徙居江宁。工诗词，善书画。著有《之溪老生集》。

平望镇

两舍别松陵，船依津口停。水通千洫白，风荡一湖腥。泽国为渔乐，丛祠说鬼灵。画眉桥夜望，远火映疏星。

（《之溪老生集》卷七）

朱昆田

朱昆田（1652—1699），字文盎，号西峻。清秀水（今属浙江嘉兴）人。朱彝尊子。博览群书，勤于著述。诗词独具风韵，诗才可与其父媲美。著有《笛渔小稿》《三体摭韵》等。

我所思三章，送虹亭先生归吴江（选一）

我所思兮莺脰湖，漾寸寸兮白鱼。白鱼兮红目，在水兮一角。弸轻纱兮夹细竹，溯清流兮独丽。君归兮湖湄，调瓦釜兮留宾。胹鹿尾兮猩唇，平波台兮骋望，欲濯缨兮无尘。

（《笛渔小稿》卷四）

张世炜

张世炜（1653—1724），字焕文，号雪窗。清吴江（今江苏吴江）人。居唐湖，家有秀野山房。工诗文，善医。著有《秀野山房诗草》等。

唐湖夜归

棹急孤冲浪，星稀半入云。东西村不辨，高下树难分。似向鱼龙国，翻成雁鹜群。到家灯火尽，吠犬已纷纷。

村居杂诗三十二首之三

闲闲十亩间，桑麻绕其径。巷曲与村坳，颇得幽栖胜。酒兴黄鹂迎，诗情白云赠。

野寺隔烟林，风来度遥磬。樵歌共渔唱，悠扬互相应。彼出无心声，我作忘机听。仆仆悔往时，何莫非蹭蹬。无劳季生卜，荣枯数已定。

老梅两三树，修竹八九竿。非止能疗俗，兼之共岁寒。杂花缀其傍，秋菊与春兰。其芳实可佩，其英亦堪餐。草木有情性，日夕恣盘桓。荣落各有时，世态从斯看。何似悠悠者，长歌行路难。

唐湖方数里，一镜光沈阴。老屋在其北，相去数十寻。淡淡藕花映，萧骚菰叶深。洞庭耸苍翠，双鬟露遥岑。烟云有变幻，山川无古今。我居岂择里，聊以明吾心。庶几近丘墓，且得栖故林。

莺脰湖竹枝词八首，同尤悔庵朱望子诸先生赋

莺湖春暖绿初浮，好借轻桡荡小舟。最喜湖光平若镜，便侬日日照梳头。
侬住莺湖水上村，郎舟一叶往来轻。湖中日日风和雨，与郎相见不分明。
桃花如面鬓如鸦，二八盈盈正破瓜。相见不烦郎借问，画眉桥畔是侬家。
平波台峙碧湖心，苦雨酸风面面侵。纵使郎心似湖水，高台那比妾情深。
日映湖光一鉴明，荻塘杨柳起莺声。晓来爱听莺声巧，恼得鸳鸯梦不成。
小桥流水碧湾湾，野店村醪赭客颜。郎醉如泥归不得，侬撑艇子载郎还。
郎贩吴杭上越州，妾抛青镜在床头。侬家自有莺湖月，莫恋西湖水上楼。
水国风高菱叶黄，菱花不让藕花香。藕花虽似郎情好，菱蔓何如妾意长。

十二月初八日冲冰出唐湖，用东坡荔支韵

舟行打水冰满湖，直疑水国今干枯。平湖叠成一片玉，群灵效力供遣驱。裹徊瞻玩目光眩，清能沁骨寒侵肤。岂是河伯欲娶妇，水晶宫殿藏娇姝。横胶水面碍行路，白占不复留一隅。同行舟子怒顿发，椎捶篙击声雄麤。鸿门玉斗纷纷堕，斜飞直溅皆明珠。愿将女娲五色石，平填河泊成膏腴。当事诸公俱尽职，秋风不复思莼鲈。冰纵如山势不久，须臾消歇非良图。

夏日晓渡唐湖至韭溪

明星闪烁透地起，鸡鸣犬吠村落里。我行畏热趁早凉，扁舟横渡唐湖水。湖水茫

茫清且涟，凫鸥惊起不成眠。波洄棹转香风远，吹动红莲与白莲。更过芦洲寻港汉，数竿修竹依茅舍。日光将迸晓烟开，流萤乱扑垂杨罅。世间名利两驱人，车轮马足多埃尘。翻羡渔樵淡世味，水光山色时相亲。我原不与渔樵异，短棹轻帆等游戏。忽忆当年雪夜船，凋零故旧伤心泪。

莺湖嬉春词二首，效杨铁崖体

最喜莺湖二月天，芳菲如绣绕晴川。庞眉老叟鸠头杖，螺髻佳人燕尾船。泼剌鱼翻柔浪里，钩辀鸟哢夕阳前。双柑斗酒须携得，此际风光胜往年。

湖光潋滟日光摇，水市烟村景共饶。花动白红风片片，柳垂青碧露条条。澄明疑堕空中镜，宛转还通画里桥。游兴未阑归去晚，莺声徐送木兰桡。

自题秀野山房，呈诸君子索和

桑麻深处有蜗庐，秀色堪餐野景余。地不近山惟觅画，家无长物只藏书。就阴树绿眠黄犊，戏水渠清跳白鱼。自昔曾多高卧者，古今相较定谁如。

吾知吾亦爱吾庐，有粟盈瓶不愿余。客至惯赊邻舍酒，地偏转借古人书。昂藏眼热冲霄鹤，憔悴心怜涸辙鱼。十亩稻花三径菊，未妨作赋拟相如。

湖光树色共依庐，四野苍茫秀自余。曲迳瘦藤徐觅句，明窗净几且临书。柳阴不踏游春马，花影空馋贪唼鱼。漉酒有巾聊寄傲，柴桑趣味也堪如。

寂寞村庄一草庐，吟风弄月兴多余。姓名不入山公启，交友多归叔夜书。笑向桑榆观斥鷃，羞从溟海识鲲鱼。近来更得安心法，日炷清香诵六如。

莫釐峰色远侵庐，爽气朝来挂颊余。烟柳春依五亩宅，晴花昼拥一床书。挥弦目送归鸿雁，罢钓童烹双鲤鱼。泌水衡门尘不染，蓬蒿深愧昔贤如。

莽然天地亦蘧庐，斗室能容万象余。剩水残山倪瓒画，龙拏虎攫李邕书。少年诗句蛇添足，老去文章獭祭鱼。喜与鹭鸥寻凤约，一壶花下悟真如。

不将真面梦匡庐，遁迹荒村事事余。流水绕门堪濯足，凉风入牖竟翻书。园林随处招归鸟，经史频年老蠹鱼。浊酒日携池上酌，醉吟岂必乐天如。

年来抱影息寒庐，多病曾经十载余。岁晏风霜催妇织，夜凉灯火课孙书。满枰黑白观刘项，一架丹黄较鲁鱼。眼底豪华都是梦，破窗老屋复何如。

承诸君子惠寄题秀野山房诗文，又叠前韵致谢

巷曲村坳小结庐，尘情不断且留余。倦游休蜡登山屐，寄兴宜翻种树书。问舍求田终鹿鹿，焚香煮茗也鱼鱼。浮家最爱玄真子，千古高风那得如。

十亩闲闲有敝庐，桑麻鸡犬一村余。情顽亦拟修花史，事僻翻教检竹书。梦破漆园岂是蝶，心空濠水已非鱼。诸君共有琼瑶赠，读罢清风自穆如。

（《秀野山房二集》）

望仙亭

望仙亭在水云间，千古高风讵可攀。细雨斜风人去后，绿蓑青笠几时还。

（雍正《平望镇志》卷一）

爱新觉罗·玄烨

爱新觉罗·玄烨（1654—1722），即康熙帝，庙号圣祖。八岁登基，十四岁亲政。在位六十一年，是中国历史上在位时间最长的皇帝，奠定了清朝兴盛的根基，为康乾盛世的开创者。

入平望（并序）

平望为江浙界，长吏以画舫五百来迎，恐劳民力，却之不御。

锦缆无劳列彩舻，轻桡自爱倚船窗。勤民不惮舟行远，早又观风向浙江。

（乾隆《吴江县志》卷四十七）

沈时栋

沈时栋（1656—1722），字成厦，一字城霞，又字焦音，别号瘦吟词客。清吴江（今江苏吴江）人，永启子。少承先业。诗赋词曲骈体文皆能为之，尤工于词。所作词意新律细，彭孙遹等盛称之。著有《瘦吟楼词》等。

莺湖竹枝词

北接吴淞南雪苔，西连震泽更滔滔。五溪容纳无穷水，水势从来此倍高。（烂、车、黄、穆、急为五溪）

乌鲫银鱼水族多，望仙亭畔渺烟波。绿蓑青笠依然在，若个渔人是志和。

（乾隆《震泽县志》卷三十四）

张尚瑗

张尚瑗（1656—1731），字宏蘧，又字损持。清吴江（今江苏吴江）人，居石里。康熙二十七年（1688）进士，曾任赣州府兴国知县。工诗及骈体文，中岁自悔，专为古文辞，晚年究心《春秋》三传及《国语》《国策》，于前人注解多所补正。著有《诗经辨度》。

莺湖竹枝词

西湖连叶苏台柳，曾否平川芰占多。若据日华题品后，竹枝歌合改菱歌。

平望桥头望欲平，颜公题句古今名。由来遗迹须人重，羞说殊胜署蔡京。

（乾隆《吴江县志》卷五十）

吴 丝

吴丝，字黄绢。清莆田人（今福建莆田）人。康熙间威略将军吴英女，幼慧，好读书。即长，学益进，擅风雅，喜吟咏，性耽佳句，有林下风。后适吴县钦牧为室。著有《黄绢诗存》。

过莺脰湖

风光淡淡晚凉天，遥望渔家夕照边。傍岸绿阴藏钓艇，一竿秋水半湖烟。

（《闽川闺秀诗话》卷一）

潘畹芳

潘畹芳，潘耒妹，秀水诸生陈铉妻，刑部主事王谟母，工诗。

梦随先母至平川故居

四十年前事已非，朱门华屋泪空挥。梦中不忆家园废，犹傍慈亲入旧闱。

（道光《平望志》卷十五）

沈虬

沈虬，字次雪，又字双庭，号茧村。清吴江（今江苏吴江）人，居北麻。以岁贡知钱塘县，后调嘉善，罢归。能诗，尤工书，得文征明法，盛行于时。著有《双庭诗稿》。

莺脰湖竹枝词

画眉桥北小娘浜，粉面烟鬟醉几场。昔日风流消歇尽，行人犹指旧平康。
平波台筑水中央，新塑娘娘竞进香。跪上花幡亲自祝，今年蚕茧十分强。

（《笠泽诗钞》卷六）

陈景琇

陈景琇，榜姓宋，字尔星，号斗溪。清长洲（今属江苏苏州）人。康熙二十四年（1685）进士。官山东德平知县。著有《斗溪诗稿》。

莺脰湖竹枝词

郎贩吴丝去不回，妾今独倚市楼猜。郎心不是莺湖水，那得乘潮夜夜来。
生成十五学梳头，双眼窥人解识羞。不信画眉桥上望，小娘浜口百花稠。
银鱼鲜白软如绵，大称称来细网牵。昨夜万家潭水涨，满湖添得纳官钱。
平望西头是妾家，半临流水半桑麻。湖清更比西湖好，不怕郎嗔去浣纱。

（《笠泽诗钞》卷六）

李琮

李琮，字兹佩，号斐庵。清吴江（今江苏吴江）人，居平望，寄籍桐乡。康熙二十九年（1690）贡生，授教谕。天性孝友，喜怒不形于色。

丙寅冬杪祝戚元翁夫子八十寿

文章经世只闲居，沦落林泉自卷舒。刘向青藜千载业，马融绛帐五车书。纷华久谢云中鹤，我乐还同濠上鱼。八十孜孜卷不释，名山大业有町庐。

（道光《平望志》卷十五）

张寿峝

张寿峝，字鹤峰。清陕西人。康熙三十年（1691）进士，康熙四十七年（1708）任吴江知县，后擢荆州府同知。

平望劝农

平望从来号盛都，厥田惟上尽膏腴。石塘迢递通南越，烟水苍茫趋下湖。谷出檀丘种最美，鱼生莺脰品尤殊。何堪比岁逢荒歉，民困于今尚未苏。

（道光《平望志》卷一）

徐元灏

徐元灏，字武恭，一字蓼庵。清吴江（今江苏吴江）人。康熙三十年（1691）进士，官澄城知县。所作《吴门杂咏》一书，网罗略备，可补朱长文之图经，钱叔宝之《续文粹》。性廉洁，在澄城时不取一钱。

莺湖竹枝词四首

千章夏木荫湖光，渔网参差挂夕阳。借问冲炎耶许者，何如小艇系微凉。

吴越分疆近此湖，萧萧驿路戍烟多。闲来好倩丹青手，绘得寒塘战马图。

平川东去画眉桥，桥畔妆楼倚寂寥。夫婿经商离别久，蛾眉懒画到今朝。

湖名莺脰几千秋，莺去湖存水自流。今日双莺何处问，片帆风落起眠鸥。

（雍正《平望镇志》卷一）

张景崧

张景崧，字岳维，一作岳未。清吴县（今属江苏苏州）人。康熙三十七年（1698），与沈德潜同学诗于叶燮，称入室弟子。四十八年成进士。官乐亭知县。论诗以新鲜明丽为主。王士禛比之韩门张籍。著有《锻亭集》。

晚渡平望湖同舟话旧

稻粱谋已拙耕耘，越水吴山逐雁群。细雨残钟荒驿梦，斜阳衰草故人坟。空江鸦散遥冲雾，绝巘樵归尽蹑云。吟得小诗留蠹箧，也当麟阁记殊勋。

（《国朝诗别裁集》卷二十二）

王梦兰

王梦兰，字素芬。吴伟业孙、生员德怡妻。工诗，善书。著有《绣余集》。

莺湖竹枝词

风吹莺水送郎船，郎去盈盈水一川。恼杀晓钟殊胜寺，搅侬鸳梦未能圆。
望仙亭外雨萧萧，雨后思君倍寂寥。远浦布帆何日到，凝妆空对画眉桥。

（道光《平望志》卷十五）

汪士铉

汪士铉（1658—1723），字文升，号退谷，又号秋泉居士。清长洲（今属江苏苏州）人，汪琬从子。康熙三十六年（1697）状元，官至中允。工书法，与姜宸英、笪重光、何焯并称"康熙间四大家"。著有《秋泉居士集》等。

过莺脰湖

鱼床几处出菰蒲，鸭嘴船来莺脰湖。凫雁鸡鹙都入眼，芦帆斜入水云图。

（雍正《平望镇志》卷一）

薛雪

薛雪（1661—1750），字生白，号一瓢。清吴县（今属江苏苏州）人。早年游于名儒叶燮之门，诗文俱佳，又工书画。后因母患湿热之病，乃肆力于医学，技艺日精，与叶桂同时而齐名。著《湿热条辨》《斫桂山房诗存》等。

平望诗钞

舟次平望，次徐子振远韵

寒月半轮明，孤篷一叶轻。老从间处健，愁向客中生。易尽敲诗烛，难凭野戍更。不应当岁晚，尚历浪游程。

（《抱珠轩诗存》卷三）

赵执信

赵执信（1662—1744），字伸符，号秋谷，又号饴山。清益都（今属山东青州）人。康熙十八年（1679）进士，官至右赞善兼翰林院检讨，后因在国丧期间观演《长生殿》被革职。诗主峻刻，著有《饴山堂集》《因园集》等。

平望舟中长句

吴淞流水清且妍，越波鳞鳞要我前。孤舟翩如来自天，微风不动舟如山。幽人寂坐无一言，倏吴倏越心流连。秋容十步一图画，争与我目相夤缘。青林萧森出云烟，位置有意无意间。穞稆万顷平不翻，细雨净绿生长川。如斯景色故不恶，只少碧嶂挽天寒。曾凌沧海攀日观，下视不觉成微澜。岂以松柏独贞坚，遂欲蠲弃桃李颜。峨冠长剑神宇耸，曲眉娉目遗视绵。二者正使交生怜，虬须蝉鬟皆便娟。试将我语问西子，淡晴浓雨谁能偏。桂棹兰枻肯我延，饱看湖月秋中圆。

（《因园集》卷五）

顾嗣协

顾嗣协，字迁客，号依园，又号楞伽山人。清长洲（今属江苏苏州）人。由岁贡生授任为新会县令，清廉自守，卒于任上。工诗文，与金侃、黄份、蔡元翼等并称"依园七子"。著有《依园诗集》《楞伽山人诗集》等。

平望夜泊

夜泊孤村里，风微寒浪平。客帆临水乱，渔火隔桥明。月色经霜冻，钟声入梦清。舟人催解缆，鸡唱正三更。

（《依园诗集》卷一）

顾嗣立

顾嗣立（1665—1722），字侠君，号闾丘。清长洲（今属江苏苏州）人。康熙五十一年（1712）进士，授知县，以疾归。喜藏书，尤耽吟咏，性豪于饮，有酒帝之称。博学有才名，喜藏书，尤工诗。著有《秀野集》《闾丘集》等。

十六日夜泊平望驿二绝

水村云乱飞，花梢月未吐。野岸一灯明，隔船闻打鼓。

结想落春山，幽情寄怀古。把盏正孤斟，篷声响疏雨。

（《秀野草堂诗集》卷十四）

莺脰湖

莺脰无风水一杯，淡黄杨柳似新醅。绿波初下三竿日，雪白银鱼入网来。

（《秀野草堂诗集》卷三十二）

晓过平望

阊门放棹到盘门，落照疏林已半昏。一觉醒来听笑语，晓风吹过水边村。

过莺脰湖

莺脰湖宽莫霭吞，画眉桥上日初昏。鱼粘细网银花乱，鸟没孤舟雪浪翻。春色半藏云里树，雨痕多积水边村。故人别后家何处，一棹烟波与共论。（将访同年陈吉士虞佐于烂溪）

烂　溪

舟子暗相语，摇摇屡问津。并无洞口树，那有不迷人。

（《秀野草堂诗集》卷四十六）

十月一日舟发荇门，风利，午后过平望，抵暮达嘉兴北门外，喜而有作

饥驱出门去，浩荡成远游。挂帆荇溪边，西风正飕飕。船舷溅飞沫，耳畔闻清讴。太湖几点青，不暇回双眸。弥漫莺脰湖，淼淼波山浮。时维十月交，寒气乘残秋。近水冷先觉，闲坐想敝裘。轻舟书一束，聊以消千愁。平生履逆境，物我齐庄周。此日忽快意，歌笑凌沧洲。天公应烂醉，飞廉戏清流。瞬息百六程，送我达秀州。顿忘女儿恋，结想山水幽。洞庭木叶脱，漓江碧于油。樊笼既长谢，羽翮得自由。海天渺空阔，万里常悠悠。

（《秀野草堂诗集》卷五十三）

周廷谔

周廷谔（1667—？），字美斯，自号笠川子，更号浮玉山人。清吴江（今江苏吴江）人。少从长洲宋实颖游。实颖爱其才，以外孙女妻之。肆力于诗，尝以邑人之诗自明迄清分见于诗乘、诗略者不下数百家，乃合选之，人为小传，考其源流派别，成《吴江诗粹》30 卷。

莺湖竹枝词

四腮宿项嗜江南，那及银鱼尾却三。细逐浪花看不见，打来只在万家潭。
湖田徂暑未全犁，席草油油绿崭齐。近说虎丘低草价，老农悔不早治畦。
莫叹村姑不绩麻，桑盘村里靠缫车。怜他织尽机中锦，布里年年染茜花。
送郎郎去五溪西，愁煞阿侬打桨归。怪底鸳鸯惊不散，双双故傍船头飞。
十三女儿白于脂，生小湖头学水嬉。一棹似梭欻不见，停船前拜娘娘祠。
侬住前溪溪上楼，望郎遥隔后溪头。何时化作溪中水，并入莺湖一处流。

（《笠泽诗钞》卷六）

吴景果

吴景果（1673—1727），字旭初，号半淞。清吴江（今江苏吴江）人。康熙四十四年（1705）南巡，以诸生献赋，召试中选，后授怀柔知县，以经籍倡导其邑人，而怀柔文风由此兴。其诗赋为邑潘耒、徐釚辈所推许。著有《半淞诗存》等。

莺湖竹枝词

泽国烟波似画图，汀洲处处长菰蒲。就中最是难忘处，细雨斜风莺脰湖。

（民国《震泽县志续》）

徐昂发

徐昂发（？—1740），榜姓管，字大临，号绸庵，又号畏垒山人。清昆山（今江苏昆山）人。康熙三十九年（1700）进士，历任福建乡试副考官、江西学政。文才卓著，诗风刻峭清新，骈文追踪六朝，长于考证。著有《畏垒山人诗集》《乙未亭诗集》等。

晓过平望

客子夜中发，晓过莺脰湖。急雨下天半，飘风为前驱。浩然雪瀑倾，一气连虚无。四野但白雾，万木声欢呼。扁舟如渔舍，渺渺烟中孤。溪边无行迹，时闻响罾罛。

（《畏垒山人诗集》卷一）

过平望追次范石湖韵

波面卷疏雨，篷脚揿斜阳。溪沉水叶紫，蝶嗅畦花黄。墩楼鸦夺巢，野渡儿鸣榔。石罅银鲦乱，瓦甑乌菱香。数家虾菜市，一镜菰蒲乡。窥篱鬟娅姹，垂幕天沧浪。风弱减帆腹，月黑搅客肠。沙衍回双篙，打起雌鸳鸯。

（《乙未亭诗集》卷二）

沈德潜

沈德潜（1673—1769），字确士，号归愚。清长洲（今属江苏苏州）人。乾隆四年（1739）进士，官至内阁学士兼礼部侍郎。论诗主格调，提倡温柔敦厚之诗教。著有《沈归愚诗文全集》，选有《古诗源》《唐诗别裁》等。

莺脰湖词

湖波起縠晚风余，一抹残霞画不如。傍岸渔家尽收网，绿杨深处卖银鱼。

（《归愚诗钞》卷十九）

过莺脰湖

莺脰湖光似镜明，片帆斜日此经行。越头吴尾分疆域，柳色桑阴管送迎。傍岸渔家垂网密，中流亭子与波平。（名平波）风尘不入清宵梦，临水无烦更濯缨。

（《归愚诗钞余集》卷四）

张廷璐

张廷璐（1675—1745），字宝臣，号药斋。清桐城（今安徽桐城）人。康熙五十七年（1718）进士，雍正间，官至礼部侍郎。诗宗唐名家，文法宋诸子，著有《咏花轩制义》《咏花轩诗集》传世。

舟次平望

波纹圆细浪，云影落寒流。古戍寄孤棹，闲情随野鸥。烟深村树远，潮长岸花浮。一夜篷窗雨，知添几许秋。

（《咏花轩诗集》卷五）

秦时昌

秦时昌（1679—1746），字枚谔，号雪翁。清吴江（今江苏吴江）人。居韭溪，淡泊明志，尝置一舫，笔床茶灶，往来于太湖之滨，士论高之，谓之有天随遗风。著有《韭溪渔唱集》《咏梅诗集》等。

莺湖竹枝词

楼下檣乌绕浪涛，画船不及米船高。北风吹入珠帘急，早晚知郎出运漕。
溶溶春水碧如油，晓日催程照柁楼。平望驿前方竞济，画眉桥下且梳头。
绀宇珠宫湖水涯，湖心别筑水仙家。愁风未上平波阁，踏露先朝小九华。
棹歌偏擅是吴江，对唱吴歈字字双。一自商船停汉口，曼声新带弋阳腔。

（《韭溪渔唱集》卷八）

王 濂

王濂，字学周，号鹤洲。清吴江（今江苏吴江）人，居盛泽。监生。康熙末年，捐职州同知。饶才略。著有《畹香小草》。

莺脰湖银鱼歌

莺湖风味著江南，佳种争夸尾四三。好趁桃花新涨水，渔罾齐下万家潭。
绿荫深处钓舟横，出水银条细更轻。晒向夕阳全网白，半滩残雪趁新晴。
绣谷轻翻村村银，翠筠篮底净无尘。嫩柔入著可人口，不数江鲥味在鳞。
月样盘呈镜样光，冰鲜逊尔水花香。薛涛未识江南味，浪说银鱼一尺长。

（《盛湖诗萃》卷四）

徐 骏

徐骏（？—1730），字冠卿。清昆山（今江苏昆山）人，徐乾学幼子。少聪慧，恃才狂放，康熙五十二年（1713）进士，选翰林院庶吉士。后因其诗集中有"清风不识字，何故乱翻书"之句，被处死。著有《石帆轩诗集》。

平望梅花

寒沙笼半月，匹练带清溪。花路驰心醉，瑶台送眼迷。山低平入座，村午静闻鸡。
小立松阴外，轻风促杖藜。

（《石帆轩诗集》卷六）

周长发

周长发（1696—？），字兰坡，号石帆。清山阴（今属浙江绍兴）人。雍正二年（1724）进士，改翰林院庶吉士，出知江西广昌县。乾隆元年（1736）召试博学鸿词，授翰林院检讨，入直上书房。著《赐书堂集》。

题张玉川秋冈曳杖图

我交玉川子，到今已逾纪。忆昨莺脰湖，听雨孤篷里。催诗声飒然，风味清于水。

诘朝访草堂，阶下罗花蕊。古欢具鸡黍，赋别采蘅芷。我入承明庐，君客西湖湄。云水镇相思，恨恨何能已。朅来白下城，皖江楫初弭。出示秋冈图，泉壑颇清美。为言恒上人，禅心通画理。疏澹过倪黄，爱山入骨髓。打头黄叶飞，放眼白云起。未到杖乡年，缓步聊尔尔。柳栗拖一条，荦确直如砥。无心看出岫，舒卷良在此。倘君肯赠人，我亦随綦履。

（《赐书堂诗钞》卷七）

释照音

释照音，字溯闻，一字雪岸。清山阴（今属浙江绍兴）人。居草荡滨蒹葭庵。工诗及画，吴江沈彤赞其诗上乘。

雨中坐指月斋头，同安节潜庵分赋

郊原春雨足，细草蔓衡门。树老风犹动，烟迷昼作昏。苔痕依古砌，山色映荒村。赖有同人集，新诗共讨论。

雨阻江枫庵呈指月

泽国春寒风雨多，思归游子复如何。低徊江汉愁烽燧，怅望湖山老薜萝。漠漠阴云迷远岫，依依弱柳浸寒波。明朝买得扁舟去，漫听吴侬欸乃歌。

（光绪《平望续志》卷十）

潘　昶

潘昶，字景昶，号涤订。清吴江（今江苏吴江）人。学诗就正于计默、钱云二人。又学为古文词，与沈彤、沈闇相商榷。闇持论尤严。昶虚心质正，不数年大获许可。乾隆九年（1744）聘修县志。著有《金莲仙史》等。

赠别吴砥亭归里分赋绕庭梅花

昨梦卧铜井，暗香生巾舄。今朝慰相思，疏影对浮白。主人贮群芳，之子字清客。十枝五枝闲，可以娱晨夕。洗妆雨乍干，饷暖日初炙。淡月窥窗棂，余酣闲香泽。春风吹百卉，先后分标格。苟非历岁寒，曷以冠甲坼。持赠素心人，临歧殊脉脉。

挽张雪窗

高卧年来见几人，如君恬淡称闲身。术能寿世真经济，学不沾名竟隐沦。竹里题诗时避客，枕中注易晚通神。少微星暗龙蛇岁，遗范空留折角巾。

（道光《平望志》卷十五）

陆得楗

陆得楗，字禹川，号畏庭。清吴江（今江苏吴江）人。县学生。工诗古文，善医，为叶桂门生。著有《痘学钩元》。

莺湖竞渡

海榴吐艳天中序，湖上凫车竞豪举。旌旆扬光画桨飞，蜿蜒游龙戏岛屿。谁与创制惊天吴，千载忠魂屈与伍。迎神泪滴湘江波，溯潮风卷钱塘弩。吴山楚水路迢迢，惟此两人堪比数。芳躅于今不可寻，谁向苍茫更怀古。但闻箫鼓杂众嬉，画舫珠帘满湖浦。鸾翔凤翥互腾骞，电掣风驰尽雄武。凌空幻作金银台，云际仙人天尺五。秋千杨柳斗腰支，丝管桃根案词谱。吾曹乘兴共泳游，棹转波光日将午。旗亭画壁相辉映，上河清明杂簪组。东坡随俗试高吟，贾谊忧时目亲睹。君不见，前年米价贵如珠，频烦睿虑周穷户。去岁有秋今麦登，争奇角胜歌且舞。升平盛事虽足乐，去奢崇俭庶有补。

（道光《平望志》卷十五）

李重华

李重华（1682—1755），字君实，号玉洲。清吴江（今江苏吴江）人。雍正二年（1724）进士，后充四川乡试副考官。与修《大清一统志》，分纂江西。曾受学于朱彝尊，长于诗。著有《贞一斋集》。

莺湖杂歌四首

横塘十里带平芜，间柳遮桃入画图。筑得湖心亭子样，教人唤做小西湖。
肠断花枝隔暮烟，市楼楼上晚妆鲜。画眉桥畔初三月，惯照波心一尺天。
弱柳千条绿四围，湖中又见早莺归。笑他堤上轻盈女，错认鸳鸯拍浪飞。

湖南村落是渔家，绿树阴浓密网遮。一自烟波蓑笠远，仙翁不见见桃花。

（《贞一斋集》卷九）

陈 梓

陈梓（1683—1759），字俯恭，号客星山人。清余姚（今浙江余姚）人，迁嘉兴濮院。于书无所不窥，工古文及诗。行草书直造晋人堂奥，与北地李锴齐名，号"南陈北李"。无妻子，萧然以终。著有《删后诗存》等。

莺脰湖

小舟浮落叶，斜日浩冥冥。匹练湖堤白，霜花镜面青。银鱼登细网，红蓼逐回汀。谁说风涛险，平波（台名）试一经。

（《删后诗存》卷七）

钱陈群

钱陈群（1686—1774），字主敬，号香树、柘南居士。清嘉兴（今浙江嘉兴）人。康熙六十年（1721）进士，官至刑部侍郎。为官有政绩，奖掖后进，多有上疏建言。卒赠太傅，谥文端。著有《香树斋诗文集》。

张溥三久客梁宋间，昨寄诗告归莺脰湖，次韵奉答

冉冉时序流，落落栖寓志。感遇存贫交，怀远当晚岁。辂车辔初回，孤帆影遥继。诸侯方接延，故井尚沉滞。肃肃高鸿飞，策策双鱼至。殷勤回路请，披示出处计。再具游子衣，几湿慈亲泪。执德抱拘方，千人寡通器。自顾同条枝，理岂殊荣悴。清裁音未衰，亮节时可冀。春风若为期，万汇终一被。寄言意难陈，微尚聊此缀。

（《香树斋诗集》卷六）

月正三日平望道中，用谢宣城和何议曹郊游二首韵，同子厚侄作（时以迎銮北上）

船唇唶新岸，帆影移平林。阳乌射晨旭，春鸟遗好音。小步寄闲赏，远游谢幽寻。眷兹一晌豫，仍怀千里心。聊以外家累，岂曰匪自今。

道有贺正人，客是迎銮者。初程十日先，遥企五云卜。（闻驾诹十一日发轫，群

于月正二日即登舟，北指迎銮）雾雪应候融，春冰激流泻。结念复朝天，行志非消假。闲计巡典成，回舟恰维夏。

（《香树斋诗续集》卷七）

以俸米白小鱼饷瓜田兄

莺脰湖边白小鱼，（白小鱼出莺脰湖者为最）土人捞取比园蔬。作羹佐饭大官米，滑趁纯丝雪不如。

（《香树斋诗续集》卷十二）

金 农

金农（1687—1763），字寿门，号冬心先生等。清钱塘（今属浙江杭州）人。好游历，卒无所遇而归。擅书画，晚寓扬州，卖书画自给，为扬州八怪之首。嗜奇好学，工于诗文书法，诗文古奥奇特。著有《冬心先生集》。

平望驿晓发过太湖

解缆画眉桥，川程浩渺渺。乞得美满风，快如渡彭蠡。眡天波空灵，初阳树迢递。回头莫釐峰，厌厌未梳洗。

（《冬心先生集》卷一）

厉 鹗

厉鹗（1692—1752），字太鸿，又字雄飞，号樊榭、南湖花隐等。钱塘（今属浙江杭州）人。康熙五十九年（1720）举人，乾隆初，举鸿博。性耽闻静，爱山水，尤工诗余，擅南宋诸家之胜。著有《樊榭山房集》等。

莺脰湖

帆影挽不留，依依掠沙渚。豁然晚湖开，平远迷处所。病柳隐渔屋，孤烟识炊黍。单舸若泛凫，得鱼网自举。嗟予纷尘营，冲寒久延伫。同在一水间，寸心肯相许。西风不见待，吹断芦中语。

（《樊榭山房集》卷二）

晓发乌戌大风过平望

落月瞰低篷，睡思纷以积。隔树鸡乱号，已辞休文宅。披衣起盥漱，到眼尽前迹。谁令数往还，自诡非物役。正赖吴壤佳，关心太湖白。水黯云兼风，聊阔不为窄。软浪大于鹅，艓子坐受拍。银鱼渐上市，榷酒香可坼。春初人行少，芳意伫遥客。梦寻铜井梅，簪花去腰笛。

（《樊榭山房集》卷四）

舟泊平望，怀王载扬客都下

平望亭前落照红，十年几度系孤篷。湖田芋熟连朝雨，水国鲈香大段风。泊宅荒村无钓叟，耕闲旧里有吟翁。六街尘土流连处，曾否吴歈入梦中。

（《樊榭山房集》卷七）

烂溪舟中为吴南涧题赏雨茅屋图

赏雨古今无，表圣乃其独。诗品二十四，此语最娱目。潇潇感旧襟，点点量愁斛。人言长安道，不及王官谷。君家吴山阳，亦有香茅屋。清声触岩阿，幽籁破林竹。起携玉壶春，引满看檐瀑。远笑自雨亭，天械已潜伏。束书走淮海，图经事攒录。故交施（竹田）与张（南漪），归梦对床卜。一帘清净水，佳趣难顿复。何如雨美膳，安居果吾腹。（《华严经》云："护世城中雨美膳，阎浮提雨清净水。"）我初营新巢，牵船过堰速。逮此冥蒙天，溪上梅子熟。行与君周旋，学舍苦偪蹐。展图生懭悗，篷背听撒菽。云波尚苍茫，且就鸥边宿。

甲寅秋杪有过平望怀王载扬诗，丙辰同被征相见于都下，今年夏五重会于邗城僧舍，载扬用前韵见赠，再次奉答

几年分手软尘红，重见江城檥钓篷。贺老清狂尚吴语，杜郎雅丽是唐风。朱门冷炙三生梦，禅榻茶烟一秃翁。为话旧游姚与鲍，玉湖远隔水云中。

（《樊榭山房集》续集卷一）

雨中过莺脰湖

钓徒何处访元真，来往江湖浪迹频。青草绿波如送客，斜风细雨欲留春。

（《樊榭山房集》续集卷七）

王　藻

王藻（1693—？），字载扬，号梅沜。清吴江（今江苏吴江）人。乾隆元年（1736）举博学鸿词。工诗，沈德潜亟称之。至京师，每与名流分题角韵。吴士玉为学士，闻藻名，以宾礼延致之。著有《莺脰湖庄集》。

莺脰湖嬉春词二首，效杨铁崖体

东风三月暖宁馨，酒伴招邀上画舲。苦爱水如莺脰绿，最怜山学佛头青。海棠树树猩狨血，江柳丝丝翡翠翎。谁似嬉春杨铁史，凤琶自拨恣人听。

芳洲宛在水中央，一棹延缘泛羽觞。夕照浓逾虎魄酒，野薇清敌龙涎香。鹭鸶翘立若迎桨，蛱蝶团飞不离樯。自去烟波钓徒后，何人占断水云乡。

（道光《平望志》卷十五）

王　樑

王樑，字绍曾，号茧庭，又号稻香亭长。清吴江（今江苏吴江）人，居平望。国子生。及壮折节读书，痛自砥砺，遂以诗名于时。其五言古律精微澹远，时具妙理。与王藻称"平川二王"。葬母月湖滨，筑舍墓旁。文人墨客至月湖者，必诗酒流连，夜以继日。著有《月湖剩稿》。

自题丙舍二十首

白华堂
白华名我堂，歌哭聚族也。斯义慎旃哉，亦以告来者。

瞻云阁
孤阁凌青空，檐题欲腾骞。勿作台榭观，孤儿呜咽处。

深柳读书堂

既雨晴亦佳，绿烟上吟袖。支颐未能眠，一镫取虚窦。

微尚轩

筠屏张麂眼，萝壁写龟腹。戴月诵逍遥，锄云栽苜蓿。

云俱步

疏雨滴芭蕉，负手此延伫。帘箔窅未开，绿云飞不去。

稻香亭

夙昔著农书，能辨琅琊稻。自筑此亭来，禾苗逐年好。

观刈所

农人告西成，一壶我自把。非曰课惰勤，聊以劳劳者。

松间草屋

扫叶煮茯苓，就苔掬残雪。寒籁入宵空，床头剩微月。

静寄东轩

藤萝走罘罳，苔藓绣檐楠。犹有明月来，照此青绿石。

清凉塔

邻老携酒来，啧啧话苕雪。恰指石桥西，个是清凉塔。

爻田

杨柳带菰蒲，阴阴锁阡陌。中有褫襁人，闭门读周易。

偃仰桥

日夕梯乱霞，独立绝尘想。凉飔动微澜，空林答遥响。

指月庵

明月初无心，何盈又何缺。欲谛是因缘，疏钟杳然歇。

龙溪

痴龙与先生，结伴是乡老。力耕谅未能，藉尔种瑶草。

月湖

扁舟载新月，汲云煮春苕。长线曳微风，沿堤弄秋影。

金石局

故纸埋我身，古香浮我几。茶余甲乙之，泷岗表其始。

筼壑

云归袅寒清，鸟逝落苍雪。城中花乱开，岂敢较优劣。

磐池

月华盎然流，云景苍然注。疏钟水面开，笑拾清圆句。

棟花阡

三日溪上阴，浓阴遂如许。席帽侧清风，蕉衫糁红雨。

饮犊滩

初旭翳平沙，柔风披细草。不见饮犊人，烟波静灏灏。

（道光《平望志》卷三）

爻田有怀张瓜田

茫茫云气拥层楼，对酒如何转得愁。十里波涛侵短鬓，一天风雨入高秋。绿萝门外无过辙，红树村西独下鸥。传语莼鲈漫登馔，天涯犹有未归舟。

（道光《平望志》卷十五）

翁敏慧

翁敏慧，字朱钟。清吴江（今江苏吴江）人。生平不详，与赵扬、王藻等同时。

平望无蚊子（有序）

余前读唐吴融《平望蚊子》诗，甚言蚊之害人。而明周永年亦极言之。大约未成市廛时，诚有之也。今则绝无而仅有，可为平望解嘲。因成二十韵以继吴、周二公之后，即呈沈鹤田先生，以博一粲。

壬辰季夏初，天气殊炎热。纳凉坐檐前，挥扇不能歇。差喜无蚊子，不假帷帐设。转展难成寐，忽然忆前哲。昔读吴融诗，平望蚊成窟。帷帐不能蔽，利嘴甘人血。复有周永年，作诗踵其说。读之疑信参，此言非妄发。平望在前朝，有水皆蒲泽。芦苇复丛生，蚊子为巢穴。后来居民蕃，市廛相比栉。蒲芦尽斩义，不使复萌蘖。蚊子无藏身，种类皆屏迹。至于莺湖滨，风景殊清绝。近村景幽旷，远山青巉嵲。莺燕互飞翔，鸥凫同出没。卜筑居其旁，恍入清凉国。热气旺与衰，天心遵时节。蚊子有与无，地运殊今昔。作诗溯其源，知非吾饶舌。莫因吴融诗，不肯造吾室。

（道光《平望志》卷十五）

桑调元

桑调元（1695—1771），字伊佐、弢甫，自号独往生、五岳诗人。清钱塘（今属浙江杭州）人。雍正十一年（1733）进士，授工部屯田司主事，后引疾归田，历主九江濂溪、嘉兴鸳湖等书院讲席。著有《桑苧甫诗集》等。

九月初一日至禾

川涂无月度秋宵，鸭嘴船轻两桨摇。醒问篙工平望近，不知蚤过画眉桥。

（《苧甫续集》卷二十）

范从彻

范从彻（1698—?），号菊翁，一号采菊山人。清鄞县（今属浙江宁波）人。监生。曾先后任无为、寿州知州。著有《采菊山人诗集》。

平望舟中

路入三吴景最幽，消磨炎暑片帆游。湖平碧影融垂柳，山远青痕见没鸥。茶喜得泉清过酒，天当欲雨气如秋。笑余不下江州泪，辜负琵琶起别舟。

（《两浙輶轩录》卷二十六）

顾诒禄

顾诒禄（1699—1768），字禄百，又字缓堂，号花桥。清长洲（今属江苏苏州）人。沈德潜门下高足，德潜乞休后，诒禄任记室，凡应酬之作，皆由其代笔。著有《吹万阁集》《二如庵词钞》等。

莺湖晚泊，同外祖父匠门先生张松南南华作

京华两载滞闲身，渡口今看故国春。溪鸟影翻冲雨桨，野梅香扑倚窗人。一编诗卷吟情合，万里关河别恨新。莺脰湖南浙西水，隔乡从此眇音尘。

（《吹万阁集》卷一）

莺脰湖感旧

莺湖重过十年余，日落霞明画不如。隐约有台随水涌，溟蒙无际接天虚。新蒲丛里闻呼鸭，垂柳阴中唤卖鱼。忆昔联吟同晚泊，风流云散可欷歔。（辛丑春，同外祖父匠门先生暨张松南南华晚泊，赋诗于此。）

（《吹万阁集》卷二）

沈大成

沈大成（1700—1771），字举子，号沃田。清华亭（今属上海松江）人。诸生。博闻强识，以诗古文名。性勤敏，耽心经籍，通经史百家之书，及天文、乐律、九章诸术，校定书籍颇富。著有《学福斋集》等。

次韵张看云小楼新成（楼在莺脰湖上）

烟波钓叟本神仙，久涤人间尘海缘。偶筑小楼诗境辟，为寻胜引客情牵。几声渔唱秋烟外，一片波光夕照边。更放石床安绿绮，听它巨蟹落冰弦。（莺脰湖产蟹最美。）

不信当来日大难，面山背郭纵奇观。松陵倡和应加盛，鸥渚盟言未肯寒。何必鉴湖分一曲，尽饶野水泻千盘。几时铺幅鹅溪绢，看写江南点点峦。

（《学福斋诗集》卷二十六）

任端书

任端书（1702—？），字晋思，号念斋。清溧阳（今江苏溧阳）人。乾隆二年（1737）探花及第，授翰林院编修。后丁父艰归，遂不出，优游林下二十余年，好学不倦。著有《南屏山人诗集》等。

莺脰湖

芦中不见顾金粟，篛笠体寻张志和。莺脰湖边秋自好，时时飞鹭狎渔簑。

二

满湖秋水浸天长，去棹来帆影自双。沽酒人家卖鱼市，西风斜日过平江。

（《南屏山人集·诗集》卷九）

金甡

金甡（1702—1782），字雨叔，号海住。清钱塘（属今浙江杭州）人。乾隆七年（1742）进士，官至礼部侍郎。在上书房十七年，直谅诚敬，所陈说必正义法言，诸皇子皇孙皆爱重之。

平　望

风帆迎面到来疏，咫尺由拳返棹初。抛却莼鲈将一月，未妨小住买银鱼。

十六日平望送驾面承论旨即回恭纪

吴山烟雨浥平芜，（侵晨小雨，驾到时止。）水曲重迎安福舻。（御舟名。）圣主不嫌勤跋履，微臣宁敢避泥涂。饬归倾耳承天语，瞻恋抒忱荷帝俞。便与东阳申订别，（沈云椒侍郎分路返当湖。）祝厘先后阙廷趋。

（《静廉斋诗集》卷二十三）

毛　曙

毛曙（1706—？），字旭轮，一字逸槎，号介峰。清吴县（今属江苏苏州）人。著有《野客斋诗集》等。

过莺脰湖

一棹夷犹万顷开，澄湖风静绿于苔。遥村树傍青霄植，隔岸帆疑陆地来。

（《野客斋诗集》卷三）

赵　扬

赵扬，榜姓沈，字二陶，号鸿轩。清吴江（今江苏吴江）人。雍正元年（1723）浙籍武举人。习韬略，善骑射，其枪棍得少林真传，击刺尤妙。喜作诗词，曾问诗法于潘耒。其七言歌行颇有豪气，兼工小楷书。著有《弃余草》等。

莺湖席上送朱仁可北游

我亦曾为客，翻令送客愁。离筵黄叶渡，帆影白苹秋。野店多新曲，良朋忆旧游。昔同吟眺处，一一记能不。

（道光《平望志》卷十五）

汪 栋

汪栋，字峻堂。清吴江（今江苏吴江）人。年十四补海盐县学生。师事邑中周振业。工诗古文，和平温雅。兼画小山水，图章篆刻俱精好，而书法尤工。尝游京师，为名卿大夫李绂、徐用锡所器重。后以乡试赴杭，卒于寓，年仅二十九。著有《澹虑堂遗稿》。

自题春雨楼

小楼每爱雨中天，环槛蒙蒙雾锁烟。最是梦回喧客枕，千林春思晓窗前。

澹虑堂

天下山惟黄海奇，故园久别系人思。何时得遂岩栖志，常咏韦公五字诗。

百城阁

年来废学似寒竽，空对残编列坐隅。抚腹将军真负汝，开雨应愧蠹鱼无。

宾影亭

一池澄碧浸疏根，鉴水闲来上小亭。漫说妍媸谁近似，凭栏只合影知形。

（道光《平望志》卷三）

前溪野眺

散步循溪曲，天空豁远眸。乱云低野树，独鸟下平畴。身以投闲静，诗难著意求。

奚囊惭李贺，佳景倩谁收。

（道光《平望志》卷十五）

潘廷埙

潘廷埙，字雅奏，号珠溪，又号切斋。清吴江（今江苏吴江）人，居平望。耒孙。增广生。承祖父之学，湛深经术。纵笔所如，千言立就。书法宗欧颜二家，尤擅怀素草书。为人直爽，朋辈有过必正言相规。著有《切斋诗稿》。

吴孝妇王氏舐姑唐氏瞽目复明，因纪以诗

东邻有孝妇，妇孝亦如何。姑唐婴目疾，双曜俱模糊。求医医弗治，吁天天徒呼。沈绵卧床第，肌体随凋枯。饮食妇载哺，起坐妇将扶。妇力虽已竭，疗姑无良图。或云空青水，一滴能还珠。或云元熊胆，老膜能消渝。或云瓦羊肝，能令水气苏。或云饵蒺藜，渐久回清胪。诸药靡弗致，姑目翳如初。姑目日以积，妇心日以悒。精诚生奇思，以舌代洗刷。一舐姑目爽，再舐姑心悦。积障荡华津，鲜瞳润甘泽。旦暮舐益虔，舌枯目乃活。梦中神降言，还汝双日月。何须金篦刮，岂藉灵针抉。瞆蒙一旦开，异事惊传说。嗟余同里闬，感激生目击。有母桑榆年，十载怜同疾。承风曾是效，毫发竟无益。岂非真忱亏，神明不我格。乃知孝妇奇，至性有独绝。顾我何须眉，抚躬惭巾帼。歌之以流芳，彤管垂辉赫。

（道光《平望志》卷十五）

张 曾

张曾，字祖武，一字组五。清丹徒（今属江苏镇江）人。布衣。诗笔清华。尝客吴，与诸名士宴于勺湖亭，每一篇出，咸服其才。后馆大学士英廉家三载，恃才傲物，困苦以终。著有《石帆山人集》。

夜过平望同陈东峙作

冒雨理归楫，披衣坐晚寒。橹声两岸急，人语一镫残。此夜追欢好，重来把臂难。忽闻鱼唱起，鸥鸟下沙滩。

（《晚晴簃诗汇》卷八十六）

董良弼

董良弼，字绣原，一字守斋。清乌程（今属浙江湖州）人。雍正四年（1726）顺天举人，官安徽英山知县。著有《守斋诗集》。

梅堰雨泊

林昏锁暮烟，帆重冲微雨。停桡沽浊醪，村舍稀可数。一犬吠人声，渔歌没前浦。

（《两浙輶轩录补遗》卷四）

宋锽

宋锽，字石麟。清长洲（今属江苏苏州）人。

莺脰湖竹枝词

桑盘霜后景全殊，村里家家种木奴。压树金柑细如豆，摘来供卖更输租。

（《笠泽诗钞》卷六）

沈澜

沈澜，字维涓，号柏村，又号法华山人。清归安（今属浙江湖州）人，乌程籍。雍正十一年（1733）进士。知江西瑞州府，因失察降调而致仕。后曾任豫章书院山长，蒋士铨、彭元瑞等皆出其门。工诗，以骚坛耆宿自期许。著有《双清草堂诗》等。

莺脰湖

幅幅蒲帆猎猎开，结罾未罢棹郎催。东风吹出桃花雨，一寸银鱼上水来。

（《两浙輶轩录》卷十八）

吴鸿振

吴鸿振，字禹门。清吴江（今江苏吴江）人，桐乡籍。家骐子。乾隆元年（1736）举人。著有《宝书堂集》。

莺湖竹枝词

菱花菱叶绕平波，又见香风散碧荷。最爱秋来齐荡桨，采菱歌又采莲歌。

（民国《震泽县志续》）

郑 炎

郑炎，原名源，字清渠，号雪杖山人。清秀水（今属浙江嘉兴）人。诸生。乾隆二十三年（1758）尚在世。为人狂放，好酒耽诗，布衣而终。著有《雪杖山人诗集》。

咏 芡

雷池春长鸡头盘，滨湖贴水圆团团。溪民先煮蘹蕺菜，宵炕昼合花隐澜。铜盆钉头蝲毛磔，吴鸡入水生翠帻。剥出璇珍含嫩浆，清泉活火风中急。云蒸雾冒黄珊瑚，中有白肉如明珠。秋风味作五谷甘，昆山粒大吴江脍。当年佳对思莼鲈，采菱女子喧黤歊。即今薏苡惜不得，一棹来兹莺脰湖。湖中之水清且洁，紫苞自剖炊明月。银鱼虽好带微腥，不比光圆乳香热。谁能咏此苏子由，纷然咀嚼舴艋舟。莲花开后菊花放，钓得一串雄蝤蛑。

（《雪杖山人诗集》卷五）

万光泰

万光泰，字循初，一字柘坡。秀水（今属浙江嘉兴）人。乾隆元年（1736）举人，举博学鸿词。工诗，善山水，笔墨潇洒，气味纯古，尤善篆刻，兼精算学。有《柘坡居士集》。

送王载扬归吴江

送远秋风劲，乘流潞水纤。人随归燕急，月照去帆孤。诗卷松陵集，家居莺脰湖。征衣和雪浣，来岁访菰芦。

（《柘坡居士集》卷二）

渡莺脰湖

　　莼丝未老秋莺啼，放船斜渡清湖西。芦洲湾环如脰曲，水莺乱飞芦叶绿。或云湖波淡黄有若莺领文，晚飔细细摇斜曛。旧游到此春二月，盲风折帆帆不发。大鱼跋浪扬修鬐，平波台如一粟危。蒙衣入市手掣檽，店门早闭浊酒如潞糜。何意此来风色正，净縠千丝凝晓镜。过桥白鹭见双飞，隔浦红荷留数柄。湖中女儿玉雪肤，一生结网供鱼租。鱼租无多鱼种好，银鳞五色浮丹朱。作羹劝客清而腴，终身不入西太湖。太湖银鱼亦珍美，但恨鱼身强健鱼头粗。我来不及银鱼候，历乱晴蓑挂秋柳。犹胜前春中酒阻风时，静守寒罾卧湖口。

（《柘坡居士集》卷五）

莺湖阻风二首

　　又是樱桃信，横塘春水高。布帆安稳在，归去怕风涛。
　　短袖芙蓉衣，新鱼贯柳条。问娘何处住，家在画眉桥。

（雍正《平望镇志》卷一）

爱新觉罗·弘历

　　爱新觉罗·弘历（1711—1799），即乾隆帝，庙号高宗。能诗善画，精于骑射。即位后在政治、经济、文化、军事等方面采取了一系列的措施，对后世影响深远，为我国历史上有作为的帝王之一。

莺脰湖词

　　极目烟波天四围，莺湖正值早莺飞。渔人贾客皆欢喜，帆饱还兼春水肥。网丝风信是催漕，雨后蓑衣晒处高。棹指垂杨轻傍岸，绿云枝上挂银刀。春草碧色水绿波，遥看吴岫濯青螺。此间谁是相宜者，闻道前人有志和。

平　望

　　景霁风微湖似镜，轻帆廿里畅人心。楼台远近称吴望，老幼扶携渐越音。

泽满鱼虾船作市，地多桑柘树成阴。吾民庶矣思藏富，惟有祈年志倍钦。

（同治《苏州府志》卷首）

尚廷枫

尚廷枫（1712—？），字岳师，一字茶洋。清新建（今属江西南昌）人。以父荫授户部主事。乾隆元年（1736）举博学鸿词，罢归。与万光恭、袁枚有"三异人"之目。诗骨清旷，闲有奇气，工送别言情诸作，蒋士铨尝以"独标正宗"许之。著有《贺莲集》。

送王载扬还吴江

行迹凄凉酒后颜，离亭孤月异乡山。客情解惜明朝别，一夜冲寒几叩关。
素壁清灯张古琴，洞庭木脱水深深。江鸿夜叫岭猿急，月白天高风入林。
湖庄芳草自敷腴，桃柳春天无处无。高坐暖风迟日里，知予燕塞忆莺湖。

（《江西诗征》卷七十二）

瞿灏

瞿灏（1712—1788），字大川，一字晴江。清仁和（今属浙江杭州）人。乾隆十九年（1754）进士，先后任衢州府学教授、金华府学教授。

莺脰湖

泊宅邨中客，陂门里下人。相依为老伴，得计可终身。碧浪驱言鸭，红灯网鲙鳞。底须愁铁面，平地亦惊神。（湖有风波之险，俗谓之莺铁面。）

（《无不宜斋未定稿》卷三）

汪筠

汪筠（1715—？），字珊立。清秀水（今属浙江嘉兴）人。著有《谦谷集》。

平望

湖色怜莺脰，桥名爱画眉。村深容泊宅，驲古剩嵌碑。老柳将绵候，银鱼胜雪时。

孤篷更前路，欸乃数声随。

（《谦谷集》卷一）

袁 枚

　　袁枚（1716—1797），字子才，号简斋，晚号随园老人。清钱塘（今属浙江杭州）人。乾隆四年（1739）进士，历任溧水、江宁等县知县。工诗文，与赵翼、蒋士铨合称"乾隆三大家"。著有《小仓山房集》《随园诗话》等。

自杭州赴苏，泊船平望，晓起望雪

　　一夜白如此，小舟犹未行。野飞花不断，春在树无声。山影依天尽，沙光射樯明。是谁扫篷背，冰玉响琮琤。

泊舟平望，偕齐次风宗伯周兰坡学士访玉川居士

　　轻帆为我慰离群，得见梅花又见君。三径苔痕藏草屋，一湖水气湿春云。风停篆影微微直，雨歇莺声渐渐闻。弹指来游刚十载，当筵莫惜酒杯醺。

（《小仓山房诗集》卷七）

曳杖看云歌赠张玉川

　　太湖白云三万顷，有人看过五十年。神仙赠与绿玉杖，追云直到湖水边。白云都向烟波入，先生曳杖湖边立。烟波重见白云生，先生曳杖湖边行。疑是骑云鹤，皎洁随风落。又疑云中君，飘飘白练裙。谁知乃是玉川子，半生脚踏长安市。长安故人不相待，富者乘车贵张盖。或如麟凤翔高天，或惹惊风飘塞外。不见为霖泽物有余功，但觉白衣苍狗无多在。长揖五侯门，吴江一叶开。看云揩老眼，重理旧生涯。锁云囊制更赢手，擭云篇费苏公才。醉倒洞庭山顶最高处，大呼七十二峰云出来。

（《小仓山房诗集》卷九）

舟过平望，访张看云居士，不知其已亡也，留诗哭之

满拟故人在，停舟问起居。谁知双目瞑，已是一年余。缥帐风前卷，残花雨后疏。九原知我到，悲喜定何如。

弱冠长安遇，鸡坛第七人。（丙辰在李玉洲先生家，与曹麟书、沈椒园诸公结吟社。）各弹游子泪，全惜客中身。脱手一钱赠，分甘半盏春。至今回首忆，风义感雷陈。

莺脰湖边屋，高楼见水光。卅年三领略，万事几沧桑。棋罢柯虽烂，舟移壑未藏。请看郗侯架，堆积尚琳琅。

桑榆收晚景，作客古扬州。画重连城璧，诗轻万户侯。看花醉金谷，筑舍老菟裘。华表魂应在，年年化鹤游。

（《小仓山房诗集》卷二十五）

楼锜

楼锜（1717—1754），字于湘。清长洲（今属江苏苏州）人。年长未婚，扬州盐商马曰琯为其择配以完家室。著有《于湘遗稿》等。

赋得满天梅雨是苏州，送王梅沜征君归平望

隔林梅雨暮连朝，黯澹吴天入望遥。云气茫茫蒸笠泽，水烟漠漠暗枫桥。衣斑只合频篝火，帆重何妨远趁潮。应悔扁舟归去晚，当年空负咏萧萧。

（《于湘遗稿》卷一）

程晋芳

程晋芳（1718—1784），字鱼门，号蕺园。清歙县（今安徽歙县）人。乾隆三十六年（1771）进士，由内阁中书改授吏部主事，迁员外郎，被举荐纂修四库全书。家殷富，好施与。著有《蕺园诗》等。

读莺脰湖集，题赠王梅沜五首

十丈红尘里，称诗得此人。闲寻云刹古，老对凤城春。入骨爱朋侣，坦怀忘贱贫。把君吟卷读，意得转伤神。

弱冠编诗日，飘零四十年。溪山迎笛舫，风雨逼吟肩。匣有千金剑，家无一棱田。辛勤托书卷，倦向酒家眠。

雪压孤篷夜，烟横晚岫时。风怀一潇洒，逸韵吐参差。句险蛟龙攫，心清鸥鹭知。朝来蜡双屐，又拟去探奇。

淼淼春波碧，千秋莺脰湖。天寒收橘价，港阔减鱼租。从此棹歌去，自然烟景殊。知君归隐计，凉梦绕菰芦。

邢水经年住，秦淮一棹过。交游比零落，心思复如何。久病花垂幔，工愁月减波。冷吟江上去，叶叶晚枫多。

（《勉行堂诗集》卷七）

金兆燕

金兆燕（1719—1791），字钟越，号棕亭。清全椒（今安徽全椒）人。幼与张鹏翀齐名。乾隆三十一年（1766）进士，官国子监博士，升监丞，分校《四库全书》。工诗词，著有《棕亭古文钞》。

舟中杂兴八首（选一）

碧浪粘天莺脰湖，平波台畔戏群凫。爱他举网银鱼贱，我欲浮家作钓徒。

（《棕亭诗钞》卷六）

盛百二

盛百二（1720—？），字秦川，号柚堂。清秀水（今属浙江嘉兴）人。少时读书颖悟，于天文、勾股、律吕、河渠之学，无不精研。乾隆二十一年（1756）举人，官山东淄川知县。诗风清秀，学朱彝尊。著有《皆山阁吟稿》。

将之扬州夜过平望作

江豚吹浪梦还惊，来去三湘万里程。却喜樱桃湖外月，今宵犹作故乡明。（杨诚斋《平望》诗："樱桃湖里月如霜"，即莺脰湖也。）

一霎轻帆趁晓风，中流歌啸自从容。江神有约劳相诗，要听金焦两寺钟。

（《湖海诗传》卷二十）

钱维城

钱维城（1720—1772），初名辛来，字宗磬，号纫庵、茶山，晚号稼轩。清武进（今属江苏常州）人。乾隆十年（1745）状元，官至刑部侍郎，谥文敏。善书画。著有《茶山集》《钱文敏公全集》等。

晚过莺脰湖

春水生暗波，初月落遥渚。不见前舟人，时闻隔烟语。

（《茶山诗钞》卷一）

吴泰来

吴泰来（1722—1788），字企晋，号竹屿。清长洲（今属江苏苏州）人。乾隆二十五年（1760）进士，召试赐内阁中书，不赴。先后主讲关中书院、大梁书院。与洪亮吉、钱泳等交相厚。著有《砚山堂集》等。

莺脰湖

菰蒲猎猎水云昏，湖落平沙带雨痕。无数笭箵挂船尾，黄芦深处打鱼村。

（《砚山堂集》卷一）

莺脰湖

江烟澹澹柳疏疏，莺脰湖边雾景初。两岸斜阳齐晒网，渡头闻唤卖银鱼。
绿波芳草接天浮，镇日蒲帆逐野鸥。莫笑吴侬无长物，笔床茶灶尽风流。

（《砚山堂集》卷二）

王鸣盛

王鸣盛（1722—1797），字凤喈，一字礼堂，别字西庄。清嘉定（今上海嘉定）人。乾隆十九年（1754）进士，官至光禄寺卿。以考证方法治史，为"吴派"考据学大师。著有《十七史商榷》《西庄始存稿》等。

平 望

野水浮孤村，寒烟敛斜照。尚想耕闲翁，结茅此吟啸。（宋末隐士孙锐字颖叔，号耕闲，居平望，有集。）

莺脰湖

一水分莺脰，扬舲任所如。断虹藏绿树，晚市卖银鱼。穄稏村村合，篍篛个个疏。此间堪结隐，高枕即吾庐。

（《西庄始存稿》卷三）

沈岩懋

沈岩懋，字松来。清吴江（今江苏吴江）人。生平不详。

莺湖竹枝词

莺湖风物似西湖，三月桃花六月荷。古寺钟声动殊胜，高台月色上平波。

（乾隆《震泽县志》卷三十四）

程兰言

程兰言，字明之，一字铭芝。清吴江（今江苏吴江）人。国栋子。补县学生。以文行称于时。工经义，尚深刻，诗出入唐宋之间。著有《铭芝诗存》等。

咏 怀

秋风秋雨昼长阴，抱影穷庐怅独吟。寸草有知犹向日，素冠无那自劳心。经年骨肉新蒿里，入梦琴尊旧竹林。摇落不堪吾已甚，几回俯仰泪横襟。

（道光《平望志》卷十五）

赵大业

赵大业，字扬烈。清吴江（今江苏吴江）人。诸生。诗笔冲淡近陶韦。与陈毓升同授经城南沈氏。著有《闲居偶存草》。

莺脰湖竹枝词

十里平湖望淼然，水村渔市夕阳前。爱他晒网归得早，载得银鱼雪满船。

（民国《震泽县志续》）

张 霖

张霖，字雨方，号望亭。清吴江（今江苏吴江）人。性落拓，好吟咏。从学于王藻、张栋。晚客沛县署。因得登戏马台、歌风台诸胜迹，成书一卷。年60余卒。著有《偪阳游草》。

读梅沜先生诗稿成五十韵

一代悲歌客，鸾音出市廛。渊源本逸少，豪雅匹青莲。啸傲尘埃里，羁栖笪斗边。扪心磨铁砚，得意写瑶笺。初日芙蓉丽，春风杨柳妍。真堪矜绝丽，孰与较清研。槽枥难留骥，藩篱不宿鹯。行将千里志，直上九天旋。嘘气思龙跃，扬翎比凤骞。兴怀空婉娩，无力尚迁延。忽遇休文裔，情同贺监贤。几番相汲引，数举更缠绵。东阁延名士，西宾款逸仙。布衣曾待诏，彩笔又如椽。况复恩光近，何难金榜悬。天乎时不偶，命也岂其然。虚负龙门誉，安能狗监先。何惭典雅颂，本愿托林泉。浪许金为屋，依然砚作田。萧萧仍抱素，默默复参元。高致齐荣启，清真并倨佺。明时虽有屈，名世可无传。再检青箱业，重弹绿绮弦。正声追李杜，骚雅采兰荃。独擅珊瑚笔，曾倾玳瑁筵。笑谈讥贵客，风月爱逃禅。偶适烟霞兴，因思鲈鲙鲜。便携摩诘画，旋返子猷船。归问樱桃月，来寻缥缈巅。家山仍宿好，乡梦至今圆。暌隔三千里，相思二十年。故人休侧目，稚子已齐肩。事业成虚话，英雄叹逝川。红颜抚白雪，霜鬓老青毡。狂为多循古，穷因不受怜。宁捐五斗粟，肯换一溪烟。永日闻啼鸟，和风噪乱蝉。看云拂林际，弄月棹矶前。案有神仙篆，诗成钟鼎镌。志和遗胜迹，鲁望得真诠。曾谢交游辈，难违夙昔缘。及门皆款款，问字总拳拳。小子沈疴久，先生砥行坚。羞将寒苦调，媲美白云篇。落魄悲王建，飘蓬屈郑虔。世皆推钱房，谁复重诗颠。咳唾垂珠玉，光华满简编。仙风吹朗月，清梦绕长天。岂抱饮冰节，宁甘披草眠。由来奇迈士，往往运颠连。

（道光《平望志》卷十五）

袁景辂

　　袁景辂（1724—1767），字质中，自号朴村，又号也生。清吴江（今江苏吴江）人，居同里。附贡生。尝与里中陈毓升等七人为竹溪诗社。从沈德潜、陈祖范游。时德潜以唐音力绍诗家正轨，景辂宗仰之。以子鸿贵，赠文林郎。著有《朴村文钞》等。

平　望

　　帆影破晴风，平波（台名）浪拍空。湖流千沠合，商舶万方通。网挂垂杨绿，村含夕照红。吴歌与越唱，迎送棹声中。

（《小桐庐诗草》卷七）

莺脰湖晚眺和东岩韵

　　十里莫烟浮，平湖静不流。乱帆吴越路，衰草古今秋。浩荡思明月，苍茫滞客舟。纷纷湖上客，若个肯盟鸥。

莺湖迟王北溪同东岩作

　　已订谈心日，犹嫌见面迟。谁知乘兴棹，正尔出门时。烟树连天暝，风帆入莫驰。美人渺何处，今夕倍相思。

莺脰湖词

　　红桥绿柳四围多，十里湖光一镜磨。行客争夸风景好，闲身几个到平波。
　　家家作客共招邀，夫婿频年万里遥。几度望归归未得，晓妆愁对画眉桥。
　　闻说湖鱼味不同，朝来怯喜遇渔翁。就船买得湖心种，首尾如银眼独红。
　　扁舟访友泊湖边，暮色苍然浪接天。最是相思忘不得，万株疏柳一湖烟。
　　北去苏州南秀州，烟波浩荡足勾留。村村罾网家家酒，吴尾终教胜越头。
　　望仙亭下渺烟波，共说神仙张志和。今日风流犹未尽，绿杨影里遍渔歌。

（《小桐庐诗草》卷八）

蒋士铨

蒋士铨（1725—1784），字心馀、苕生，号藏园，又号清容居士，晚号定甫。清铅山（今江西铅山）人。乾隆二十二年（1757）进士，官翰林院编修。工诗古文，与袁枚、赵翼齐名。著有《忠雅堂集》。

夜过吴江

平望镇前寒月明，三更四处棹歌声。吴儿解弄江南水，夜半垂虹桥下行。

（《忠雅堂文集》卷二）

平望野眺

三万六千顷，太湖藏此中。逋逃诸数接，防御列州同。地迥波澜阔，时清盗贼穷。当秋弄渔篷，谁是铁厓翁。

（《忠雅堂文集》卷十）

王 昶

王昶（1725—1806），字德甫，号述庵，又号兰泉。清青浦（今上海青浦）人。乾隆十九年（1754）进士，官至刑部郎中。工诗古文辞，通经，兼及薛瑄、王守仁诸家之学，搜采金石甚富。著有《春融堂集》等。

过吴江

烟村一路鹧鸪啼，油菜花残豆荚齐。几日东风微雨过，春芜绿遍画桥西。
黄茅小屋映桑麻，芳渚迢迢略彴斜。竹外水边无客到，门前开尽碧桃花。
笋溪早放猫头笋，柳岸初添雉尾莼。莺脰湖边风物好，绿阴深处系渔舲。
枳篱宛转护柴门，书屋斜临水竹村。一曲澄湖平似镜，棹歌声里月黄昏。

（《春融堂集》卷一）

陆翔麟

陆翔麟，字书令。清吴江（今江苏吴江）人。府学廪生。工书，兼擅诗赋。楷书法大小欧阳，而得其神。

东吴棹歌

平波台前水似酥，棹舟来往酒堪沽。东南佳味尝不尽，莺湖银鱼天下无。
莺湖银鱼天下无，黄金为眼玉为肤。贫家请客称美馔，富家自奉尚嫌粗。
满头鲜花鲜更时，阿娘教我逞娇姿。灵岩山上酬香愿，只求游客唤西施。
洞庭山高湖水长，烟波何处可寻郎。湖上白鸥双双浴，愿郎见此梳红妆。
舱里官人醉几巡，村醪那得湿侬唇。月中摇橹霜中宿，薄命嫁得棹舟人。

（道光《平望志》卷十五）

赵 雄

赵雄，字慕莲，号瑶舟。清吴江（今江苏吴江）人，居平望。嗜学，谨言行。弱冠为诸生，喜与老师宿儒游，湛深经史之学。尤喜法书，刻意临摹，寒暑无间，论者谓得晋人古拙之旨。

上巳湖楼宴集

元巳春光好，登临俯激湍。樯帆云外出，台榭镜中看。乐意花千树，窥吟竹数竿。筵开引满酌，风雨莫辞寒。

（道光《平望志》卷十五）

蔡环黼

蔡环黼，字拱其，又字澹无，号漫叟。清德清（今浙江德清）人。贡生，官仙居训导。著有《细万斋诗钞》。

过平望

扁舟莺脰湖，潆潆接平芜。廛舍密成市，方音软入吴。银鱼荐春网，香杵碓秋菰。何限江乡思，轻帆怅北徂。

（《两浙輶轩录》卷三十二）

朱景英

朱景英，字幼芝，一字梅冶，晚号研北翁。清武陵（今属湖南常德）人。乾隆十五年（1750）解元。历任宁德知县、台湾鹿耳门同知、北路理番同知。工汉隶。尝纂修《沅州府志》。

经平望作

吴歈断续听前津，莺脰湖西逐雁臣。泊宅村中人在否，知子春水宅中人。（泊宅村，在平望、震泽间，乃张志和所居。见《澄怀录》。春水宅，杨铁崖船名。见《东维子集》。）

（《畬经堂诗文集·诗续集》卷一）

明吴江女子叶小鸾自写小影，为顾鉴沙题六首（选一）

一生心事吴江叶，得句曾将小篆镌。（上句得之梦中，友人为予刻印章。）莺脰湖边消息断，花枝依旧蘸波鲜。

（《畬经堂诗文集·诗续集》卷三）

沈存钊

沈存钊，字西伯，一作犀伯，号熙谷。清德清（今浙江德清）人。孟坚子。乾隆十八年（1753）举人，官直隶安平县知县。

莺脰湖

几行新柳接洲沍，之字风帆破浪迟。山鸟乱啼人又去，平波台上雨丝丝。

（《两浙輶轩录补遗》卷五）

闵 华

闵华，字玉井，号廉风，一作莲峰。清江都（今属江苏扬州）人。监生。乾隆间，常参加文酒之会。工诗，著有《澄秋阁诗集》。

过莺脰湖追忆王緺庭

莺脰湖边望，澄波淡不流。银鱼方大上，翠麦已齐抽。旧隐人何在，为农业尚留。

欲寻君丙舍，洒泪湿荒丘。

（《澄秋阁集·三集》卷一）

黄 达

黄达，字上之。清华亭（今属上海松江）人。乾隆十七年（1752）进士，官淮安教授。著有《一楼集》。

由平望至八测

呕哑鸣橹趁东风，菱荡鱼湾曲折通。爱向春塘烟景晚，一天凉雨湿孤篷。

莺脰湖

翾翾东风猎猎蒲，平波台畔水云孤。画家添入江南景，小雨春帆莺脰湖。

（《一楼集》卷三）

沈虹舟（祖惠）

莺脰湖边名士家，著书万卷烂云霞。墓门落叶无人扫，棋木残阳噪晚鸦。

（《一楼集》卷十）

程之骏

程之骏，字羽宸，又字采山。清歙县（今安徽歙县）人。贡生。约生活于乾隆中前期。著有《练江诗钞》。

晓过平望

半夜帆开御好风，平明平望一湖通。人家水气涵虚白，野树霜华染浅红。舵尾鱼虾吴市早，船头酬唱越吟工。向平有愿何时毕，五岳常存方寸中。

（《练江诗钞》卷六）

沈刚中

沈刚中，字需尊，自号北溪居士。清吴江（今江苏吴江）人，居芦墟。家多藏书秘册，博物强记。中岁尝渡钱塘，入豫章，抵南粤，浮海至惠州，还客赣江。足迹所至，一发之于文。以布衣终老，独行不改。著有《北溪草堂诗稿》等。

题平望汪玉符遗稿

我昔南游瘴海边，君官漳浦各风烟。潮阳楼外山如戟，相望长吟倍黯然。

商榷遗编掩泪呻，清词秀句足传神。西风帘外潇潇雨，满目山阳笛里人。

（光绪《平望续志》卷十）

阮葵生

阮葵生（1727—1789），字宝成，号吾山。清山阳（今属江苏淮安）人。乾隆二十六年（1761）以明通榜入选中书，官至刑部侍郎。久居京师，工诗文，交游多天下名士。著有《茶余客话》《七录斋诗钞》等。

平 望

莺脰湖边夕照昏，残簑破网曝蓬门。经过易识吴江路，十里柔桑水抱村。

（《七录斋诗钞》卷七）

赵 翼

赵翼（1727—1814），字云崧，号瓯北，晚号三半老人。清阳湖（今属江苏常州）人。乾隆二十六年（1761）进士，官至贵西兵备道。旋辞官，主讲安定书院。长于史学，考据精赅。诗主独创，反对摹拟。著有《瓯北集》等。

为徐山民待诏题其夫人吴珊珊遗稿（选一）

微波惜不早通词，莺脰湖边展谒迟。公干自惭平视福，美人殁后读遗诗。

（《瓯北集》卷四十五）

题黄道婆祠（松江初来教人织布者）

一技专长济万邦，故应祠庙赫旌幢。高楼占天不占地，平水通海又通江。未有蚕桑人挟纩，共勤机杼女鸣窗。君看莺脰湖边月，夜夜寒灯剔短钉。

（《瓯北集》卷五十三）

汪启淑

汪启淑（1728—1799），字秀峰，号讱庵，一字慎仪。自称印癖先生。清歙县（今安徽歙县）人，居于杭州。家以经商致富，遂捐官为工部都水司郎中，迁至兵部郎中。喜交友，与厉鹗、杭世骏、朱樟结"南屏诗社"。工篆刻，著有《讱葊诗存》等。

平望

莺脰湖边泊野航，荷风竹籁动微凉。不妨买醉行吟去，一任遥林挂夕阳。

（《讱葊诗存》卷六）

蒋业晋

蒋业晋（1728—1804），字绍初，号立崖。清长洲（今属江苏苏州）人。乾隆二十一年（1756）举人，官至湖北黄州府同知。少从沈德潜游，又从王鸣盛学诗，其诗亮而能沉，瘦而能厚，自成风骨。著有《立崖诗钞》等。

缪芳园以九日后泛舟莺脰湖有怀故园之作索和，即次其韵赠之

高咏扣舷发，余霞散满湖。沙清回宿雁，木落见浮图。九月砧声急，扁舟客思孤。此邦多肯谷，莫虑砚田芜。

（《立崖诗钞》卷五）

方芳佩

方芳佩（1728—1808），字芷斋，号怀蓼。清钱塘（今属浙江钱塘）人。工诗，常与徐淑则等唱和。梁山舟重宴鹿鸣，赋诗四章，和者百余人，芳佩时年八十，亦和三章，评者以为诸人不能及。女及媳均能诗，一门均以风雅称。著有《在璞堂集》。

平　望

无事消长昼，关河且细论。桥通沽酒市，柳暗打鱼村。帆影随飞鸟，涛声醒客魂。江湖浑未惯，回首忆衡门。

（《在璞堂续稿》）

王嘉曾

　　王嘉曾（1729—1781），字宁甫，号史亭。清金山（今上海金山）人。乾隆三十一年（1766）进士。著有《闻音室诗集》。

题吴江张秀谷平波台垂钓图

　　昔年曾渡吴江水，春水方生浩如驶。往来不上平波台，西望垂虹竟谁是。平波百尺清景宽，揭来时忆吴江船。偶见吴船心独喜，钓师那羡红衣美。江上曾传渔父词，居人爱说松陵里。春水春帆浪接天，云光潭影常如此。我亦菰芦一辈人，披图思逐秋风起。

（《闻音室诗集》卷三）

钱大培

　　钱大培（1729—1795），字树棠，号巽斋。清吴江（今江苏吴江）人。乾隆十七年（1752）副贡生。精究经史，于训诂、声音考之甚精，为诗雅健真挚。历主庐江、潜江、青州、济宁诸书院，造就人才甚众。著有《餐胜斋诗稿》。

集湖山平远阁

　　群贤远相访，余则厌市阛。讵知廓眼界，异境开人间。小阁得壮观，豁然见众山。山情淡无极，人意方萧闲。林阴日初放，湖鸟喜翩翾。凭栏不忍别，静对舒襟颜。

（光绪《平望续志》卷十）

沈　初

　　沈初（1729—1799），字景初，号萃岩、云椒。清平湖（今浙江平湖）人。乾隆

135

二十八年（1763）进士，历吏、户二部尚书。少有异禀，读书目数行下，学识渊博，同郡钱陈群称为异才。著有《兰韵堂诗文集》。

十二月十日舟过平望雪甚，未几雪止，十一日晨抵吴门，知未尝有雪

日射蓬窗曙色鲜，门开阊阖泊城壖。水边桥外人争看，载得吴江雪满船。

（《兰韵堂诗集》卷九）

题金二雅同年禊游图

垂虹亭外柳阴蒙，莺脰湖边一棹通。着箇壶觞修禊事，人间何处不春风。

（《兰韵堂诗集》卷十一）

吴省钦

吴省钦（1730—1803），字冲之，一作仲止，号白华。清南汇（今上海南汇）人。乾隆二十八年（1763）进士，授编修，旋提督四川、湖北、直隶诸省学政，历任礼部、工部、吏部侍郎，官至都察院左都御史。著有《白华前稿》。

将抵平望大风雨比暮始达

沙头烟火渔艇横，风雨作喧兼怪盲。玉柱金庭昼如夜，茶臼笔床止复行。泊宅旧居卜嘉遁，选妃故事垂芳名。鲈乡散人坐萧飒，水阁暮寒闻玉笙。

（《白华前稿》卷二十九）

平　望

莺脰浮深浅，轻帆六尺蒲。千声画眉鸟，一饭白银鱼。土语参于越，潮音落太湖。樵青来往地，旧隐忆菰卢。

（《白华前稿》卷三十二）

张埙

张埙（1731—1789），字商言，号瘦铜，别称锦屏山人。清吴县（今属江苏苏州）人。乾隆三十四年（1769）进士，官至内阁中书。十岁余即能填词，诗才横厉，与蒋士铨齐名。在京与翁方纲、赵翼等友善，曾结都门诗社。精鉴赏。著有《竹叶庵文集》。

莺脰湖词二首

载得鸡声晓过湖，桥当断岸月轮孤。银鱼半寸新菱叶，似此烟波世所无。
好风长养盛南薰，白鹭青天自一群。昨夜江声连八尺，海门平与越山分。

（《竹叶庵文集》卷六）

顾光旭

顾光旭（1731—1797），字华阳，号晴沙，又号响泉。清无锡（今江苏无锡）人。乾隆十七年（1752）进士，官至甘肃平凉道、署四川按察司使。工书法，与王文治、刘墉等相颉颃。著有《响泉集》《梁溪诗钞》。

携李舟夜风雨

莺脰湖波绿似醅，麻衣如雪泪成堆。客眠孤艇风初急，鬼啸荒村雨正来。晓梦暗随残角断，湿云低傍短篷开。高堂为报帆无恙，莫听啼乌入夜哀。

（《响泉集》诗十四）

朱休度

朱休度（1732—1772），字介裴，号梓庐。清秀水（今属浙江嘉兴）人。乾隆十八年（1753）举人，历官广西广灵等地知县。工诗，时谓可继族祖朱彝尊。著有《小木子诗》《紫荆花下闲钞》等。

冬日舟过平望作

几年忆断玉人箫，猛觉西风败柳摇。一片疑云疑雨态，樱桃湖口画眉桥。

（《小木子诗三刻》之《梓庐旧稿》）

吴 骞

吴骞（1733—1813），字槎客，号兔床。清海宁（今浙江海宁）人。诸生。幼多病，遂弃举业。学识渊博，能画工诗，喜藏书，每遇善本，不惜重金购买，家有拜经楼。著有《拜经楼诗文集》等。

莺湖晚兴

远寺疏钟断，澄湖落照微。几家沽若下，留待网师归。

（《拜经楼诗集》卷三）

九月八日同寿照过平望朱懋脩湖楼

旷望高楼急晚飔，聊凭朱亥话相思。垂虹秋色迎人远，莺脰斜阳落雁迟。百里估帆真入画，数声渔笛自催诗。年来总负登高约，莫遣黄华照鬓丝。

（《拜经楼诗集》卷四）

平望道中寄所知

落日莺湖外，苍茫首夏天。朱樱衔鸟熟，翠纲出鱼鲜。几处楼中笛，谁家画里船。月波如好在，终许客愁湔。

（《拜经楼诗集》卷八）

韩是升

韩是升（1735—1816），字旭亭，号东生，晚号乐余东老。清元和（今属江苏苏州）人。乾隆二十二年（1757）贡生。尝主金台、阳羡、当湖书院，学行为士林所重。著有《洽隐园文钞》《听钟楼诗稿》。

过莺脰湖

片帆来泛莺脰湖，明月在天日欲晡。殊胜寺前摊籪蟹，平波台畔眠沙凫。回塘最喜菱叶满，上市却苦银鱼无。秋老还家不辞醉，邻舟蜀客同倾壶。（谓周对山。）

（《听钟楼诗稿》卷一）

沈景运

沈景运（1736—？），字润霭，号春江。清长洲（今属江苏苏州）人，一作吴县人。诸生。学诗于沈德潜。著有《浮春阁诗集》。

秋日舟过莺脰湖二首

湖光淼淼镜行舟，环水禅居一小洲。（名平波台。）莺脰留名莺已去，不徒时序属三秋。

压隄碧浪匝迢遥，天地东南水一瓢。树绕斜阳秋色冷，烟波深锁画眉桥。

题张子榕亭莺脰寻春图册二首（翟云屏绘）

二月风光莺脰新，烟波环碧正宜人。桑堤柳岸多佳景，看取银鱼白似银。
荡漾平波波共浮，画眉桥外放轻舟。寻春不若留春好，倩写春湖记胜游。

（《浮春阁诗集》卷五）

金学诗

金学诗（1736—？），字韵言，一字二雅，晚号梦余道人。清吴江（今江苏吴江）人。乾隆二十七年（1762）顺天举人。任国子监助教，充四库馆分校，不乐仕进。纵游西北东南诸山水，雅意著述。其诗气体华赡，中年后专尚性灵，有萧旷自得之趣。著有《播琴堂诗集》等。

莺脰湖词

殊胜寺前风日晴，望仙亭边帆影横。四围不见青山色，真个平川极望平。
湖光云气两模糊，料理闲身作钓徒。径泛扁舟破烟水，载将樵婢与渔奴。
细雨斜风暗古台，一篙新涨碧潆洄。渔家系艇垂杨岸，雪色银鱼上网来。
湖边野凫拍拍飞，晚凉人语林间扉。残霞鱼尾一痕落，月上钓船收网归。

（《播琴堂诗集》卷三）

张上舍（成）莺湖书屋图

开樽同话长安雨，展画难忘莺脰波。赢得朋簪欢握手，不嫌孤负旧渔蓑。
赋才当代推平子，仙骨从来擅志和。雅有胜情兼胜地，一篷凉月放船过。
湖天一碧镜新磨，望里遥山映翠螺。只合平波台畔住，乘风破浪待如何。
旧游岁月掷如梭，路隔沧江别思多。有日京华尘梦醒，从君清夜扣舷歌。

（《播琴堂诗集》卷七）

任大椿

任大椿（1738—1789），字幼植，一字子田。清兴化（今江苏兴化）人。乾隆三十四年（1769）进士，历官礼部主事、《四库全书》纂修官、御史。著有《子田诗集》等。

平望道中

出郭星已阑，解缆潮将歇。烛灭蒲塘深，去棹何忽忽。残酒有余情，西风吹不绝。乍别易怀人，欲寐屡搔发。如何将客心，一棹雨丝白。

（《子田初集》卷二）

程际盛

程际盛（1739—1796），原名炎，字焕若，号东冶。清长洲（今属江苏苏州）人。乾隆四十五年（1780）进士，官至监察御史。际盛初学诗于沈德潜，及官京师，奉职多年，退食而归，惟以汲古穷经为务，尤深研郑玄之学。著有《稻香楼诗集》等。

秋夜渡莺脰湖

光风动水漪，夜气澄空沼。彷佛泛星槎，蓬壶犹了了。

（《稻香楼诗集》卷四）

钱维乔

钱维乔（1739—1806），字树参、季木，号曙川、竹初居士等。清武进（今属江苏常州）人。乾隆二十七年（1762）举人。学贯古今，工书善画，精于音律，诗文博瞻。著有《竹初文钞》《竹初诗钞》等。

平望舟中观大兄画米家山卷子

吾兄谓我爱画真入骨，吾兄作画乃亦然。不然何故尺纸偶到手，便尔点染成云烟。人生屐游亦易晚，不如兴来把卷长在眼。南浔十里春树长，化作雷雨天苍茫。大横点点起复下，倏有涛声共奔泻。吴山耶，剡溪耶，轻帆是处堪浮家。酒阑勿吝一挥手，就中山灵一一都颔首。

平　望

久客亲舟楫，迟归意亦悬。雁声寒有月，湖气晚多烟。越岭愁遮目，吴歌感叩舷。乡心忘坐久，衣露湿留连。

（《竹初诗钞》卷二）

平望夜泊

解组已半载，还家裁两旬。仍挂十幅帆，言寻越江滨。越江六百里，距吴衣带水。岸语杂榜讴，乡音听递改。顾惭营巢燕，尚作遵渚鸿。一枕移清宵，五两随炎风。流萤乍缀草，残月渐吐空。感此独客心，光景无与同。忆昔捧檄来，南枝十年鸟。绿鬓嗟久凋，青山如旧好。升沉悟万事，荣落等秋草。荷衣制未易，松径芜已蚤。故园老兄姊，询我归何迟。肥瘦互审颜，悲喜各有思。苦复为寓公，八口犹远羁。明知此暂别，丁宁弗愆期。秋飔最凉爽，此路宜轻舫。径践鸥鹭盟，长为桑苎长。

（《竹初诗钞》卷十四）

李　睿

李睿，字澄斋。清仁和（今属浙江杭州）人。诸生。约生活于乾隆间。著有《谿堂集》。

莺脰湖

一桥深锁碧潆洄，新涨平添响似雷。但讶船多成鹢退，忽从烟外见湖开。依稀泊宅留渔屋，即渐松陵出戍台。独惜自来风景地，久无皮陆斗清才。

（《两浙輶轩录》卷三十四）

吴孝标

吴孝标，生平不详，约生活于乾隆间。

村居九首

小筑宜乡曲，家家花木幽。柴门时共叩，浊酒互相酬。好鸟闲中听，尘氛天外浮。自惭衰朽质，只合老林丘。

休嫌余性僻，爱作野人家。境阔多容月，庭宽广种花。不犹人好恶，别自有生涯。试茗书窗晚，凭阑数去鸦。

沦落风尘外，都因经济疏。惟知抱瓮汲，更学带经锄。建业时难必，谋生力有余。此间非郑圃，不是硕人居。

生计何须问，田园味不同。种蔬充客膳，煮笋醉春风。鼠量非难满，猿林是处通。俗营本有限，到此万缘空。

稍怯年逾壮，寻常寄草莱。百花开更落，群鸟去还来。旧读书难记，新题句欠裁。林间并水涘，一味独徘徊。

数椽茅屋静，逸趣逐时新。积雨苔添翠，经风竹拂尘。窗虚堪读画，园隘可藏春。谁领其中妙，乾坤一散人。

晓睡由人懒，檐前日已高。鸟翻花弄影，茶熟釜鸣涛。宁澹何妨逸，甘贫不惯劳。优游脱检束，踪迹似逋逃。

鹪鹩巢易得，独有买邻难。俗美风诚古，乡穷分各安。牧童眠绿野，钓叟坐鸣湍。流憩蓬门侧，寻常作画看。

静极还思动，壮游不出村。云封花暗午，烟锁竹深门。天日流无际，吴山翠有痕。兹生俯仰适，行止复谁论。

邑侯彭明府约往平川，余迫于赴乡馆不及偕陪，赋此代束

莺湖奥处是吾庐，好共幽人约钓鱼。千首新诗还供客，一封关约胜征书。久饥病鹤无心调，忍冻枯梅不易舒。回首江城云隔断，空劳魂梦逐征舆。

（道光《平望志》卷十五）

翁纯礼

翁纯礼，字嘉会，号素风。清吴江（今江苏吴江）人。诸生。肆力于诗古文，尝受业于里中沈祖惠、陆厥成、王鸣盛门，故所著悉有可观。明于医理，熟读历代良医之书。著有《爱古堂诗集》等。

望莺脰湖和许心樵韵

闲游思汗漫，访古渺无船。不泛波中宅，安成洞里天。芦飞古岸雪，梅逗小春烟。未得相追逐，新诗结净缘。

（道光《平望志》卷十五）

张五典

张五典，字叙百，号荷塘。清泾阳（今陕西泾阳）人。乾隆二十五年（1760）举人，官上元知县。工诗，兼善山水。著有《荷塘诗集》。

平望夜泊

晚风吹送吴江雪，烟际渔灯半明灭。引船近就枯苇丛，声唱卖鲜橹轻摵。斜倚纶竿披短簑，擎出筠篮编细篾。上钩恰有王余脍，扳罾正得西施舌。客途感此悲吴人，祸乱纷更纪越绝。太湖鱼炙计已成，酒宴招邀向窟穴。七首一寸飞霜花，衷甲三重透棠铁。檇李收骨归虎邱，许越行成恨应结。响屟廊边月似练，馆娃宫里花如缬。跨海略地齐鲁南，贡葛甘心臣妾列。盟长黄池争未休，上相东门眼可抉。霸图消歇经千年，寒塘流水声呜咽。一饭柂楼支枕高，梦回篷顶闻骚屑。

（《荷塘诗集》卷二）

赵德基

赵德基，曾任震泽知县，乾隆二十九年（1764）曾参与重修平望安德桥。

喜平望安德桥落成

舆梁工合孟冬鸠，计日观成便众由。一缕彩虹连断岸，半轮明月挂中流。仰高且可容桅过，（宋杨诚斋有"高桥过得桅"之句，即指此桥。）履坦无须絷辔留。多士同心宏利济，嘉名安德足千秋。

（道光《平望志》卷十五）

陈 樽

陈樽，字俎行，号酌翁。清海盐（今浙江海盐人）。乾隆三十一年（1766）进士。官广西博白知县。山水有韵致。

过平望桥

鲁公吟望地，流水绕人家。屋瓦如鳞比，田畴错犬牙。乳凫眠藕叶，细雨湿芦花。我亦江湖客，羁栖感岁华。

（《古衡山房诗集》卷九）

沈赤然

沈赤然，字鳄山，号梅村。清仁和（今属浙江杭州）人。乾隆三十三年（1768）举人。官直隶丰润县知县，有廉能。罢后，闭户著书，不问外事。工诗古文辞，尤以诗著称。著有《五研斋诗钞》等。

夜过莺脰湖

扬舠夜过莺脰湖，高浪闯碧摇芦蒲。船头散发看月上，剪水一声飞鹈鹕。

（《五研斋诗钞》卷三）

顾宗泰

顾宗泰，字景岳，号星桥。清元和（今属江苏苏州）人。与王鸣盛同从沈德潜学。乾隆四十年（1775）进士，官至吏部主事、高州知府。工诗文，家有月满楼，文酒之会无虚日，海内知名之士无不交投。著有《月满楼诗集》等。

莺脰湖书感

昔日莺湖曾放棹，春云暗暖画图如。桃花浪里恍银岛，杨柳阴中浴锦鱼。不觉人来秋易老，可知境过景成虚。丹枫冷处溪光澹，又值萧萧落叶初。

（《月满楼诗集》卷六）

许袭夔

许袭夔，字心樵。清合肥（今安徽合肥）人。乾隆四十二年（1777）拔贡。工诗文书法，兼工花草，画蟹尤妙。寓居平望，与士人相唱和。

望莺脰湖

我亦欲仙去，无从问钓船。几人真石隐，终古有湖天。道寂云为岸，身轻鹭化烟。何须恋丹篆，立地解尘缘。

（道光《平望志》卷十五）

严蕊珠

严蕊珠，字绿华。清元和（今属江苏苏州）人，诸生家绶女。未嫁夭。师事袁枚，袁枚奉为闺中三大知己之一。著有《露香阁诗存》。

莺脰湖棹歌

淡妆浓抹变晴阴，柳色花光间浅深。描出西湖新样子，亭台一簇拥波心。镜面波光点黛螺，鸣榔处处起渔歌。朝来几阵廉纤雨，雪色银鱼上网多。

（《随园女弟子诗》卷四）

陈若莲

陈若莲，字渠清，一字问渠。清海宁（今浙江海宁）人。诸生。生活于乾嘉间。著有《研云文集》《香楞居小草》。

舟泊平望

客程烟水外，一棹八冥蒙。鹭浴菰蒋雨，鸦翻葭菼风。人家喧午市，竹树淡秋空。却笑扬舲者，争先急浪中。

（《两浙輶轩录补遗》卷七）

祝德麟

祝德麟（1742—1798），字趾堂，号芷塘。清海宁（今浙江海宁）人。乾隆二十八年（1763）进士，官至湖广道监察御史，掌礼科给事中。以言事不合黜归，主讲云间书院。工诗，以性灵为主。著有《悦亲楼诗集》等。

莺脰湖

一水通平望，湖名绝可怜。荻洲遥浸月，菱唱渺含烟。白小如泥贱，黄丽何处眼。美人环佩冷，愁思正茫然。

（《悦亲楼诗集》卷二）

吴翌凤

吴翌凤（1742—1819），字伊仲，号枚庵。清吴县（今属江苏苏州）人。诸生。少寓陶氏东斋，日寝馈书史，积二十年，博雅工诗文，一时文士多从之游。喜藏书，遇有善本，不惜典衣购之。著有《怀旧集》《印须集》《与稽斋丛稿》等。

莺脰湖棹歌四首

平波台榭柳千条，蟹舍渔邨极望遥。生怕湖中风浪恶，短篷斜系画眉桥。
湖水团团侬镜圆，三三五五照婵娟。南风湖左北风右，送尽来吴入越船。
郎住鲈乡亭上头，侬船莺脰水中流。一竿红日自回柁，三寸白鱼时上钩。

侬家楼头湖水光，湖中春水双鸳鸯。蚕忙不放瓜皮艇，处处闲田都种桑。

（《与稽斋丛稿》卷二）

邵晋涵

邵晋涵（1743—1796），字与桐，号二云，又号南江。清余姚（今浙江余姚）人。乾隆三十六年（1771）进士，入四库全书馆任编修。长于史学，对四部和历代艺文志、目录之学有深研。

平　望

春水荡春桡，乘流入画桥。东风黄绿柳，明月忆吹箫。翠色当筵近，清歌别浦遥。青帘互摇曳，时见酒人招。

（《南江诗钞》卷二）

秦　瀛

秦瀛（1743—1821），字凌沧，一字小岘，号遂庵。清无锡（今江苏无锡）人，秦松龄玄孙。乾隆四十一年（1776）以举人召试山东行在，授内阁中书，后出为浙江温处道，有惠政。著有《小岘山人诗文集》。

过平望作

春帆高挂十幅蒲，扁舟东掠鸳脰湖。双桨划破水蘋乱，拍拍惊起烟中凫。裙腰绿遍平芜草，夹岸菜花黄不了。湖上女儿争采桑，养蚕天气晴明好。吴音袅袅唱歌谁，我有新诗多竹枝。高楼天半绿杨渚，画眉桥边啼画眉。

（《小岘山人诗集》卷二十八）

吴　俊

吴俊（1744—1815），字奕千，号昙绣等。清吴县（今属江苏苏州）人。乾隆三十七年（1772）进士，历官云南学政、山东布政使。归里后，教授于紫阳书院。博闻强识，通达事务，诗古文皆深入古人堂奥。著有《荣性堂集》。

程秀才明之昆仲邀游莺脰湖，登平波台，即次丁孝廉琴泉去年韵

莺脰湖中渺渺烟，风杨露苇钓鱼船。赤脚吴娃齐荡桨，画眉桥下掉青天。
昨朝碧浪放船来，低小乌篷浅窄杯。忽上平波台四望，纸窗八扇一齐开。
临水人家倚晚枫，短帆婀娜蓼花风。元真大是多情者，留我徘徊夕照中。
怜渠多事著缁衣，（谓琴泉。）喧冷曩今亦已非。犹有故人狂似昔，月明垂钓藕花矶。

（《荣性堂集》卷二）

题吴江张秀谷莺湖秋月图卷

松陵南去柳千条，闲看新潮接旧潮。最爱露明风举夜，采菱船过画眉桥。
秋到江南分外清，月当潮满魄哉生。湖心一队沙鸥起，勾管烟波是橹声。

（《荣性堂集》卷三）

望莺脰湖平波台

二十年前曾过此，买丝欲绣元真子。风蒲露苇足清秋，画眉桥外天粘水。褐来仕宦溯奔湍，自笑鲇鱼上竹竿。桃花流水年年有，输与渔郎把钓看。今朝日出浪头恶，湖心一点黑云驳。平台咫尺似瀛壶，斜风不许转帆脚。怅然赋诗告元真，我今不归非逡巡。买田傥得傍西塞，便与先生来结邻。

（《荣性堂集》卷十二）

李书吉

李书吉（1744－1819），字敬铭，号小云，又号半匏。清常熟（今江苏常熟）人。乾隆四十五年（1780）举人，官至钦州知州。精明练达，勇于任事，所至有惠政。以老病辞归，侨居虎丘，与二三诗人为文酒之会。著有《寒翠轩诗钞》。

舟过嘉兴不及登岸夜抵平望

重作诗人更酒人，片帆轻扬秀州津。天然供帐劳红叶，客里追陪借白苹。肉觅鸡头光润玉，虀求莺脰色烧银。曝书亭子渺何处，一瓣香赊拜手陈。

（《寒翠轩诗续钞》）

洪亮吉

洪亮吉（1746—1809），字君直，号北江，晚号更生居士。清阳湖（今属江苏常州）人。乾隆五十五年（1790）进士，授编修。嘉庆初因上书极论时弊戍伊犁，释还后居家十年而卒。学问渊博，工骈体。著有《更生斋集》等。

廿一日雨过莺脰湖

蒙蒙只向有帆零，过尽吴江长短亭。载得雨声归故里，三田麦浪接天青。
暂把蜻蜓艇子横，七层高塔隐江城。冥冥万点归鸦处，仍有桃花一树明。

（《更生斋集·诗续集》卷二）

夜渡莺脰湖

一舟出浦复入浦，渔火时断时仍辉。残星不随乌兔没，野叟独伴牛羊归。丛祠久已绝香烬，土偶岂复留余威。舵楼夜半忽长啸，一客四面鱼龙围。

（《更生斋集·诗续集》卷四）

渡莺脰湖至八尺镇

南浔酒未斟，平望鱼堪食。春事已三分，归途才八尺。黄蜂未出紫燕稀，胡蝶已向枝头飞。社公生辰启新醅，却喜百花生日近。

（《更生斋集·诗续集》卷六）

舟行平望值雨

乍漏朝阳影，难平风伯颠。如何一溪雨，祇湿万家烟。檐瀑斜穿屋，雷声远在田。遐瞻较清切，平望寺门前。

泊舟访翁秀才广平

展残书卷复哦诗，正是平林饭热时。却卸半帆成小泊，三家村里访经师。

（《更生斋集·诗续集》卷八）

四鼓渡莺脰湖

三更凉月侵，放棹复幽寻。客念此时寂，钟声昨夜沉。露翻千叶白，云定半湖阴。只有闲鸥鹭，能知天地心。

（《卷施阁集·诗集》卷八）

吴锡麒

吴锡麒（1746—1818），字圣征，号谷人。清钱塘（今属浙江杭州）人。乾隆四十年（1775）进士，入直上书房，升国子监祭酒。性耿直，不趋权贵，名著公卿间。能诗，尤工倚声，诗笔清淡秀丽。著有《有正味斋集》等。

莺脰湖曲

烟苍苍，水茫茫。春风吹，杜若香。问前路，阻且长。思美人，波中央。美人妆成明镜里，清歌未断行云起。片帆直指云中来，鸥梦纷纷渡湖水。思美人，来何迟。问前路，行自知。日暮相思千里远，明朝又是长洲苑。

（《有正味斋诗集》卷四）

李传燮

李传燮，字理之，号梦岩。清临川（今属江西抚州）人。乾隆四十四年（1779）举人。官广西兴业知县。

雨度平望

小舫经过越与吴，两三声橹隔菰蒲。淡烟红树雁来节，细雨乌篷莺脰湖。渔唱入情真可听，水云傍晚更堪图。西风夜泊谁家近，解唱潇潇一曲无。

雨度平望

欲唤银鱼船，春烟满江面。远远吴歌声，水云遮不见。

（《江西诗征》卷八十四）

赵 筠

赵筠，字竹君，号静芗。清吴江（今江苏吴江）人。勤弟。监生。候选按察司知事。少受书钱大培，又从徐达源游，及交钱塘吴锡麒、阳湖洪亮吉。尝与徐达源茸徐俟斋高士祠。著有《瓶隐庵诗》等。

同人纳凉平波台，次汤雨生都督（贻汾）韵

湖水白无际，凉蟾浴此间。得诗从吏隐，倚棹诵回环。浮世忙皈佛，伊人自梦闲。乾坤清气在，未拟扣舷还。

（光绪《平望续志》卷四）

胡之垣

胡之垣，字映薇，一字意城。清平湖（今浙江平湖）人。乾隆五十四年（1789）举人。著有《藕花书屋诗存》。

泊莺脰湖

东风吹暮寒，轻帆忽已至。湖云薄无雨，稍稍养新翠。四顾一溟蒙，中流隐孤寺。夕阳破空来，沙草互明媚。吴歌清且缓，渔舟渐鳞萃。沽酒酬明月，神清不能醉。欹枕傍林于，时闻宵露坠。

（《两浙輶轩录补遗》卷七）

赵怀玉

赵怀玉（1747—1823），字亿孙，又字印川，号味辛。清武进（今属江苏常州）人。乾隆四十五年（1780）南巡，召试赐举人，授内阁中书。性坦易，工古文词，诗与孙星衍、洪亮吉、黄景仁齐名。著有《亦有生斋集》。

岁暮怀人二十首（选一）

朱鸿猷仲嘉

人称朱万卷，家近小长芦。百折蚕丛路，（君尊人诵系于蜀。）三年莺脰湖。深情留别句，佳话纪游图。痴叔今何似，（君叔上舍方蔼。）新来倡和无。

（《亦有生斋集·诗》卷二）

汪学金

汪学金（1748—1804），字敬箴，号杏江，晚号静厓。清镇洋（今属江苏太仓）人。乾隆四十六年（1781）进士，曾为文渊阁校理、日讲起居注官。好学工诗。著有《静厓诗稿》等。

船山席上分赋银鱼得四绝句（选一）

莺脰湖边老网师，斜风细雨万银丝。座中偏是江南客，愁见灯阑酒半时。

（《静厓诗稿·续稿》卷二）

平望道中

一隄浓绿染渔蓑，几片云帆镜里过。天气移时变晴雨，人家终日住烟波。桑畴远近沿村密，菱荡高低占水多。绝妙鸳湖供奉曲，风流应付榜人歌。

（《静厓诗稿·后稿》卷一）

庄述祖

庄述祖（1750—1816），字葆琛，号珍艺，晚号骥斋。清武进（今属江苏常州）人。乾隆四十五年（1780）进士，选山东乐昌、潍县知县，累官桃源同知。不久即辞官归里，从事经学研究，为常州学派大家。著有《尚书今古文考证》等。

雨后过莺脰湖

归掉还经莺脰湖，雨丝风片到姑苏。暮云渐淡欣初霁，留得春山半幅图。（湖光甚美，惜少山色耳。当以云容补其阙焉。）

（《珍埶宧诗钞》卷一）

黄 钺

黄钺（1750—1841），字左田，又名左君，号壹斋。清芜湖（今安徽芜湖）人。乾隆五十五年（1790）进士，官至礼部、户部尚书。著有《壹斋集》。

过平望忆与张愚溪阻冰于此

户户碓舂玉，船船网晒针。（湖产银鱼。）河冰如日昨，鬓雪感吾今。车想渡淮北，（愚溪方计偕入都。）人来续越吟。输他渔父乐，泛宅住湖心。

（《壹斋集》卷十）

李 燧

李燧（1753—1825），字东生，号青墅。清河间（今河北河间）人，李棠之子。曾任四库馆二十余年，后担任两浙龙头、下砂头等处课盐大使。幼承庭训，工声律，寄托遥远，不失风人之旨。著有《青墅诗稿》。

平望遇雨

匹练横空日气消，菰蒲叶战风萧萧。一声雷送太湖雨，七十二峰云拥潮。

（《晚晴簃诗汇》卷一百三）

唐仲冕

唐仲冕（1753—1827），字云枳，号陶山居士，世称唐陶山。清善化（今属湖南长沙）人。乾隆五十八年（1793）进士，曾任苏州知府，后官至陕西布政使，代理巡抚。勤于笔耕。著有《岱览》《陶山文录》《陶山诗录》等。

过吴江县

作宰无良政，重经客梦劳。虹桥云一片，鸳脰水三篙。宿草怀朋旧，（谓杨慧楼、金二雅诸诗人。）芳祠记泽皋。（谓三高祠。）蟪蛄声已远，烟雨望楼高。

（《陶山诗录》卷二十二）

平望望月

风入蒹葭露气凉，高空雁叫水茫茫。但怜夜色皆秋色，不辨湖光与月光。影照篷窗拌烛烬，波摇津树夺星芒。沙汀似有人垂钓，想见荷衣蕙带长。

（道光《平望志》卷十五）

李赓芸

李赓芸（1754—1817），字生甫，又字许斋，号书田。清嘉定（今上海嘉定）人。系著名学者钱大昕入门弟子。乾隆五十五年（1790）进士，官至福建布政使。著有《稻香吟馆诗稿》。

过莺脰湖

晴波羡羡树迢迢，苹叶菱花极浦遥。借得樵风过莺脰，卸帆刚到画眉桥。

平　望

昨晨发艮山，今晨抵平望。朝曦敛苍烟，晴湖细纹羡。极浦白苹多，遥遥起渔唱。遐哉元真子，高风凤钦向。孤踪托蓑笠，泛宅桃花浪。余亦厌尘俗，形骸颇自放。思乞钓轮子，兼挈采菱榜。烟波一津逮，云水涵空旷。

（《稻香吟馆诗稿》卷一）

莺脰湖歌

莺脰湖中春水绿，点点桃花流细縠。莺脰湖中秋水清，白苹零落鲈鱼腥。春湖秋湖日日好，雨蓑烟笠蜻蜓小。只闻欸乃不见人，碧云无际沧波杳。

（《稻香吟馆诗稿》卷三）

王芑孙

王芑孙（1755—1818），字念丰，号惕甫，又号楞伽山人。清长洲（今属江苏苏州）人。乾隆五十三年（1788）举人，官华亭教谕。学问宏博，文章名震一时，肆力于诗，最工五古。著有《碑版广例》《渊雅堂集》等。

莺脰湖银鱼二十韵

莺馆吴江近，鸥乡越界连。湖名征旧志，鱼谱启新笺。珠馔珍尤细，银鳞产独专。

种应分白小，市或羡红鲜。摊箔方秋末，提筐始腊前。柳塘平晓涨，桃浪浴春潺。戢戢敧桥下，浮浮破籧边。惯乘流最駃，曲与岸为沿。唼絮轻同上，遮萍露未全。丝丝争燕翼，寸寸似蚕眠。弱每悬针拟，纤宜入箸便。滑余肌切玉，清得味披绵。风笠携双箸，星灯聚一船。辨肤冰有质，认目绛初圆。曝向茅檐矮，贻来纸里传。鸣榔微雪夜，晒网夕阳天。出水当鲈后，登厨在蛤先。烟耕看处处，雨屐记年年。品侠琴溪外，烹殊渤海壖。钓鳌知有客，物理试重研。

（《渊雅堂外集》卷二）

张士元

张士元（1755—1825），字翰宣，号鲈江。清震泽（今属江苏吴江）人。乾隆五十三年（1788）举人。会试屡不售，年老授教谕，辞不就。尝应浙江巡抚阮元之聘，主诸暨书院讲席。晚年隐居教读，以撰述自娱。著有《嘉树山房集》等。

闰端午莺脰湖观竞渡歌，酬钱巽斋先生见寄

南风吹落榴花红，龙舟大集莺湖中。闰午治舟倍正午，人巧洵亦因天工。千年俗尚有竞渡，沈湘谁识三闾故。只应嗜好类叶公，百般装束矜轩鹜。诸龙会成五色鳞，在云在水飞不去。翠旗锦盖相新鲜，低印叠影空波间。大舸小舫喧士女，歌筵舞席争光妍。万门静锁一川阻，钩月斜悬珠更吐。此时神龙在九渊，似为群嬉缓行雨。繁华自古称吴乡，况复两年多稻梁。前月我行虎邱麓，舟势蜿蜒曾寓目。长官三五肩舆来，往往把酒快瞻瞩。公门无事尚随俗，我辈江湖何检束。甘瓜朱李侑杯觞，直以胜举相角逐。先生有才卧草庐，近复寄向湖滨居。风云偶未成际会，文采自足辉邦都。率然相访乘醉后，一笑履迹同飞凫。元真台畔傥刺棹，携瓢执杖还能趋。

（《嘉树山房集》卷十五）

和沈树庭读书澹虑园次韵五首（园系平望汪氏所营，余曾寓居数月）

东桥竹成林，群飞燕雀喜。颇感何将军，清吟容子美。一游辄累月，池馆任投止。庄生吏漆园，梅福隐吴市。作达师前贤，此心淡如水。烟波弄扁舟，来往得终始。

忆登春雨楼，瞻眺尽一庄。时时明月中，跃鱼破池光。绿阴满苔径，花气和羽觞。酒垆招嵇阮，亦未黜山王。下者自草伏，高者方云翔。水鸟阑入户，山蜂飞出墙。俯

仰揔陈迹，逸少奚悲怆。

汪伦家莺湖，流水门前汇。客船此落帆，往往作良会。顾子（韵林）久寄居，十年花下醉。遗诗留壁间，对之欲涕泪。岩石有时泐，林木亦终坏。所欣风雨中，绿酿一尊在。读书当痛饮，投辖挽车盖。

湖中有层构，绕以芙蓉枝。风物美且洁，伊人良可思。维昔元真子，最为鲁公知。公方守吴兴，棹船远不辞。此间想停憩，钓鱼赋新诗。仙像故依然，访古莫后时。

瘦沈吾老友，曾共燕都住。破帽乘蹇驴，尘中日来去。有若鸟投笼，更苦蠹著絮。何如江湖上，箬篷带渔具。名园亦可居，听泉得佳趣。勿营买山钱，徒扰目前虑。（来诗云买山苦无资。）

题春雨楼读书图（为澹虑园主人汪君作）

昔泛莺湖船，屡看君家竹。误走红尘中，十年徒佩犊。亦知溪山好，归寻旧茅屋。遂来春雨楼，名园日往复。池长尺寸鱼，林失一双鹿。（园中旧有两鹿，今不见矣。）梅子堕轻黄，桐花散微馥。把酒晚风前，如坐李愿谷。粉图展横卷，要我书余幅。我诗无他言，但记往事熟。世事且勿论，与君论耕牧。

（《嘉树山房集》卷十六）

莺脰湖

湖深湖浅问何如，岁岁轻帆稳载书。云里谁家添绿树，台边自昔放红蕖。粺疏市散千船米，白小人争二寸鱼。最是江乡好风景，移家吾欲此中居。

（《嘉树山房集》卷十九）

春雨自平望归二首

万柳千花映碧波，浓云头上欲滂沱。一年好处惟春霁，烟雨舟中春更多。
溪行屈曲绕林樊，犬吠云中近水村。村里熟知幽客住，为逢暮雨不敲门。

（《嘉树山房集》卷二十）

石韫玉

石韫玉（1755—1837），字执如，号琢堂，晚号独学老人，又号花韵庵主人。清吴县（今属江苏苏州）人。乾隆五十五年（1790）状元，授翰林院修撰，官至湖南学政。著有《独学庐诗文集》《晚香楼集》《花韵庵诗余》等。

与赵巽夫同过莺脰湖作即和赵韵

桃花带雨柳含烟，环绕明湖一镜圆。有客行程问莺脰，此乡生计在鱼筌。衰龄筋力寻芳倦，新霁峰峦泼翠鲜。指点鲈香亭下路，旧游已是十年前。

（《独学庐稿·四稿》卷四）

夜过平波台（在平望镇）

野屋三间静，虚窗四面明。幽栖忘市近，秋水与阶平。商舶冲寒集，渔榔入夜鸣。当年觞咏客，感旧不胜情。（二十年前曾与莲龛观察宴集于此。）

（《独学庐稿·五稿》卷四）

凌廷堪

凌廷堪（1757—1809），字仲子，又字次仲。清歙县（今安徽歙县）人。少孤，仰慕江永、戴震之学。乾隆五十八年（1793）进士，选宁国府学教授。著有《校礼堂文集》等。

过平望

溅溅流水净无沙，两岸疏篱整复斜。微雨暮寒将变雪，野梅春浅未成花。轻帆郢客欹乌帽，小舫吴孃隔绛纱。满目风光任吟赏，剧游豪兴一何赊。

（《校礼堂诗集》卷三）

姚文田

姚文田（1758—1827），字秋农，号梅漪。清归安（今属浙江湖州）人。嘉庆四年（1799）状元，官至礼部尚书。治学严谨，为官耿直。其学问无所不贯通，以程朱理学为宗，长于考据。著有《邃雅堂集》等。

莺脰湖

秋风吹远水，新涨落寒塘。估客投深市，闲亭对夕阳。银鱼初出网，丹橘早经霜。卜筑情空羡，遄征计未遑。

（《邃雅堂集》卷七）

秦秉纯

秦秉纯，字敏修，号孟亭。清吴江（今江苏吴江）人，居韭溪。少攻制举业有声，年40乃绝意进取。居贫孝友，为族党所推。与人交外和内介，门弟子多所成就。与同邑翁广平、邱孙梧等相唱酬。著有《唾余集》。

过一株松有感

古墓莫详所自出。有松特立，俗名其地一株松。曩与族叔小坡搜墓前断碣，字漫漶不可辨。今三十余年，叔前没，而松亦槁死久矣。余重过此，为赋一绝。

虬松曾此立盘桓，荒冢频搜断碣看。今日阿咸头白过，一坏空琐晚烟寒。

（光绪《平望续志》卷四）

释达尘

释达尘，字月樵。清震泽（今属江苏吴江）人。梅堰显忠寺僧，主长庆寺讲席。不慕利亦不慕名。工诗词，能画山水、花卉。著有《一指窝诗余》。

一镫纺读图为唐菱伯题

风雨逼危楼，同挑青竹籥。鹡鸰生命小，趯趯草虫秋。古帙香花散，冬裙葛练愁。终宵辛苦意，母氏善贻谋。

题张节母茹冰纺雪图应虞堂作

短艇记凿冰，莺湖碎空绿。萧然张仲居，冷雪压空屋。如闻贤母机，凄断不能续。尘也匪空桑，抚图忍卒读。愿挑长明镫，分照母杼柚。母身益劬劳，母心益婉笃。安得手中棉，春气被黍谷。儿寒为制衣，儿饥为贷粟。儿今能文章，母发犹未秃。朝朝绣佛龛，承欢一盂粥。

（光绪《平望续志》卷十）

孙原湘

孙原湘（1760—1829），字子潇，晚号心青。清昭文（今属江苏常熟）人。嘉庆十年（1805）进士，官翰林院庶吉士，充武英殿协修。擅诗词，工骈、散文，兼善书画。诗文与王昙、舒位鼎足。著有《天真阁集》。

舟行杂诗

半日不闻柔橹声，舟人高卧看山横。帆行南北风皆便，天亦周旋似世情。
烟树前头路不通，石桥南望又推篷。舟行尽日百千折，只在橙黄橘绿中。
苹花风紧橹声迟，正是鲈鱼上市时。小阁有人帘半卷，画眉桥畔月如眉。（平望东。）
宝带桥头秋水平，鲈香亭下晚风轻。片帆一霎九十里，莺脰湖中看月明。

小泊平望

邨墟如可即，极目已斜曛。人语落秋水，炊烟流紫云。近桥帆早卸，冲艇鸭先分。且泊芙蓉渚，余香就水熏。

（《天真阁集》卷五）

莺湖载月歌吊吴珊珊女史

澄湖空明天作底，孤蟾贴水飞不起。美人清影落镜中，诗骨寒凭露华洗。此时万梦醉红尘，不知世有清吟人。推篷一笑看天际，亭亭素魄原前身。归来泪落红阑干，佩声轻飞入广寒。空余写韵楼头月，还作湖心白玉盘。

（《天真阁集》卷十六）

莺脰湖

十年不过画眉桥，桥畔垂杨似手招。鸥鸟白怜春水瀞，桃花红受夕阳烧。喜温前梦途犹熟，贪和新诗日易消。笑倚闺人同瘦影，自怜仙骨愧文箫。

（《天真阁集》卷十八）

莺脰湖

风来东面我船东，柔橹迟徊鸟遡风。人在烟波诗澹荡，天将云树画空蒙。丹霞孤落三霄外，白鹭双飞一镜中。沿著桃花浮宅去，前身我本绿簑翁。（湖心有张志和钓台。）

（《天真阁集》卷三十二）

刘凤诰

刘凤诰（1760—1830），字丞牧，号金门。清萍乡（今江西萍乡）人。乾隆五十四年（1789）进士，官至吏部右侍郎。工古文。著有《存悔斋集》。

平望舟次

梦出葑溪口，觉已松陵路。拍拍啼乌飞，喔喔荒鸡语。月落霜天寒，乡心越红树。

（《存悔斋集》卷十五）

尤维熊

尤维熊（1762—1809），字祖望，号二娱。清长洲（今属江苏苏州）人。乾隆五十四年（1789）拔贡生，授淮安县训导，秩满膺荐，简发云南蒙自知县，后以亲老引疾归。工诗文，尤长于词。著有《二娱小庐诗钞》等。

莺脰湖望雨

桥边难认旧沙痕，雨脚如麻水气浑。一二寸鱼多白小，两三星火近黄昏。船窗漫拓新蠹壳，家具仍携老瓦盆。好句应收皮陆集，风光不让沈尤村。

（《二娱小庐诗钞》卷四）

刘嗣绾

刘嗣绾（1762—1820），字醇甫，号芙初。清阳湖（今属江苏常州）人。嘉庆十三年（1808）进士，授编修。工诗及骈体文，少作多明艳，中年则以沉博排奡胜，晚更清道骏迈，以快厉之笔，达幽隐之思。著有《尚䌹堂集》。

舟过吴江作

鸥波春远碧于油，取次吴山拆晓愁。直到画眉桥下立，桃花两岸照梳头。

红楼翠箔浴吴蚕，近水人家对碧岚。仿佛谢娘帘阁里，几丝春雨湿江南。

（《尚䌹堂诗集》卷七）

晓泊莺脰湖憩酒楼

湖舫迢迢当远游，狂吟一上酒家楼。云山隔岸吐新月，烟水极天摇古愁。零落稻粱悲旅雁，萧疏芦荻让闲鸥。无人解绘流民稿，晚爨稀微辨秀州。

（《尚䌹堂诗集》卷三十三）

晚过平望

一望入平远，不知秋水高。炊烟分屋背，碓响聚村坳。倒枕盟鸥汐，推篷听鹭涛。此行忧潦积，破暝眺东皋。

晚色皱寒绿，绕堤无数层。估灯沿稻蟹，渔艇荡花鹰。烟水俱清旷，云霞自蔚蒸。夜来歌吹起，犹采半湖菱。

（《尚䌹堂诗集》卷四十四）

严可均

严可均（1762—1843），字景文，号铁桥。清乌程（今属浙江湖州）人。嘉庆五年（1800）举人，道光间选授建德教谕，旋以疾辞归。精考据，好校书。著有《说文声类》《铁桥漫稿》等。

莺湖杂诗

乌榜摇烟下荻塘，荻花萧瑟水风凉。生怜鹿野联吟者，寂莫人间王载扬。

平波弥望澹容与，柳岸人家并水居。正是江乡风味好，竹丝篮子卖银鱼。

溪南一径黄花雨，醉里吟香兴不孤。买得橛头船侣叶，载将秋色过莺湖。

新月高高玉笛哀，画眉桥外雁飞回。行人今夜肠堪断，况听吴孃水调来。

甲乙丛书定不磨，布衣名姓满江河。而今欲吊天随子，放鸭滩头红叶多。

（《铁桥漫稿》卷二）

焦　循

焦循（1763—1820），字理堂，一作里堂。清扬州（今江苏扬州）人，嘉庆六年（1801）举人，与阮元齐名。博闻强记，于经史、历算、声韵、训诂之学都有研究。著有《雕菰集》等。

自平望之昆山

阔处渺无际，窄处两岸逼。一阔间一窄，自然成消息。我从平望来，歧路入旁侧。是时仲冬夜，水月共一色。开窗面寒漪，风气触有力。烟雾顿苍茫，舟子路不识。泊舟菰芦中，月落水光黑。高卧待天明，夜永曙久匿。梦中闻伊呀，舟人喧早食。推篷一远观，昆山塔在北。

（《雕菰集》卷三）

顾日新

顾日新（1763—1823），一名后朗，字剑峰。清吴江（今江苏吴江）人。贡生。幼孤家贫。天资颖异，于历朝史册，是非成败得失，尤所用心。议论引据今古，颇以经济自负。喜交游，爱才俊。曾主讲嘐城书院。客游粤东，与陈沆交往。工诗文。著有《寸心楼诗集》《寸心楼文稿》。

平波台

平波台小占莺湖，湖色苍澄古画图。晓雨卖莼催上市，晚晴飞鸟唤提壶。人家扑地村相倚，帆影拈天客自孤。一种画眉桥畔路，秦余杜曲得赢无。

（《寸心楼诗集》卷二）

莺脰湖

台是平波旧，湖贪莺脰名。去家才百里，归舫记三更。树杪交帆影，波心答桨声。羡他渔钓者，终岁镜中行。

（《寸心楼诗集》卷十五）

费 钧

费钧，号云坡。清乌程（今属浙江湖州）人。工诗，淡而弥旨，和而不流，得情性之正，与严可均为诗友。官山西太谷县主簿。

送严莺坡先生之平望

满目蒹葭冷，依人独去时。西风双鬓短，斜日片帆迟。别绪浓于酒，愁心乱若丝。归来知岁晚，冰雪好论诗。

（《两浙𬨎轩续录》卷二十九）

舒 位

舒位（1765—1815），字立人，号铁云。清大兴（今北京大兴）人。母吴人，父亡后移家吴中。乾隆五十三年（1788）举人，屡试进士不第，贫困潦倒，以馆幕为生。于学靡不究，尤工于诗。著有《瓶水斋诗集》。

平 望

七十二峰青，春风吹洞庭。水连平望驿，人到垂虹亭。折去千丝柳，浮来一点萍。吴歈声更苦，今夜最难听。

雨行平望道中即事

溪水碧于海，溪雨凉似水。是雨是水花，点点入鱼觜。
溪路还湖路，浓阴压短桡。湿帆愁不卷，摇过画眉桥。
宛转吴侬曲，潇潇暮雨多。分明翻水调，却道唱山歌。
歌声杂水声，棹入最深处。万点冷芦花，两岸枯桑树。

（《瓶水斋诗集》卷四）

自乌镇至常熟（选一）

挂帆莺脰湖，湖水凡几曲。爱此东风吹，一镜卷青縠。我行昨岁晚，冰雪苦瑟缩。
重来夕岸烟，杨柳忽已绿。斜阳绚春树，树影在帆腹。时见钓鱼船，袅袅一竿竹。

夜渡莺脰湖和徐朝玉孝廉（升馨）

梦里吴江接太湖，心情可与昨宵殊。一年春好逢离别，半夜诗成在路途。风利渐
闻流水急，月明忍遣酒樽孤。南州孺子阳春曲，乘兴分笺亦自娱。

（《瓶水斋诗集》卷五）

莺脰湖舟中逢雨，忆薏园师诗有"吴江二月真堪画，柳暗花明莺脰湖"之句，正此景也，时方作张掖书寄师，因即事奉怀云

向晚扁舟听鹧鸪，十年灯影落江湖。那从暗柳明花处，补写吴江二月图。
陇首飞雪隔几尘，梅花羌笛弄青春。杜陵旧雨还惆怅，况是当年载酒人。

（《瓶水斋诗集》卷九）

席佩兰

席佩兰（1766—？），原名蕊珠，小名瑞芝，字月襟，又字韵芬、道华、浣云，
自号佩兰。清昭文（今属江苏常熟）人，席世昌姊，孙原湘妻，袁枚女弟子。工诗，
善画兰。与夫共案而读，相随唱和，互为师友，一时传为佳话。著有《长真阁集》。

珊珊夫人莺湖载月图

莺湖秋水碧于烟，瘦倚篷窗不肯眠。船上蛾眉天上月，一时清绝斗婵娟。

采莺仙去绝芳尘，还认云英画里身。十里画眉桥畔路，秋风愁杀荡舟人。

（《长真阁集》卷五）

薄莫至平望出莺脰湖，白日落矣

画眉桥影合波圆，桥外烟波便淼然。临水桃花齐欲笑，倚人楼阁尽如仙。东风白鹭迎船小，斜日银鱼上市鲜。归棹若逢良夜暖，扣舷看杀月婵娟。

（《长真阁集》卷六）

乐　钧

乐钧（1766—1814），字效堂，号莲裳，别号梦花楼主。清临川（今属江西抚州）人。嘉庆六年（1801）举人，后屡试不第，未入仕途。工诗文，与张惠言、李兆洛等并称"后八家"。著有《青芝山馆诗集》等。

平　望

水色云光杂晓烟，渔舟面面触归船。芦湾小着诛茆屋，桑径斜通莳菜田。冷日照人红树外，轻风送客白鸥边。分明是画无心看，为少乡山在眼前。

（《青芝山馆诗集》卷十四）

平望阻风

莺脰湖光涨绿醅，船头忽起练花堆。渔舟亦在风声里，翻向波心打桨来。

（《青芝山馆诗集》卷十六）

吴嵩梁

吴嵩梁（1766—1834），字子山，号兰雪，晚号澂翁，别号莲花博士、石溪老渔。清东乡（今江西东乡）人。嘉庆五年（1800）举人，曾任贵州黔西知州。工诗，有"诗佛"之誉。著有《香苏山馆全集》。

莺脰湖

平生爱说莺脰湖，扁舟未放神先徂。前年过此夜已半，萧萧寒梦依菰蒲。今年端午客吴下，彩船百棹笙歌俱。传闻此地更繁盛，万花如海龙所都。我来江郭值秋首，但看湖影涵清虚。靴纹细蹙晚风定，练光横卷余霞铺。布帆叶叶送归客，画桨枝枝摇晚渔。红蓼丛边沙溆出，白鸥没处遥山无。水天如此极幽赏，管弦底用矜吴歈。径思手筑一茅舍，特来补种千芙蕖。人间俯仰足忧患，眼前清境留须臾。秋风一棹踏云浪，钓竿去拂青珊瑚。

（《香苏山馆诗集》卷二）

郭 麐

郭麐（1767—1831），字祥伯，号频伽，晚号复庵等。清吴江（今江苏吴江）人。嘉庆间贡生。少有神童之目，长专力于诗古文辞，古文雅洁奥丽，诗学李贺、沈亚之、苏轼、黄庭坚，词则清婉颖异。著有《灵芬馆诗集》等。

夜过平望驿

雁齿楼檐傍水明，依微镫火隔烟生。长亭十里又十里，寒月一程圆一程。近甚里居初此过，落然身世得无情。算犹未是归人棹，多谢呕哑柔橹声。（时方适武林。）

（《灵芬馆诗初集》卷二）

题珊珊莺湖载月图

素娥邀与斗婵娟，凉敏晶簪不道寒。知否浓香浅梦里，几家闲杀好阑干。
每于对月苦思家，水驿山程别路赊。记得分明倚虚幌，不知酒醒在天涯。

（《灵芬馆二集》之《白下集》）

吴琼仙

吴琼仙（1768—1803），字子佩，一字珊珊。清震泽（今属江苏吴江）人。徐达源妻，袁枚女弟子。夫妻均喜为诗，时相倡和。袁枚闻之，尝自吴中过访，以为琼仙之才，在达源之上。擅画，又善临晋唐小楷。著有《写韵楼诗集》等。

秋夜莺湖返棹

甲寅仲秋归宁莺湖，越七日，外子作书促归，即夕呼舟倚篷拈此

十里莺湖路，鱼书特地招。送归惟有月，破梦忽闻箫。人语桥三板，秋声柳万条。家家临水阁，灯火乱疏寮。

珍重临行语，辛勤阿母心。水窗休独倚，冷露恐难禁。别邃知离抱，宵深入苦吟。推篷属明月，到莫堕花阴。

（《写韵楼诗集》卷一）

莺脰湖银鱼

欲飞不飞波上烟，渔女隐泛瓜皮船。银鱼簇簇冒丝网，晚渡夕阳喧卖鲜。侬家小筑莺湖侧，入馔可怜雪花色。一寸二寸肤脂凝，却笑鸾刀脍不得。万家池产味更殊，嗜此那忆松江鲈。当年白小题诗客，曾见金睛三尾无。

（《写韵楼诗集》卷二）

莺湖同姊妹步月

莺湖今夜秋无边，皎然一镜悬青天。红闺笑语兴不浅，踏月同出松扉前。是时湖上橹声寂，两三星火明渔船。寒光漉漉浸虚碧，人影如鹭沙滩拳。平波台小隐复现，莲花十丈擎秋烟。方壶员峤即此是，安得游戏乘漪涟。夜深露重难久立，掩扉却抱瑶琴眠。梦魂飞入月中去，翩翩罗袂仙乎仙。

（《写韵楼诗集》卷三）

张进士自吴门过访外子，谈诗竟夕，次见题莺湖载月图韵四首，即送入都

疏疏小雨织斜文，双桨飞来镜面分。毕竟烟波消受惯，燕梢犹带五湖云。
未解论诗赖指迷，深谈频剪烛花齐。笑它竹外三更月，也自窥帘不肯西。
香草满山长射干，出山花发共谁看。殷勤说与闲鸥鹭，迟十年来盟未寒。
春生竹阁梦回迟，琴韵泠泠风一丝。此后有人求判牍，也缘书法也缘诗。

过画眉桥

绿杨如线拂条条，一镜萍开刺短桡。两岸莺花春不管，东风吹过画眉桥。

（《写韵楼诗集》卷四）

莺脰湖词

湖光十里碧粼粼，蟹舍渔庄自在身。细雨斜风归亦好，平波台上问仙人。

近水人家先得月，垂杨时节未闻莺。徐忱旧馆分明是，何处东风第一声。

水融肌理雪融肤，珠网抛残出水初。村里家家惯炊玉，金鱼不卖卖银鱼。

画楼近傍画眉桥，无限烟波未易描。自度新词成水调，也应明月教吹箫。

（道光《平望志》卷十五）

许宗彦

许宗彦（1768—1818），原名庆宗，字积卿，一字固卿，号周生。清德清（今浙江德清）人。嘉庆四年（1799）进士，历官兵部主事。归田后，居杭州，杜门著书为事。于坟典经史皆有考究，兼善文字训诂。著有《鉴止水斋集》等。

晚过平望

湖平风小片帆柔，蒹苇萧萧两岸秋。凉露沾衣浑不觉，满身明月坐船头。

（《鉴止水斋集》卷三）

董蠡舟

董蠡舟（1768—？），字济甫，号铸范，别号董节病夫。清乌程（今属浙江湖州）人。道光间监生。通经史，精三礼，善书画，读书志古，富藏书。著有《梦好楼诗草》等。

平望道中

颐塘长百里，北去一宵程。风急乱帆聚，江寒漫水平。夜航镫火影，清陇桔橰声。宿麦裁初遍，殷勤望雪情。

（《两浙輶轩续录》卷三十二）

叶绍本

叶绍本（？—1841），字立人，号筠潭。清归安（今属浙江湖州）人。嘉庆六年（1801）进士，官至山西布政使。为诗恪守师训，推崇李梦阳、何景明，而不满钱谦益之诗论。重文爱士，擅长古文。著有《白鹤山房诗钞》等。

莺脰湖

雾雨洗华雯，湖光净练纹。暮天遥岫隐，秋水乱帆分。已醉松陵酒，犹看弁岭云。浮家吾有约，羡尔白鸥群。

平　望

一水分吴越，苍茫远望余。朱阑通略彴，碧树隐邨墟。江市千艘米，湖船二寸鱼。谁能谢尘事，卜筑此幽居。

（《白鹤山房诗钞》卷一）

夜渡莺脰湖

平湖夜静橹声闲，一路芦花苇叶间。重露滴船凉胜雨，暝云压岸远疑山。林深鹭堠亭亭出，潮落渔灯渺渺还。太息游踪何日定，乡关小住且开颜。

（《白鹤山房诗钞》卷二）

张廷济

张廷济（1768—1848），原名汝林，字顺安，一字说舟，又字作田，号叔未，晚号眉寿老人。清嘉兴（今浙江嘉兴）人。嘉庆三年（1798）解元。工诗词，风格朴质，善用典故。精金石考据之学，尤擅长文物鉴赏，喜收藏。著有《桂馨堂集》等。

吴江杨硕夫处士画像

处士名菽，吴江平望人。从瞿幽谷式耜于桂林，瞿斩于风洞，杨麻衣徒跣哭于孔有德前，凡四日，孔乃许，以冠服袯护瞿家属并瞿骸骨归，葬虞山。暮年隐处尚湖。

吾谷问其墓，与瞿近，墓前环植梅花。

难挽神州已陆沈，故人柴市竟谁寻。生前云雨羞张耳，死后冰霜识季心。老去只扶吾谷杖，愁来还破海山琴。祇今义魄忠魂近，泣对梅华万树深。

十月海盐张受之辛作客平望，同人邀游平波台。见僧房壁上，潘稼堂太史末与志远诗扇书将就蚀，为刻石以贻，志公六世孙静参打本寄示，因次潘诗韵以纪之。即请姚坚香前机、邵稼甫嘉谷、徐江帆锡琛、孙松泉□□、范湘槎用源、孙九灵灵琳、翁小海雏叔钧鸿诸友高咏

偶游古寺寿佳迹，难得同心作伴来。会与虎溪添故实，不辜渔艇吊平台。枫江画里诗千首，笠泽书中酒一杯。那便扶衰参半偈，佛香如篆讲堂开。

（《桂馨堂集》之《顺安诗草》卷七）

近检得烂溪潘太史旧藏吴天玺纪功刻石整拓，是三十年前吴江故友翁海邨广平所贻者，以付潢匠，而受之刻太史诗扇拓适至，桑盘孙九灵又寄小隐图索诗，皆墨缘也。复用前韵

孙郎笔札又飞至，烟水墨缘次第来。篁里我安投老宅，桑盘君护读书台。兵戈客梦矛头淅，农圃家风霜落杯。还忆老翁（海邨）强健日，草堂深话烛华开。

三用前韵答姚坚香前机、赵静乡筠、吴琛堂鸣锵、徐江帆锡琛、孙九灵灵琳、张受之辛和作

烂溪遗迹偶书后，佳咏何期得得来。诗帐一添元亮社，禅峰重蠹德云台。黄梅已逼残冬信，白酒还留饷客杯。邮札相磨殊有味，衰年那不笑颜开。

（《桂馨堂集》之《顺安诗草》卷七）

张 鉴

张鉴（1768—1850），字秋水，号春冶。清归安（今属浙江湖州）人。早年家贫，以卖画自给。嘉庆九年（1804）副贡生，曾任武义县教谕，后讲学于西湖诂经精舍。博学多通，工为文，著述丰富。著有《冬青馆集》等。

题莺湖饯别图，用潘稼堂太史平波台韵，送王冶亭少尹（钧）

道州诗里寻循吏，纵使遄归去复来。访友每停花外舫，催耕时上水心台。柳浓共揽临分袂，波白还征后会杯。满眼云霞想挥手，画眉桥畔暮帆开。

（《冬青馆集·乙集》卷二）

李 福

李福（1769—1821），字备五，号子仙，一号兰室。清吴县（今江苏苏州）人。嘉庆十五年（1810）举人，官州同。主讲昆山玉峰书院。工书，善诗词，与黄丕烈友善。著有《花屿读书堂诗钞》等。

夜过平波台追怀鹤癯道人

砺碌征尘乍解鞍，扁舟南下又无端。月痕和梦寻幽绪，雨意凝秋酿嫩寒。细碎虫声知岸近，萧疏芦影束波宽。鹤飞渺渺仙人去，不尽云烟画里看。

（《花屿读书堂诗钞》卷四）

湖州道中

莺脰湖西去，迢迢江浙通。田禾膏泽润，村舍盖藏丰。山水有深意，桑麻余古风。奎光兹郡满，杰阁镇门东。（府城东门外有文昌阁。）

过莺脰湖口占绝句

莺湖一舸晚萧萧，湖畔谁家贮阿娇。隐约纸窗云鬓影，上灯时过画眉桥。

（《花屿读书堂诗钞》卷六）

寄怀山民

莺湖一棹雨丝稠，强拽虹桥十日留。忍使深闺劳远梦，何堪病客系孤舟。警寒怨起离群雁，隔水情牵失侣鸥。差喜平波台上望，烟霾扫尽月当头。

（《花屿读书堂诗钞》卷八）

吴 涣

吴涣，字君壮，号右岑。清吴江（今江苏吴江）人。士坚孙。习诗画与法家言，近游旁郡。数载后至楚北，无所遇归，诗益工，画益效。居常嗜酒负气，不可一世，独于文字则始终不厌。著有《右岑自存草》。

和张廷济题平波台元真祠潘稼堂赠志远和尚诗帖

风流先后相辉映，疑是神仙一再来。寿以文章都慧业，缘仍翰墨结莲台。年年此地看秋月，落落何人共酒杯。我欲危墙南向望，但凭烟水荡胸开。

（光绪《平望续志》卷四）

史致霖

史致霖，字肃庵。清山阴（今属浙江绍兴）人。嘉庆六年（1801）举人。官青田教谕。

壬申送秋日侍周莲塘师宴莺脰湖平波台赋赠许滇生

一帆摇曳苕溪曲，清远湖山看未足。朝来爽气凌高台，平划湖心荡寒绿。高台命酒忆昔年，豪吟醉月拟飞仙。游屐重寻倏秋暮，须臾雨气溢前川。由来奇幻皆天工，年年好景忌雷同。霁光侍坐不关酒，但觉杖履春融融。座中佳士许元度，仙节追陪各轩轾。三雅横飞兴转豪，酒酣邀我登楼去。登楼风雨忽迷离，指点渔镫隔浦吹。莫道秋光今夜尽，鸳湖红叶可题诗。

（《两浙𬨎轩续录》卷二十一）

叶树东

叶树东，字云𦈡，号芸城。清仁和（今属浙江杭州）人。嘉庆十二年（1807）举人。著有《松雨山房诗集》。

题江油尉孙右泉渔家乐图

天赋清才三万斛，可怜屈宋作衙官。思归莫唱渔家乐，风雪船头忍暮寒。

四十年前莺脰湖，斫鳞沽酒赋凫芦。（吴毅人祭酒湖山春社之集："余尔时曾有莺脰湖赋，为先生所赏。"）团圞骨肉凋零尽，珍重人间家庆图。

（《两浙輶轩续录》卷二十四）

盛大士

盛大士（1771—1836），字子履，号逸云，又号兰簃道人，又作兰畦道人。清镇洋（今属江苏太仓）人。嘉庆五年（1800）举人，山阳教谕。学问淹雅，诗、画俱佳。著有《蕴愫阁集》等。

过庞山湖次平望驿

一水明于镜，轻帆不暂停。湖开远山翠，天入洞庭青。驿树花环岸，渔庄鹭浴汀。平分吴越秀，晓气望清泠。

莺脰湖舟中偶成

水榭窗棂面面通，花光透出浅深红。吴江第四桥边望，春在浓云细雨中。鹭鶒双飞掠夕波，苹洲沙暖暗浮螺。侬家新种湖边柳，绿借桑阴一半多。

由莺脰湖过烂溪塘薄暮阻雨

炊烟一缕起邨庄，处处林鸠唤侣忙。灯下癯颜看独笑，春来诗梦亦生香。邻舟有伴乡音熟，溪阁谁家醉语狂。听得篷窗声淅沥，搅人愁绪十分长。

（《蕴愫阁诗集》卷七）

陈文述

陈文述（1771—1843），初名文杰，字谱香，后改名文述，别号云伯、碧城外史等。清钱塘（今属浙江杭州）人。嘉庆举人，官昭文、全椒等知县。诗学吴梅村、钱牧斋，博雅绮丽。著有《碧城诗馆诗钞》《颐道堂集》等。

过莺脰湖

莺脰湖波漾绿苔，晚云斜带片帆开。乡心莼菜兜中觉，客梦茶花漾里回。断树鸦栖秋影瘦，荒芦宿雁夜声哀。人家都在烟波里，谁问三吴水利来。

（《颐道堂诗选》卷二十）

过莺脰湖怀云庄蜀中

君在蠡颐山下，我行莺脰湖边。何日笠檐簑袂，五湖春水归船。

我行莺脰湖边，君在蠡颐山下。草堂万树梅花，待汝西溪渔舍。

（《颐道堂诗选》卷二十八）

奚疑

奚疑（1771—1854），字子复，一字虚白，又字乐夫，号方屏山樵，别号榆楼，晚号酒奚。清乌程（今属浙江湖州）人。博雅多闻，善诗词，精笔札。著有《榆楼诗稿》。

去岁壬辰，遥和汤雨生先生宿平波台下诗韵。
今与张瘦山买棹南翔，舟过莺湖，复登此台，补书此诗于修禊图卷中

闻道平台上，题诗良夜间。一轮凉月满，四面绿波环。境寂秋逾爽，公余心更闲。明朝群彦至，留醉不须还。

（光绪《平望续志》卷十）

宋翔凤

宋翔凤（1771—1860），字于庭。清长洲（今属江苏苏州）人，清代经学家。嘉庆五年（1800）举人，历官湖南新宁、耒阳等县知县。治西汉今文经学，是常州学派的代表人物之一。著有《洞箫楼诗纪》《论语说义》等。

夜泊平望驿

其一

灯火零星浦溆闲，一程风水急潺湲。戎戎镇市近闻柝，寂寂人家早上关。静里已

思江北路，望中全暗浙西山。今宵忽到姑苏地，空作频年几度还。

其二

七十里程归路迟，吾生惯遇逆风时。关心此夕波深浅，到得三更有梦知。

（《洞箫楼诗纪》卷十二）

陈本直

　　陈本直（1772—1842），字畏三，号古愚。清元和（今属江苏苏州）人。贡生。屡试不应，无意仕进。后以廪贡就教职，潜心著述。博识能文，工于诗。著有《覆瓿诗草》《粤游吟》等。

渡莺脰湖

遥山隐约水天虚，平望亭前鼓棹初。白舫青蓑湖上客，争携纤网打银鱼。
澄波弥望碧冥冥，之字帆张向远汀。却讶身行图画里，四围烟树一湖亭。

（《覆瓿诗草》卷四）

过莺湖

又放莺湖棹，晴光漾远空。水怜前度碧，花忆去年红。凫艇抛黏黍，（是日端午。）
渔人下钓筒，吾将泛沧海，从此借长风。

（《粤游吟》）

严元照

　　严元照（1773—1817），字元能、久能，号悔庵、蕙櫋。清归安（今属浙江湖州）人。工诗词古文，尤熟小学。致力经传，绝意仕进，于声音、训诂之学，多所阐发。著有《悔蕣文钞》《柯家山馆遗诗》等。

平　望

轻舟平望泊，风景水云初。过雨湖菱贱，迎霜驿柳疏。鱼虾生计足，秔稻岁功舒。
吾意闲鸥似，行行亦自如。

（《柯家山馆遗诗》卷六）

童 槐

童槐（1773 — 1857），字晋三，一字树眉，号萼君。清鄞县（今属浙江宁波）人。嘉庆十年（1805）进士，历官江西按察使、通政司副使等职。后主讲江西鹅湖书院、广州学海堂等。诗多怀古、纪游之作，风格清润，间有奇气。亦以文名。著有《今白华堂集》。

莺脰湖

垂虹秋色黯遥夕，海气沈冥连震泽。幕天席地醉眠余，失却莺湖千顷碧。潇潇暮雨杂昏烟，度曲吴娘何处船。一道风灯明灭影，画眉桥外水如天。

（《今白华堂诗录补》卷二）

沈钦韩

沈钦韩（1775 — 1832），字文起，号小宛。清吴县（今属江苏苏州）人。嘉庆十二年（1807）举人。质敏而为学甚勤，暑夕苦读，学问渊博，精史地之学，长于训诂考证，能诗文。著有《幼学堂文集》《两汉书疏证》等。

题文衡山为王百榖画半偈庵图卷

神楼一幢吐春云，竿木随身只卖文。莫道无生透天眼，一重绮语病多闻。

莺脰湖边棹拨云，生天慧业已平分。王孙芳草天涯思，禅榻难消白练裙。（谓马守真。）

（《幼学堂诗稿》卷十一）

张 澍

张澍（1776 — 1847），字百瀹，号介侯等。清武威（今甘肃武威）人。嘉庆四年（1799）进士，为翰林院庶吉士，充实录馆纂修。长于考证舆地，以及姓氏谱牒。著有《黔中纪闻》《养素堂集》等数十种。

过平望十里泊舟

水宿野寥旷，众星况清明。远楼高树映，曲港小航横。流萤飐浪乱，猲犬隔邨鸣。岸近人喧语，苇繁蛙竞声。淹迟感客子，怀抱郁难平。聊复登舻望，凉风吹袿轻。呼童温浊酒，一饮到三更。三更月皎洁，风微水文生。征途信冉冉，念远讵无情。

（《养素堂诗集》卷二十二）

吴慈鹤

吴慈鹤（1778—1826），字韵皋，号巢松，又号岑华居士。清吴县（今属江苏苏州）人。嘉庆十四年（1809）进士，官至翰林院侍讲。工诗，善骈体文，与彭兆荪交最契。著有《吴侍读全集》。

过莺脰湖

青天飞片帆，百里八明镜。樯楫信所如，风水两无竞。鸥翎翠霞活，蛟背碧珠定。菰芦烟际深，楼台雪边净。南征有期日，迫促限觞咏。再读松陵编，终思鼓清兴。

（《吴侍读全集》之《岑华居士兰鲸录》卷三）

风雨过平望闻笛声作

渚烟萧槭月模糊，烟竹吹空白浪粗。龙女风鬟听不得，偷弹清泪入前湖。

（《吴侍读全集》之《凤巢山樵求是录》卷一）

冰 鱼

白小丁沾产，长条腊月冰。得鲜堪旨蓄，无骨亦崚嶒。玉箸调羹化，银刀斫脍曾。终思泛莺脰，春网画眉升。（莺脰湖银鱼以画眉桥下最佳。）

（《吴侍读全集》之《凤巢山樵求是二录》卷三）

汤贻汾

汤贻汾（1778—1853），字若仪，号雨生、琴隐道人，晚号粥翁。清武进（今属江苏常州）人。精骑射，娴韬略，精音律，且通天文、地理及百家之学。书负盛名，为嘉道后大家。工诗文，书画宗董其昌，闲淡超逸，画梅极有神韵。著有《琴隐园诗集》等。

自禾中至莺脰湖宿平波台下（台有元贞子祠）

不信鸳湖月，相逢又此间。渔舟似村聚，树色若山环。久有烟波志，曾无诗酒闲。梦魂鸥伴隐，那复去乡关。

予书前诗于平波台上，次日有里人赵静芗（筠）、唐子珊（寿萼）、介寺僧德公投和章于予，予咋梦中闻笛声起台上，乃即二子和予诗时也，因酬一章，以志墨缘云

中夜笛声起，高台有酒狂。风吹人影淡，月照鹤巢凉。此地宜骚雅，诸公自庙廊。不成牛渚会，且结墨缘长。

题张虞堂（钟）茹冰纺雪图

秋虫四壁和机声，贤母能成令子名。肠断寒窗刀尺夜，邻鸡催读鼠窥檠。

（《琴隐园诗集》卷十九）

屠倬

屠倬（1781—1828），字孟昭，号琴邬，晚号潜园老人。清钱塘（今属浙江杭州）人。嘉庆十三年（1808）进士，官至江西九江知府。好学能诗，旁通书画、金石、篆刻，造诣无不精深。著有《是程堂诗文集》。

十七日雨夜过吴江复见月

连日阴晴杂，见雨亦见月。毕竟晴意多，月出雨便歇。今午篷底卧，萧骚雨丝密。四面云脚垂，百里湖岸失。乖龙势方张，晚霁难再必。棹入莺脰湖，枯坐惟抱膝。须

庾风力转，波面净如熨。颓云忽澄鲜，晶彩四边彻。未嫌月上迟，但觉水天阔。引手掬素澜，金镜露微缺。玉女忽大笑，文章贵奇谲。昨夜与今夕，光景又须别。长啸入湖烟，菰蒋风瑟瑟。

（《是程堂集》卷五）

俞鸿渐

俞鸿渐（1781—1846），字仪伯，号涧花，又号三硬芦圩耕叟。清德清（今浙江德清）人，俞樾父。嘉庆二十一年（1816）举人，曾为湖南巡抚康兰皋幕僚，在德清等地设馆授徒。通经史，善诗文。著有《印雪轩诗钞》《印雪轩文集》《印雪轩随笔》等。

过莺脰湖

山水能娱人，积久动成癖。自闻莺脰湖，梦寐不忍释。今从禾中归，迂道此挂席。层湖敛夕阴，空水混一碧。鱼标露两三，蟹舍近咫尺。缅怀元真子，晚作垂纶客。烟波深复深，蓑笠适其适。一泛湖中舟，千载仰遗迹。我有钓竿手，苦为利名役。大呼渔翁来，乞与数椽宅。春水桃花红，秋水芦花白。鼓枻凌苍茫，不知天地窄。

（《印雪轩诗钞》卷三）

晚过莺脰湖

莺脰湖边路，扁舟向晚过。人声喧水驿，暝色乱渔蓑。分少浮家福，聊为鼓枻歌。往来缘底事，垂钓负烟波。

（《印雪轩诗钞》卷九）

殷 增

殷增（1782—1822），字曜庭，号东溪，又号乐亭。清吴江（今江苏吴江）人，居平望。国子生。年十四咏蝉有警句，为前辈所赏。弱冠，父兄俱卒，遂弃举业，专理家政。喜作诗古文辞，尤好收拾邑中遗稿。著有《东溪吟草》等。

闰上巳修禊平波水榭集兰亭叙字

兰室春又暮，幽怀畅殊未。期会托同人，觞咏随所契。况兹临清流，林亭欣得地。极目喻静观，放怀虚万类。年殊少与长，合坐群以次。兴殊丝与竹，朗抱静可寄。今人与昔贤，形迹虽或异。由其所兴感，千古同一致。临文时流览，述录将无既。会当乐其乐，无为感世事。

（光绪《平望续志》卷四）

钟圻

钟圻，字敬和，号午峰，又号莺湖渔人。清吴江（今江苏吴江）人，居平望。善绘事，工山水，朴老沉厚，笔简意足。与殷增交，卒年七十四。著有《午峰诗稿》。

丙子上巳前一日，殷东溪招同人登平波台修禊，分得苔字

翩然裙屐共登台，面面轩窗对镜开。会较兰亭先一日，酒逢胜友合千杯。遥山云净青如鬐，湖水春深绿似苔。写作画图传也得，惜无王宰好风裁。

（光绪《平望续志》卷十）

钱桂霖

钱桂霖，字馨山。清钱塘（今属浙江杭州）人。约生活于嘉道间。

渡莺脰湖

浅皱粼粼碧浪铺，蒲帆十幅类轻凫。弥漫是水天为界，平远无山云补图。柳外阴浓双堠古，湖心烟敛一亭孤。绿蓑青笠如容我，好网银鱼买玉壶。

（《两浙辐轩续录》卷二十九）

庄庆椿

庄庆椿（？—1861？），字子寿，一字介眉，号幸翁，别号更生居士。清震泽（今属江苏吴江）人。兆沭长子。国子监生。肆力诗古文辞。与同邑陈寿熊、沈日富以古文相切磋，卓然成一家言。客授范遵澜家，性豪爽。卒年六十二。著有《冬荣室诗钞》。

张烈女

沿江炮火声凌穹，乱螫贼势多如蜂。此时欲避咸汹汹，妾忍不死羞门风。生为平望诗人女，耳目习闻良有以。记有中表卫氏姊，未嫁殉夫烈无比。今迁梅堰幸近塘，得死即是曹娥江。何为捞救来渔舠，见遗河伯非所望。再迁黎里仍陷贼，坚牢妾命终何益。但求死入无生出，一跃惊涛志永毕。天吴起舞蛟龙迎，依然还我清白身。肯贻内顾忧阿兄，少缓便尔凶锋撄。狞飙一夜气哮虎，狼藉名花如粪土。草间偷活宁足数，几家贞魄留庭户。烈女张姓父曰钟，诗文雅好笔亦工。于余颇昵屡过从，时维道光卅载中。吁嗟乎！长毛流毒祸难弭，被掳纷纷到女子。甚有结姻不知耻，盍照梨花湖上水。

黄烈妇

生于吴，适于黄。嫁两月，夫遽亡。非病终，遭贼戕。女是时，归省母。闻凶信，呕血斗。波粼粼，清且浏。身得死，骨不朽。余继娶，女从姑。知缔姻，毁齿初。母主之，惑媒氏。逾廿载，于归彼。家壁立，贫如洗。安义命，无骄矜。甘操作，一簟镫。和妯娌，翁有称。天不吊，兵戎兴。平望镇，女母家。曰绍基，为阿爷。婿何名，不记忆。问女年，三十一。岁在庚，月建申。爰作诗，激劝存。

徐烈妇

鸺鹠夜啸霜竹枯，帷镫饮泣嫠魂孤。一朝寇乱连江苏，刀光血浴人何辜。亘霄炮火簸鸣狐，贞魄天促游仙都。风吹尽绤水不污，心迹妾待盟冰壶。岂期网救来艖艒，死志已决无改途。投渊并挈怀中雏，免长贻戚归萑苻。蝼蚁鱼鳖无亲疏，临难苟活何为乎？烈哉此妇谁丈夫，徐姓闵氏居莺湖。

（《冬荣室诗词》）

程与坚

程与坚，字介石。清吴江（今江苏吴江）人，居平望。与殷增交。著有《自适吟》。

殷东溪招集平波台修禊集禊帖字

禊事年年此日修，虚亭一带引长流。曾因觞咏同天趣，得托山林感昔游。世外有人殊放诞，坐闲无地不清幽。相于日暮犹临水，俯仰欣然信自由。

（道光《平望志》卷十五）

郑祖琛

郑祖琛（1784—1851），字梦白。清乌程（今属浙江湖州）人。嘉庆十年（1805）进士，道光间任云南巡抚兼署云贵总督。

贺藕耕方伯自邢上邮书，约平望相晤，拏舟晚泊平波台下

诗情画意晚潇潇，莺脰湖边小驻桡。过雨渔榔双桨活，迎风蟹火一星摇。北来京国劳飞雁，东去吴江枕暗潮。津吏不须频问讯，故人相约画眉桥。

莺湖舟中杂咏

轻云薄霭嫩凉天，雨后平湖一境圆。杨柳湾头新月上，吴歌荡出夜行船。
老渔破网挂当门，烟外人家画里村。肥鲫过时鲈未起，酒楼只卖鸭馄饨。
画桥曲曲水云乡，百里苕溪一苇杭。分付莺儿休再斗，浮家有客占湖光。
烟波钓叟尚留台，下若泉香独举杯。灯火帆樯风卷去，夜凉呼取鹤归来。

陈芝楣中丞之任西江约于平望话别

又向莺湖问旧津，闲鸥应笑往来频。论交四海怜知己，作郡连番累送人。万里鹏程方振翼，一竿渔艇半收纶。慈亲无恙君恩重，为语西江旧吏民。

（《小谷口诗钞》卷十）

谢元淮

谢元淮（1784—1874？），字钧绪、默卿。清松滋（今湖北松滋）人。历任太湖东山巡检、无锡知县等职，后办盐务，历官多有政绩。学识渊博，诗文俱佳。著有《养默山房诗稿》《海天秋角词》《碎金词谱》等。

渡莺脰湖

朝辞武林郡，暮泛莺脰湖。远山还障越，流水尽归吴。林壑景虽异，烟波兴不孤。东南资水利，宣蓄早应图。

（《养默山房诗稿》卷十八）

杨雪湖（秖）遗像并引

雪湖，字硕父。吴江平望人。少受异人术，决祸福多奇中。虞山瞿公式耜最爱重之。顺治庚寅，桂林破，瞿与都督张同敞等皆被戮。硕父哭请于定南，得冠殓以葬。后复护其骸骨还乡，隐于虞山，自号不了道人。卒年七十有九。范子湘槎藏其遗像，嘱题一绝句。

闲关粤峤远追寻，忠骨终教返故林。一代兴亡生死际，几人能不负初心。

（《养默山房诗稿》卷十九）

林则徐

林则徐（1785—1850），字元抚，又字少穆、石麟，晚号俟村老人、俟村退叟、七十二峰退叟、瓶泉居士、栎社散人等。清侯官（今属福建福州）人。历任湖广总督、陕甘总督和云贵总督，主张严禁鸦片。著有《云左山房文钞》。

题雪湖杨高士遗像后

高士名秖，字硕甫，吴江平望人。为瞿忠宣公幕宾。忠宣殉粤西之难，高士恸哭军门四日，收遗骸归葬虞山。康熙辛酉，陆清献公遇之于虞山，为序其诗。

孤臣洒血殉苍梧，义士招魂到海虞。劫换红羊忠骨在，歌残朱鸟泪痕枯。三军动色愁风洞，一老归踪话雪湖。奚取松仙同配食，新祠拂水荐生刍。

（《云左山房诗钞》卷四）

张祥河

张祥河（1785—1862），字符卿，号诗舲。清娄县（今属上海松江）人。嘉庆二十五年（1820）进士，官至工部尚书。工书善画，笔颇健举。著有《小重山房集》等。

平望驿至嘉兴

江潮起蛰走风雷，前月杉青闸口开。涨水不过平望驿，吴淞新见合龙来。
外塘里塘塘水平，前窗雨过后窗晴。秋蝉独曳渔歌缓，篷脚横风作蟹行。
村篱渐渐见桑枝，早过吴蚕煮茧时。滑鬈新衣小家女，手攀檞竹理新丝。

（《小重山房诗词全集》之《诗舲诗录》卷四）

柳树芳

柳树芳（1787—1850），字湄生，号古查、古槎，晚号胜溪居士。清吴江（今江苏吴江）人。例贡生。性伉爽，乐善好施，赈济乡里，以力善闻于时。好古文，诗亦精警明爽，喜刻先哲遗书。著有《养余斋诗集》等。

莺湖竞渡歌

龙门之高几千尺，一颗骊珠探不得。腥风昨夜起卧龙，十道金鳞万点色。五月五日莺湖边，千人万人来争先。同将八月观涛意，酒载沙棠一叶船。吴娃打桨歌欸乃，越女扣舷若相待。顺风一呼万樯集，恍如精卫衔木争填海。两行排列东西舫，让出中央鼓叠浪。旌旗顷刻蔽日来，渔阳鼙鼓声悲壮。蜑弧一麾嗷飞出，水马奔腾过鸟疾。琉璃冲破镜面空，鲛人下视惊潜室。俄而锦帆渐缥缈，目展秋波情未了。吴绫帐幔蜀锦棚，想见龙梭掷空巧。吾闻越王勾践刻为舟，沼吴欲洗会稽羞。楼船下濑百越灭，横江木柹南朝愁。当今天子戒渎武，海澨蛮荒息桴鼓。昆明池水澄空明，旌旗不动鱼龙舞。莺脰湖边箫鼓催，犹传吊屈有余哀。吾来放歌歌竞渡，野风吹上平波台。

（《养余斋初集》卷一）

登平波台同东溪作

野旷心逾旷，台平浪亦平。一钩迟月上，十里照湖明。画向微茫起，诗从寂静生。斜阳人唤渡，柳外一舟横。

（《养余斋初集》卷二）

殷甥（兆钰）招看龙舟，予以事不往，感旧书怀，率成长歌一首示之，盖重有所勖也

忆昔嘉庆庚辛岁，莺湖迭举龙舟会。连年丰穰歌太平，加以粉饰多欢声。熙熙攘攘人如蚁，予亦来游叹观止。绮罗胜事崇朝开，宾主谈锋四筵起。云龙追逐年复年，诗酒欢场花月天。应刘并世出成耦，李郭同舟望若仙。（每出泛湖时，与东溪同往。）是时慈颜都未老，两家堂上春正好。归来未探怀中橘，戏嬉犹觅床头枣。吾母与殷母，同出濂溪后。吾母子少怜，疾病扶持久。（谓树芳己巳年病中事。）痛母失所天，祝母宜长寿。一朝不幸重罹凶，弃养乃在辛未冬。闻之涕涟泗，殷兄匍匐来相从。后十二年兄亦逝，殷母痛哭随弃世。两家哀乐真如梦，转眼已同隔世事。人生好景无多时，何况慈颜一去不可追。没后鸡与豚，不如生前蒲与葵。墓前双华表，不如膝下一彩衣。富贵不入双亲眼，肯以车马惊山妻。殷甥殷甥善自爱，珍重偏亲如姊妹。（兆钰生母李氏极贤淑，我姊尝以妹蓄之。）功名须及亲眼前，丸熊教读一灯悴。时亦不可失，乐亦不可竭。即今版舆出御奉母行，榴花蒲草一路欢相迎殷勤。

（《养余斋二集》卷四）

重登平波台

屈指登临日，经今廿四年。别成新结构，供养老神仙。（时新葺元真子祠。）立脚风波地，放怀诗酒天。寻游记鸿爪，到眼尽云烟。

己亥八月过竹香居展，阅丙子年东溪所补莺湖修禊图，凄然有作

觞咏风流逝者多，当时裙屐此曾过。明湖浩荡来天目，暇日欢娱胜永和。不信年华如露电，剧怜人物渺山河。披图触我黄垆痛，嵇吕交情不可磨。

（《养余斋三集》卷二）

重登平波台（时壬寅三月望日）

风轻云淡最宜游，浩荡湖光一泛舟。三度登临侬已老（予于嘉庆丙子、道光戊戌

两次来游。），百年香火佛长留。水鸥是处堪寻乐，风鹤何人独抱忧。且与渔翁同啸傲，再来能得几春秋。

（《养余斋三集》卷二）

沈学渊

沈学渊（1788—1833），字梦塘、涵若。清宝山（今上海宝山）人。嘉庆十五年（1810）举人，曾入林则徐幕。著有《桂留山房诗集》。

阻风平望

莺脰湖边挂觚去，落日半竿忽飞渡。鸳鸯湖畔棹船归，北风萧萧吹客衣。残冬作客客衣薄，日暮看风风色恶。孤舟忽作万斛牵，巨纲危如一线弱。外湖四面浪拍空，里湖水驶当要冲。挽船急寻水市泊，暂得安土忘途穷。篙工酣卧鼾声大，如此风波惯能耐。客人火急数归期，瓣香敬为风神拜。风神喧豗如不闻，三朝三暮仍留君。米盐将罄但食粥，坐看西北飘浮云。客衣虽薄尚可典，寒不能胜饥且免。白酒三升不直钱，转说今宵风力浅。醉狂更比风神狂，风欲阻人人不降。明日北风倘如旧，回舟南去翩翩翔。

（《桂留山房诗集》卷三）

翁 雒

翁雒（1790—1849），字穆仲，号小海，又号懋勤。清吴江（今江苏吴江）人，居平望，广平次子。工画。写人物花鸟如元人设色，艳而仍雅，浓而仍洁。既以画名，诗亦工，论画题画之诗及诗话题跋甚多。著有《小蓬海遗诗》等。

同人平波台修禊

取次流觞不少停，团团列坐水窗棂。早知骚雅追韦白，竟许鸥凫狎紫青。仲御高怀呼不出，次公狂态酒原醒。大夫未共西施载，锦缆终嫌负越舲。

（光绪《平望续志》卷四）

张应昌

张应昌（1790—1874），字仲甫，号寄庵。祖籍钱塘（今属浙江杭州），生于归安。嘉庆十五年（1810）举人，道光间曾参与编修《仁宗实录》。致力于《春秋》之学，兼工诗词。著有《国朝正气集》《彝寿轩诗钞》等。

夜过莺脰湖

霜寒风紧飐樯乌，淡月朦胧夜入吴。一片湖光半明灭，是烟是雨总模糊。
苍茫云水无边黑，零落渔灯数点红。梦里忽闻吹觱栗，惊心如在雁门中。

（《彝寿轩诗钞》卷一）

枫江道中

秋雪纷纷绕雁洲，澎山湖里荻芦稠。一声打鸭船儿出，队队水禽皆绿头。
奔帆如马响萧萧，一叶浮槎度碧寥。莺脰湖光刚到眼，轻舟已过鳜鱼桥。

（《彝寿轩诗钞》卷四）

松陵道中

桥市陂塘尽草莱，凄然道路亦摧颓。但余莺脰湖中水，如旧澄波雪练堆。

（《彝寿轩诗钞》卷十一）

陆　嵩

陆嵩（1791—1860），字希孙，号方山。清吴县（今属江苏苏州）人，陆润庠祖父。贡生，游浙、皖幕府做客。道光十九年（1839），官镇江府学训导，操守廉洁。罢官后，不名一钱。著有《意苕山馆诗稿》等。

平望酬叶溉吟（树枚）

不觉衣冠古，相逢笑语温。孤灯明旅馆，落叶冷柴门。旧事凭重话，新诗与细论。随园门下客，今有几人存。

（《意苕山馆诗稿》卷一）

赵允怀

赵允怀(1792—1839),字孝存,一字阆卿。清常熟(今江苏常熟)人。道光五年(1825)举人,授修职郎,候选教谕。抱不羁才,务博览。诗文跌宕有法度,留心乡邦文献。沈于著述,间写兰石,得幽静之趣。著有《小松石斋诗文集》等。

莺脰湖

微风动帆影,摇漾来中流。湖波涵暖气,无物可比柔。重以春空云,一片同夷犹。客情与春思,浩荡不可收。何况湖头柳,绿意亦已稠。岂无芳时感,忽焉成浪游。题诗付流水,知我心悠悠。

平 望

水驿人烟聚,维舟趁夕阳。鱼腥吹市满,湖气上楼凉。意绪辞家恶,风波去路长。篷窗聊一醉,今夜尚吴乡。

(《小松石斋诗集》卷二)

冯 询

冯询(1792—1867),字子良。清广州(今广东广州)人。道光二十五年(1845)中进士,官至南昌知府。工诗。平生诗作甚富,著有《子良诗存》。

平望舟中

荡舟入平望,秀野何茫茫。江南称沃土,此是良田良。嗟哉土膏腴,赋亦厚输将。我闻官斯土,终岁筹漕粮。正供固难缓,毋乃征太忙。且复计升斗,谓耗补太仓。豪猾窥税重,奋臂争公堂。借兹催科政,巧作渔利场。而此蚩蚩氓,殊不知其详。宁可竭锱铢,免吏呼门墙。归来仰屋叹,力耕不充肠。沃土尚如此,何况生穷乡。天倘念民瘼,丰年长降康。低首语老农,努力图耕桑。

(《子良诗存》卷三)

平望诗钞

彭蕴章

彭蕴章（1792—1862），字琮达，一字咏莪。清长洲（今属江苏苏州）人。道光十五年（1835）进士，官至武英殿大学士。乞休，旋起，署兵部尚书，兼左都御史，卒谥文敬。著有《松风阁诗钞》等。

莺脰湖泛舟

落日苍苍莺脰湖，靴纹十里细模糊。银鱼出水思风味，白鸟冲烟入画图。傍水柴门分小市，临波杰阁住浮屠。渔歌前路溪声合，催上明星一点孤。

（《松风阁诗钞》卷三）

叶廷琯

叶廷琯（1792—1869），字紫阳，号调生，晚号蜕翁。清吴县（今属江苏苏州）人。同治初举孝廉方正，不就。淡于荣利，潜心朴学，以考订经史为乐。工诗文，与王汝玉、张炤为友，多藏书。著有《吹网录》《楙花盦诗》等。

岁暮怀故乡同社诸友各系一诗

笑指莺湖作酒杯，草堂正对碧波开。他年菰雨芦烟里，渔隐从君结伴来。（徐江帆茂才，所居平望，在莺脰湖滨，饮中推大户。）

（《楙花盦诗》卷上）

吴振棫

吴振棫（1792—1870），字宜甫，号仲云，晚号再翁。清钱塘（今属浙江杭州）人。嘉庆十九年（1814）进士，咸丰间官至四川、云贵总督。著有《花宜馆诗钞》等。

平望烟波图为陈曼士（鉴）题

泊宅春波涨雨痕，绿蓑青箬满渔村。一生输与耕闲叟，只觅新诗不出门。

（《花宜馆诗钞》续存）

黄爵滋

　　黄爵滋（1793—1853），字德成，号树斋。清宜黄（今江西宜黄）人。道光三年（1823年）进士，官至礼、刑二部侍郎。与林则徐、邓廷桢等均为禁烟名臣。工诗，尤擅五古，典雅淳厚，格调高昂。著有《仙屏书屋诗文录》等。

廖时若参军招游平波台，寺僧静参出莺湖修禊图索题，因次左青士大令诗韵三首

　　千秋豹席古风存，适意元真道自尊。羡煞题诗招隐客，樵青也合拜君恩。（青士诗云：樵青也拜君王赐，放浪烟波是主恩。）

　　草长江南莺乱飞，楝花吹雪半渔矶。鲥鱼上市人争买，何似斋房笋蕨肥。

　　曾向沧江理钓纶，桃源何处问迷津。绿波三十六湾水，照见江湖散发人。

（《仙屏书屋初集》诗录卷十六）

张宝璇

　　张宝璇（1795—1851），初名星，字璇甫，更字羡甫，号薇人。清吴江（今江苏吴江）人，居盛泽。李福弟子。嘉庆二十二年（1817），读书里中水杨池馆。后绝意进取，以监生充阙里典籍，偶与同辈觞咏为乐。著有《伊兰室诗》等。

和沈西雍太守（涛）莺湖修禊诗韵

　　容易仙凫迹暂停，春风吹满四窗棂。当筵酒盏摇波绿，列坐吟袍藉草青。闲逐渔家歌且啸，尽容鸥国醉还醒。笑予襄笠生涯旧，偏不台前一系舲。

　　流水桃花负好春，但闻传唱句清新。公原雅擅千秋业，我是钦迟卅载人。觞咏从游期后会，画图题迹认前尘。遥知旧日吟坛客，一度寻盟乐最真。

（《盛泽张氏遗稿录存》诗存）

赵景淑

　　赵景淑（1797—1821），字筠湄。清合肥（今安徽合肥）人。白石口营都司赵鹊棠女。终身未嫁。少凤慧，博读书，通经史，善考订，擅诗文。著有《筠湄小稿》《延秋阁剩稿》等。

晚泊平望

落帆野渡小桥横，古戍虫声夹岸清。残月半斜秋色远，鸳湖微雨濕湖晴。

（《延秋阁剩稿》）

张际亮

张际亮（1799—1843），字亨甫，号华胥大夫、松寥山人。清建宁（今福建建宁）人。鸦片战争时期爱国诗人，与魏源、龚自珍、汤鹏并称为"道光四子"。著有《松寥山人集》《娄光堂稿》《思伯子堂诗集》等。

夜过平望

葭葵尽苍苍，风高独夜凉。松陵斜日小，苕水去帆长。鬓警清秋色，衣怜白露光。歌声何处望，回首雁俱翔。

（《思伯子堂诗集》卷十一）

泊平望闻笛

夜水兼天暗，湖风拥雨深。孤舟横笛外，一夕警沙禽。

（《思伯子堂诗集》卷二十二）

平望舟中风雨闷甚，戏为短歌，寄前途故旧

小舟泛泛随鸥凫，终朝疾雨横风俱。矮篷闭置缩腰脚，窥窗乍觉天模糊。故人相望旷千里，远思共饱莼与鲈。真州姚侯文且儒，山阳潘老近可呼。（四农解元）安能使汝作明月，照我夜趁松陵乌。松陵东南古姑苏，六朝裙屐余顾（杏楼水部）朱。（酉生孝廉苕生水部）风流宏奖有开府，（芝楣中丞）龚（木民大令）陈（登之司马）映耀双明珠。贤守樽中酒不虚，（月汀太守）相送好税临淄车。李公几年隔成都，（海帆先生由四川观察今任山东廉访）使者旌节辉路隅。（刘詹岩学使同年）卿云一朵绚明湖，（树斋鸿胪今秋主试山东）举网共喜罗珊瑚。此时归到长安无，急须相见醑酒垆。招邀莫惜累月醉，京朝诸子皆璠璵。只愁索诗如索逋，未免爱友胜爱书。尘埃不

识神仙贵，草木犹贪花萼敷。且将三头付杯水，怅望千世同榛墟。嗟此意气真狂奴，二叟九十窃比诸。（吴县吴玉松、当涂黄左田二先生皆晚达。今皆优游林下，年皆余有九十。）纵不宦达穷亦可，平生交游多壮夫。足迹走半烟霞区，妇孺能识僧能扶。何为坐惜垂虹孤，尽擘豚肩围浊沽。中宵水鬼闻窃笑，如此作达毋乃愚。

（《思伯子堂诗集》卷二十五）

何绍基

何绍基（1799—1873），字子贞，号东洲。清道州（今湖南道州）人。道光十六年（1836）进士，咸丰初简四川学政，曾典福建等乡试。通经史，精小学金石碑版，工草书。著有《东洲草堂集》《说文段注驳正》等。

莺脰湖亭夜宴，留示周文之大令同年

莺脰湖边路，当年访友来。掀髯重把臂，挥手隔衔杯。（谓杨龙石）不觉烟光暮，全将画本开。坐听风浪作，急棹小船回。

潇洒元真子，崚崎笠泽翁。我吟渔父曲，想见逸民风。大隐存诗格，沧江几钓翁。吾生竟何事，来去太匆匆。

澹荡一湖水，弯环百尺桥。鸥凫同寤寐，江海望迢遥。风色凉兼雨，波声暗有潮。湖心黑如漆，渔火见深宵。

（《东洲草堂诗钞》卷七）

左 仁

左仁，原名辉春，字子仁，号清石，一号青峙。清湘乡（今湖南湘乡）人。道光八年（1828）举人，道光末年曾任吴江知县，后官至江苏邳州知州。

登平波台

片石咸阳久不存，路人争说此台尊。樵青也拜君王赐，放浪烟波是主恩。

菱花飐水乱鸥飞，近日催租上钓矶。说与先生应未信，鳜鱼不是旧时肥。

寥落乾坤一酒杯，肯将片石换尘埃。神仙羽化忠臣死，不见湖州刺史来。

少年湘上学垂纶，误出桃源别问津。三十六湾春水绿，扁舟羡杀老渔人。

（光绪《平望续志》卷四）

沈才清

沈才清，字甄陶，号秋伊。清吴江（今江苏吴江）人。诸生。好山水，曾度梅岭揽百粤之胜。晚岁寄迹莺湖、虎阜之间。著有《古柏轩遗稿》。

初春莺湖寓楼

花朝才了未三三，红杏新枝覆竹篮。啼出黄鹂圆滴溜，一瓯香茗当双柑。

天王神会赛新年，紫盖青旗点色鲜。一半莺捎兼蝶闹，鸬鹚船打辔头船。（舒铁云《虎邱词》云："吴儿使船如使马，再出一回水辔头。"）

风尖催送月如梭，常见渔娃采绿莎。一任吹箫吹铁笛，莺湖原是好烟波。

元宵锣鼓间争琶，儿女青红斗丽华。更有一般清雅事，僧寮茶肆供梅花。

社鼓鼞鼞聚一邱，祈年祈福更休休。东风至竟吹何起，我亦随缘借佛游。

一叶蜻蜓一钓纶，蒲帆含雨雨含春。家家活计烟波好，一寸游鱼一寸银。

（光绪《平望续志》卷十）

范炳华

范炳华，字春林。清龙泉（今浙江龙泉）人。道光十二年（1832）举人。祀乡贤。著有《敬业轩诗钞》《摘藻集》。

泊平望

片帆风紧向吴江，古镇沈雄控大邦。匝地人家低瓦屋，浮天水国泛渔艭。斜阳欲尽忙归燕，夜月无边静吠尨。我放钱塘清一叶，银鱼干煮醉篷窗。

（《两浙輶轩续录》卷三十四）

戴 熙

戴熙，字醇士，号鹿床、榆庵、松屏、莼溪、井东居士等。清钱塘（今属浙江杭州）人。道光十一年（1831）进士，官至兵部侍郎，后引疾归，曾在崇文书院任主讲。擅画山水，能治印，著有《习苦斋集》《题画偶录》等。

平望驿值风

多情石尤风，北行阻旬余。戢枻泊宅村，弥望多荒墟。远游苦行役，岂独怀旧居。延首震泽云，长途将安如。

（《习苦斋诗集》卷三）

孙义钧

孙义钧，字子和，又字和伯，自号月底修箫馆主人。清吴县（今属江苏苏州）人。诸生，官浙江仁和县丞、云南宜良知县。道光十四年（1834）曾为《兰陵图》手卷题跋，咸丰五年（1855）尚在世。博览群籍，工于诗词。著有《好深湛思室诗存》。

莺脰湖舟眺

金阊才折柳，珠湖又采莼。画眉桥下过，不见画眉人。（前道此有所遇。）

（《好深湛思室诗存》卷九）

姚承绪

姚承绪，字缵宗，一字八愚。清嘉定（今上海嘉定）人。生活于清嘉道年间。诸生。博学能文，喜培植后进，成就甚众。肆力于诗，日课一首，吴中胜迹题咏殆遍。著有《吴趋访古录》《留耕堂诗集》。

问莺馆

在松陵驿后，旁临莺脰湖，后改元坛庙。

莺去湖空阅劫灰，独携柑酒坐徘徊。尚余池馆临流倚，瞥见烟波放棹回。古驿残枫明夕照，长桥疏柳剩荒苔。莺花毕竟嫌寥寂，重为钱神作庙来。

莺脰湖

去县南四十里，枕平望湖，以其形似莺脰，故名。又二莺相斗，故名莺斗湖。湖分纳荻塘，全纳烂、车、黄、穆、急五溪之水，潴而为湖。

莺斗传讹久，洪流纳五溪。湖光平野阔，云气压天低。泽国鱼虾贱，江乡鸥鹭迷。一声闻欸乃，去棹夕阳西。

梅堰用陆放翁过梅堰韵

在县西南五十里。地产席草、菱、玫瑰，白稻谷粗而重，且多橘柚。

几家村落旧诛茆，水国鱼虾醉薄肴。种得千头卢橘美，梅花成市鹤安巢。

平　望

去县东南四十里。汉为松陵镇。唐置驿，筑西、南、北三塘以通行旅。宋设巡检司。元末，张士诚据吴江，筑土城于此，属隆平府。其地无高山大陵，一望皆平，故名。又名平江、平水、平川。

旧是松陵镇，唐初置驿程。星轺迎使节，云气荡坚城。四望秋无际，三塘水有声。淮张空割据，无计策隆平。

殊胜寺

在平望莺脰湖滨。宋治平中建。建中靖国元年，蔡京过寺，僧法升方书《光明经》，以寺额请。京问："书经至何品？"云："至殊胜功德品。"京曰："是宜名矣。"遂奏赐额。

一卷光明经，功德殊绝胜。趺禅释子心，署额相君应。象教开江东，闭关证寂定。门对莺脰湖，佛说无上乘。文字悟因缘，清入一声磬。

（《吴趋访古录》卷六）

邵嘉谷

邵嘉谷，字佳谷，号稼甫。清吴江（今江苏吴江）人，居平望。监生。浙江曹江司巡检，调鄞江司巡检。道光十八年（1838），曾重修平波台元真子祠。

同吴一峰和汤雨生都督登平波台原韵

名士兼名将，斯人晋汉间。片帆来古寺，明月唱刀环。杯酒交情合，钟声客梦闲。依依湖畔柳，未许放君还。

（光绪《平望续志》卷十）

姚 燮

姚燮（1805—1864），字梅伯，号复庄。清镇海（今属浙江宁波）人。道光十四年（1834）举人，以著作教授终身。治学广涉经史、地理、释道、戏曲、小说。工诗画，尤善人物、梅花。著有《大梅山馆集》等。

偕同人登莺湖平波台和壁间韵

四岸平漪绕画台，沙鸥帆影拍空来。烟中木叶经秋尽，雨后天容向夕开。苔水钓徒空隐迹，松陵遗社半清才。溪山如此逢良友，那不情深泥酒杯。

泊舟平望同赵（筠）唐（寿萼）翁（雏）谈酌竟日留赠

咫尺忍相左，何日为见期。况在凤望孚，寸心久缘依。平江多耄彦，巾舄耀令辉。市隐谢闻达，高风追古希。兹来证衿抱，辙是轨岂非。脱然如平生，不作寒暄辞。奇文满签壁，五色纷珠玑。轰闻九江战，列阵当鼓旗。辄思摩其垒，自顾怜弱髀。幸谙控纵法，下驽差能骑。陈疑恣排驳，尘霭千秋挥。心印各了了，两曜悬娥羲。更与沿湖湄，白云吹晴漪。萍根泛泛合，芦叶修修齐。鸥鸟出烟溆，相向偕鸣飞。联袂平波台，载拜元真祠。韬才饮清雪，卓荦鸾凰姿。诸君瓣香守，颇亦惬鄙私。惜哉异乡县，风雨多乖离。安能选邻港，为我留钓几。还归湖上堂，列坐分酒卮。登柈菱芡熟，脱壳稻蟹肥。沈沈不知夕，檐月渐来窥。出门醉携手，天色霜霏霏。三吴我旧游，随在留雪泥。恍恍若梦幻，每每增惨凄。矧仰众妙门，秘象罗离奇。幸资助神采，奚独慰调饥。坛坫系才运，造化多靳之。元灵竟偏纬，三凤巢一枝。明朝下苍弁，一舸秋江湄。倚篷望莺脰，落叶空纷霜。

桑盘小隐图四绝句为孙（琳）题

天弢晴屐一泓云，眉宇稜稜起玉文。桑苎前身注丹籍，鹤衣清瘦冠仙群。
我慕咸淳孙颖叔，依缘笠杖谢簪缨。湖夋三尺樱桃水，不没千秋涧轴名。
君能师古轶常流，直剑谁云铸枉钩。定有灵魂度梅影，梦边携笛唱琼楼。
画烟春淑柳绵多，莺语鱼榔搅绿波。何日红船吾载酒，从君一借子同篝。

梅堰过王徵君（之佐），以新刻吴中两布衣集见贻，舟中读竟题后（两布衣者陆铁箫丈鼎、顾醉经丈承，集为海昌蒋氏所刻，朱君绶序其端）

彼二翁者吾旧识，声名溷市谁见惜。朱君序之蒋刻之，削出罗浮两山碧。铁翁瘦硬枯木藤，其色秋赭无春青。巉巉出骨太行马，不从平阪随牛行。醉翁中秀外苍老，其气春腴肉秋槁。画阑不露鹦鹉楼，但怪森寒竹环抱。二翁之品相颉颃，二翁文笔无低昂。洪厓浮邱在左右，天仙地仙谁平章。王君重此兼金与，我望吴云怀旧雨。康衢缶壤谐同声，穷巷饥寒得千古。片篷南下空川浮，偎炉斵烛读未休。荒芦四溆月初落，梦见一双花羽鸥。

（《复庄诗问》卷十八）

宝鋆

宝鋆（1807—1891），字佩蘅，索绰络氏。清满洲镶白旗人，世居吉林。道光十八年（1838）进士，官至武英殿大学士，卒谥文靖。著有《文靖公诗钞》。

晚趋吴江平望驿

枫落浪淙淙，斜阳淡水窗。榜人闻笑语，前路是吴江。

平望道中（十月初一日，第四十四站，吴江县平望驿九十里，昨夕子刻泊吴江码头，今日早赴平望微雨。第二十五站，浙江嘉兴县西水驿六十里）

一棹中流策晓风，豪情谁唱大江东。云低震泽翠侵榻，雨重吴天凉到篷。乐岁连村看碧稻，疏林夹岸写丹枫。永嘉人物今何在，迈往端宜问谢公。

（《文靖公诗钞》卷一）

赴平望作（二十四日天阴风大）

伊轧时闻响橹牙，王江泾上日初斜。翠烟横野远沉树，白浪战风寒喷花。一路萧芦残苇地，几湾鸥子雁奴家。篷窗静坐真轩爽，放眼天涯接水涯。

（《文靖公诗钞》卷二）

张文虎

张文虎（1808—1885），字孟彪，一字啸山，号天目山樵。清南汇（今属上海浦东）人。由诸生保举训导。曾任南菁书院山长。著有《舒艺室杂著》等。

吴（涣）招同坚香先生泛莺脰湖登平波台

白蘋红蓼里，着此数间鸥。小艇渔师长，平台水国秋。菱歌鱼解听，茶话佛能留。蓑笠吾家事，天随亦旧俦。

（《舒艺室诗存》卷三）

翁广岳

翁广岳，字江琛，号江村。清吴江（今江苏吴江）人，纯礼子。幼颖悟。喜作诗。宗徐昌谷、高子业二家。书法以赵孟頫、文徵明为宗。尝应县试，知县李汝栋拔取第一。得劳怯疾卒。年三十七。著有《江村诗草》。

九日同人集小云台

秋高天气肃，风冷欲侵衣。木落雁初度，稻香蟹正肥。偶然挈朋侣，随意叩禅扉。萧瑟增人感，狂歌送夕晖。

哭冯霞亭（有序）

霞亭，海盐人。随父母来居平望。读经书，能上口，能成韵语。弱冠聘某氏女，未娶而夭，哭以四韵。

才闻寒谷挽春回，昨夜俄惊恶耗来。小别三秋难会面，空期九日共登台。但存骸骨归乡里，无复妻孥酹酒杯。白首慈亲年七十，抚棺长恸倍堪哀。

（道光《平望志》卷十五）

秦元文

秦元文，字紫清。清吴江（今江苏吴江）人，居平望。光绪中叶，年七十八岁尚在世。

韭溪八景

平沙落雁
来宾万里稻粱谋，莽莽平沙落照留。好向西风调一曲，携琴独上最高楼。

芦渚新涨
芦滩遥指涨痕新，应有河豚上钓艑。好趁东风天上坐，野花红点一篷春。

远浦归帆
湖山苍苍烟蔼蔼，归云四面兜篷背。倏浓倏淡倏有无，米颠之画斜阳绘。

溪桥晚眺
渔唱声中月上迟，全湖烟水吐吞时。寻诗夜梦桥边坐，七十二峰来索诗。

东林精舍
惯集骚坛朋酒来，焚香扫地绝尘埃。十年宰相浑闲事，多事蹲鸱寒夜煨。

龙舌渔翁
滩嘴尖平龙舌名，网船小泊晚天晴。一蓑一笠寻常用，到得渔家便有情。

唐塔灵祠
唐湖唐塔唐田港，唐氏当年大有为。今日祠中勤报赛，故家何处访兴衰。

耕读夜泊
牧童吹笛月初上，村塾横经镫乍明。莫厌篷窗频聒耳，绕村都是吉祥声。

（光绪《平望续志》卷一）

周 珏

周珏，字璧城。清吴江（今江苏吴江）人。生平不详。

莺湖竹枝词

殊胜寺前鸟弄晴，蚂蝗桥畔草丛生。休言此地无佳景，春日寻游到问莺。

（《吴门杂咏》）

费璨

费璨，清人，生平不详。

莺脰湖词

湖光宜雨更宜晴，满幪琉璃两岸平。一自双飞莺去后，晚风杨柳总凄清。
渔庄蟹舍望迢迢，幂历烟林十里遥。最是平波台下路，竹枝声里画兰桡。
寸寸银鱼漾碧涟，堤边草色更芊绵。却怜湖上前朝寺，日日钟声送客船。

（《垂虹诗剩》卷八）

王阶升

王阶升，字谱琴。清吴江（今江苏吴江）人。居平望。生活于清末。著有《寄篱吟》。

庚申四月廿五日，贼攻平望，皖南江总镇兵溃失守

郡县东南尽，何堪此一隅。人烟销米市，烽火烛莺湖。羸卒重营溃，将军匹马孤。
御倭方略在，奇绩恨今无。

廿七日贼至六里舍，纵火焚掠，予同村人避匿黎里（录一）

忽报妖氛到里闾，纷纷惊走各离居。可怜比舍皆焦土，无恙先人剩敝庐。被戮邻
氓空毙野（邻居文奎被伤而死），同行稚子尚牵裾。（时仲儿在家，挈以同避）浮家
泛宅真堪羡，且住烟波伴老渔。

五月廿七日午饭陈稼生处，闻湖州赵竹生官军于昨日击退平望贼匪，喜而有作

炮响西来震野塘，莺湖闻已扫豺狼。平原公子才何壮，剑外诗人喜欲狂。杯酒放怀须痛饮，亲朋作伴好还乡。请看南北当冲要，此日官军慎守防。

（光绪《平望续志》卷十）

徐蕴珠

徐蕴珠，字月英，吴江县学生徐钢女，程辰室。工诗。

莺脰湖夜泛

扁舟漾层波，缥缈神仙窟。橹唱幽响余，渔镫遥影没。微风生衣袂，清寒入花骨。一声梵磬圆，林际堕残月。

（光绪《平望续志》卷十）

林寿图

林寿图（1809—1885），初名英奇，字恭三、颖叔，别署黄鹄山人。清闽县（今属福建福州）人。道光二十五年（1845）进士，同治末官至山西布政使。著有《黄鹄山人诗钞》等。

次平望驿即事

驿平山不见，况见洞庭君。震泽湖光远，吴兴水泒分。鱼鳞秋后雪，莺脰树边云。忽作洛生咏，声愁老婢闻。

（《黄鹄山人诗初钞》卷五）

贝青乔

贝青乔（1810—1863），字子木，号无咎，又自署木居士。清吴县（今属江苏苏州）人。诸生。科场不利，以游幕为生。同治二年（1863），就直隶总督刘长佑之聘，后卒于北上途中。工诗，著有《半行庵诗存稿》。

平望舟次

进艇松陵路向南，熟梅天气雨初酣。桑阴两岸浓如幄，记着蛮乡榍喂蚕。
棹歌唱暝出菰蒲，助我吟声入夜孤。谁补曝书亭里曲，莺湖原合配鸳湖。
薛思萝情载满航，尊前风味问渔庄。揭来饱啖官庖肉，何似银鱼日一筐。

（《半行庵诗存稿》卷六）

叶名澧

叶名澧（1811—1860），字润臣，号翰源。清汉阳（今属湖北武汉）人。道光十七年（1837）举人，历官内阁中书、文渊阁侍读等。藏书甚丰，百家著录，无不究览。工为诗，好游山水。著有《敦夙好斋诗集》等。

祝子伟追予至平望置酒为别（五月初九夜）

水天暮色晴，独泊平望渡。斜阳下遥村，忽与故人遇。杯酒俯远波，扁舟带层雾。
湖上来雨风，苍苍满草树。夜静时闻钟，沙明止飞鹭。迢递笠泽云，惆怅汝归路。

次日野泊再寄祝子伟乞画莺脰湖别意

水光澄远空，秋月澹如曙。月落天茫茫，故人不可遇。写我图画中，昨宵泛杯处。
孤灯照横舫，衣上隔湖露。

（《敦夙好斋诗全集》初编卷五）

莺脰湖

天光放平远，湖气入幽遐。日午钟鸣寺，风炎荻未花。微吟独鸟过，掾舷片云斜。
欲访天随子，烟波到处家。

（《敦夙好斋诗全集》续编卷十一）

彭慰高

彭慰高（1811—1887），字经伯，别字讷生，号钝舫老人，室名仙心阁。清长洲（今属江苏苏州）人，彭蕴章子。道光二十三年（1843）举人，官至浙江候补道。著有《仙心阁诗钞》《仙心阁文钞》。

平　望

垂虹烟景尚依稀，碧漾鱼鳞水渐肥。天与西风挂帆去，画眉桥畔送斜晖。

平　望

高树蝉声静，长桥雁齿环。偶然写胸臆，对此好湖山。古寺僧喧梵，邮亭吏诘奸。一川秋浪阔，只有白鸥闲。

（《仙心阁诗钞》卷一）

莺脰湖

画眉桥下断人烟，红蓼青蒲绝可怜。渔父也知生计短，银鱼网得不论钱。

（《仙心阁诗钞》卷二）

平望舟中

东风飞絮又残春，绿树渔庄理钓纶。十幅蒲帆程半百，故乡山色到船唇。

（《仙心阁诗钞》卷四）

徐鸿谟

徐鸿谟（1813－1864），字若洲，号楷存，一号醒斋。清仁和（今属浙江杭州）人。诸生。官扬州同知。工书画，兼善篆刻，亦工诗。著有《蔷葡花馆诗词集》。

过平望

　　顿觉乡音改，长途怨别离。村烟临水直，帆影过桥迟。渐有春来景，新成客里诗。轻装将入洛，惭愧士龙知。

（《蓄葡花馆诗集》卷下）

汪曰桢

　　汪曰桢（1813—1881），字仲雍，一字刚木，号谢城，又号薪甫。清乌程（今属浙江湖州）人。咸丰四年（1854）举人，官会稽教谕。矢志于学，博览群书。平生酷爱书籍，著述自娱。著有《玉鉴堂诗集》等。

偕奚榆楼、戴铜士自吴阊返棹，舟过莺湖，登平波台，次雨生先生韵

　　曾弸将军节，题襟向此间。高楼烟树迥，古寺水云环。汀远渔舟小，波平鹭侣闲。莺湖好风景，未忍放舟还。

（光绪《平望续志》卷十）

王庆勋

　　王庆勋（1814—1867），字叔彛，号椒畦。清上海（今上海）人。附贡生，历叙劳以浙江候补道权严州知府，卒于任。书法承家学，工诗能书。著有《诒安堂诗稿》《庐洲渔唱》等。

梅　堰

　　晓色苍茫外，山光碾碧天。闲云如叠絮，芳草渐成烟。客路鸡声里，征帆雁影边。梅花零落尽，孤负笛音圆。

莺湖曲

　　三篙春水浓于油，一片春云淡不收。多少春光在云水，暖烟冲破木兰舟。微风荡漾蹙细縠，片帆摇曳波光柔。绿杨两岸拥如画，呼群飞出沙中鸥。元真天随俱不见，

只留遗迹名千秋。阑干十二绚红碧，钩起春心楼上头。

（《诒安堂诗稿》二集卷五）

平波台谒元真子祠

万顷烟波一画船，达人身世自能全。芦花浅水仍无恙，箬笠轻蓑别有缘。除却神仙难位置，独于鸥鹭肯周旋。寒泉秋菊从客荐，我为风尘转自怜。

题平波台壁

为爱看山特放舟，凭栏顿觉豁双眸。茫茫春水连天涌，历历征帆向日收。吴越诗材罗四壁，烟波事业炳千秋。（中祀元真子）隔芦隐隐闻渔唱，还羡当年雅韵留。

（《诒安堂诗稿》二集卷七）

雷 浚

雷浚（1814—1893），字深之，号甘溪。清吴县（今属江苏苏州）人。诸生。佐冯桂芬修《苏州府志》，嗣后闭户著书，主讲经义于苏城学古堂。以刊书为业，精校雠，通小学，尤重《说文》。著有《道福堂诗草》等。

晓渡莺脰湖

霜风瑟瑟响菰蒲，入耳渔歌乍有无。一叶小舠三尺浪，载人残梦渡莺湖。

（《道福堂诗草》卷一）

孙衣言

孙衣言（1814—1894），字绍闻，号琴西，晚号逊披，斋名逊学。清瑞安（今浙江瑞安）人。道光三十年（1850）进士，官至太仆寺卿。著有《逊学斋诗文钞》。

雨中过莺脰湖

湖上夕烟生，远随流水永。汀洲几人家，蒙蒙林际暝。青青菰蒲深，泛泛鸥鹭静。

渔舟尔何归，我欲就轻艇。

（《逊学斋诗钞》卷二）

谱经前辈小清凉界图

高车大扇奉朝请，退食斋居坐深甏。细书磨鼻云清凉，得非先生方寸静。故乡千里松陵东，鲈鱼味与松江同。莺脰湖头无六月，何时一舸向西风。

（《逊学斋诗钞》卷六）

许瑶光

许瑶光（1817—1881），字雪门，号复斋。清善化（今属湖南长沙）人。道光二十九年（1849）拔贡。历任桐庐、淳安、常山、诸暨、仁和等县知县，有循声。后官至嘉兴知府，政声卓著。著有《雪门诗草》《谈浙》等。

莺脰湖作

春暮送客莺脰湖，青青平波台已芜。兹来迟客岁又暮，凝云疏树寒鸦呼。雪夜荒村冷烟火，坏堤水漱芦叶枯。严冬原野本寥寂，况经兵燹居人无。幸有渔舟出小汊，寸白新网酒可沽。几忘明日是除夕，醉歌水浒惊飞凫。东南定矣尚破碎，西北兵马仍驰驱。未知凉州瀚海里，可有葡萄香满壶。黄沙万里信难问，贺兰山畔天模糊。明岁春风北雁去，为我探报来东吴。

（《雪门诗草》卷九）

洪昌燕

洪昌燕（1820—？），字敬传，号章伯，一作张伯。清钱塘（今属浙江杭州）人。清咸丰六年（1856）探花，授翰林院编修，官至工科掌印给事中。著有《务时敏斋诗稿》。

晚过莺脰湖

平湖抱堤圆，风静息奔浪。苍茫一笠低，四野浩清旷。天容带暝色，烟云倏殊状。

不逢打鱼舟，何从觅渔唱。生平未远游，眼界此焉壮。只饶客怀宽，随波共摇漾。倚篷悄移时，镫火指平望。

（《务时敏斋存稿》卷七）

吴仰贤

　　吴仰贤（1821—1887），初字慕周，更字牧驺，号萃思，又号鲁儒，别署小匏庵。清嘉兴（今浙江嘉兴）人。成丰二年（1852）进士。曾任云南罗次、昆明知县，武定知州。善诗词，初学李商隐，后师朱彝尊，工力甚深。晚年主讲武水鸳湖书院，历二十年。著有《小匏庵诗存》。

柳烈女

　　烈女柳氏，吴江平望人。年十五许字吴兴赵某，未嫁而赵病瘖。赵父母意不安，谋于女家，改字焉。女知之，投缳死。柳氏厝女于先垄，以女影像归赵。赵感其意，誓不复娶。遍征诗文以表之。余曩作骈文有曰："葬从女党，尚远依柳下之坟；魂返婿乡，信死作赵家之鬼。"盖纪实也。稿佚，余不复记，忆补以五古一章。

　　袅袅湖畔柳，而含松柏姿。湖楼有好女，大义识书诗。许作赵家妇，娇小未结褵。赵郎忽病瘖，佳耦嗟差池。父母惜女慧，誓将辞故枝。女恚执亮节，毕命于朱丝。死者一抔土，存者万古悲。感此缠绵意，孤雄谢群雌。碧浪水清浅，鸳胭水涟漪。两水间百里，合流太湖湄。白鱼失比目，鳏鳏终夜思。

（《小匏庵诗存》卷六）

俞 樾

　　俞樾（1821—1907），字荫甫，自号曲园居士。清德清（今浙江德清）人。道光三十年（1850）进士，官至河南学政。后移居苏州，潜心学术，治学博大精深。著有《春在堂全集》等。

丙子初冬，自杭旋苏，平望舟中以诗代柬，寄彭雪琴侍郎于西湖退省庵

　　小住西湖半月余，又携书剑返姑胥。不劳冠盖来相送，自有山僧送上舆。（圣因寺僧、理安寺僧均揖别于舆前。）

又费篷窗四日功，安排笔砚与诗筒。百空曲向舟中唱，自愧观空尚未空。（舟中作《驻云飞》一百首，用尤西堂十空曲体，衍为百空曲。）

残菊仍将瓦缶栽，灯前瘦影足徘徊。归家戏向山妻说，载得西湖秋色来。（时有残菊四盆，载之以归。）

退省庵中一寄楼，轻裘缓带自风流。偶然学得臣斯篆，寄与先生大笔收。（时作小篆数纸寄侍郎。）

（《春在堂诗编》卷八癸丁编）

门下士王梦薇廷鼎乞诗，书四绝句赠之

匡鼎风流绝世姿，其人三绝画书诗。烟波莺脰湖边路，传唱王郎绝妙词。（梦薇有《莺脰湖棹歌》一百首。）

一官肮脏落风尘，见说名场似积薪。手版沈沈百僚底，只余诗骨尚嶙峋。

无端两度简书催，天许书生眼界开。黑水洋中黄盖坝，张家口外李陵台。（梦薇曾与海运之役，又曾转饷至张家口。）

俞楼诸子共论文，吴苑名流喜遇君。愧我胸中奇字少，虚劳载酒过杨云。

（《春在堂诗编》卷九己辛编）

寄题吴松云半园

莺脰湖边别墅开，听秋醉月好亭台。世间不少屾和林，都可分将一半来。（屾，二山也；林，二水也，并见《说文》。）

（《春在堂诗编》卷十九壬寅编）

董葆琛

董葆琛，字献臣，号歠兰。清慈溪（今浙江慈溪）人。贡生。著有《学易堂诗稿》四卷。

晓发平望驿

雨歇晴烟散，平川四望通。晓行残月里，春思落花中。鸦阵乱斜日，雁声迟远风。

浮生何所似，天地一飞蓬。

（《两浙輶轩续录》卷四十八）

王再增

王再增，字亚山。清萧山（今浙江萧山）人。官江苏候补巡检。

舟泊平望看花僧寺有作

登临即此是蓬莱，有客寻芳独往回。怪石争奇迎面立，落花无语打头来。绿阴满屋琴三弄，红袖当筵酒百杯。我比浮云闲更甚，夕阳西去尚徘徊。

（《两浙輶轩续录》卷四十九）

赵 瀛

赵瀛，字筱峰。清山阴（今属浙江绍兴）人。著《纫佩仙馆诗词钞》。

平望道中

平江东去接吴江，掠水飞飞燕子双。仙犬不惊街柝静，一钩新月上篷窗。
四围苍翠乱峰堆，澄碧波光晓镜开。约采新莼侵早起，草痕青拂画船来。

（《两浙輶轩续录》卷四十九）

吴 芬

吴芬，字酉书。清石门（今属浙江桐乡）人。嘉庆二十二年（1817）进士吴曾贯之女，德清诸生沈鹏飞室。著有《仪惠阁遗稿》。

莺脰湖

春烟漠漠水迢迢，万点杨花送客桡。忽地峭帆风里落，扁舟穿过画眉桥。
荆篱茅舍钓人居，门外桃红带雨余。昨夜一湖新涨起，几家村落卖银鱼。

（《两浙輶轩续录》卷五十四）

费仑

费仑，号二峰。清震泽（今属江苏吴江）人。道光二十九年（1849）岁贡生。有文誉。督课后辈甚严，课余以诗酒自娱。著有《小壶天诗稿》。

莺湖竞渡歌

金鼓鼎沸杳不闻，画眉桥畔呼救人。此时生死争一刻，龙舟鹢首仍喧阗。人言溺者吴氏子，最堪怜悯是新昏。人追十日乐，侬报终身忧，平波台畔鬼啾啾。鸟不是鸟声声恨，柳亦非柳条条愁。劝莫愁，也莫恨，万般都是命。吾辈欲涤此愁恨，莫如再鼓扁舟兴。虔心下拜元真子，即歌此歌叩前因。前因果定不由人，劝妇慎勿再悲辛。

（《松陵费氏诗集》卷二）

王宝书

王宝书，字森甫，号友杉。清吴江（今江苏吴江）人，居平望。道光三十年（1850）岁贡生。博通经史，工制举业，后进多所造就。善医，工书，守欧、颜家法。著有《经义蒙求》等。

题黄琛圃封翁（庆澜）六十二岁小影

弹指沧桑过眼前，相逢握手意缠绵。春花秋月休闲却，杖履优游便是仙。

甲子重添鬓未霜，光风霁月寿而康。河东三凤（谓子眉、农部、昆玉）人争羡，齐着宫袍捧鹤觞。

芙蓉水榭已荒芜（先世郊居八景，"芙蓉槛"其一也，详邑志。咸丰丙辰，余葺而新之，庚申毁于兵燹），飘泊萍踪旅思孤。昨夜梦君同载酒，采菱歌里泛莺湖。

（光绪《平望续志》卷十）

林直

林直（1826—1871），字子隅，号白下。清侯官（今属福建福州）人。道光三十年（1850），林则徐自滇归里招为记室。咸丰间，从军浙闽，为幕佐。著有《壮怀堂集》。

平望驿憩九华禅院

古驿人烟密，精蓝栋宇残。地经几兵火，门受万林峦。僧病斋厨黯，泉清茗味寒。画眉桥下水，为祝米船安。

（《壮怀堂诗三集》卷八）

胡凤丹

胡凤丹（1828—1889），初字枫江，后字月樵，一字齐飞，别号桃溪渔隐。清永康（今浙江永康）人。初任金华知府，同治五年（1866）出任湖北候补道，加盐运使衔，领崇文书局事，迁湖北道员。致力于聚书，筑十万卷楼，杜门著述。著有《退补斋诗文存》等。

仲秋月自楚南归，道中志感，得诗四十二首（选一）

平望当年古要津，东西瓦屋密鳞鳞。里河水比外河好，径寸鱼儿白似银。（廿六日抵平望住宿，湖中银鱼最美，出产甚多）朝来解缆暮停舟，挈眷南归自楚游。莫向绿阴深处泊，杨丝缕缕易牵愁。

（《退补斋诗存二编》卷七）

翁同龢

翁同龢（1830—1904），字叔平，号松禅，别署瓶庐居士等。清常熟（今江苏常熟）人。咸丰六年（1856）进士，官至协办大学士、户部尚书，参机务。学通汉宋，文宗桐城，诗近江西。著有《瓶庐诗稿》等。

为杨吉南题小蓬海外史画册

吾宗小蓬海外史，洞庭东山支也。居吴江之平望，所画花鸟虫鱼皆入妙品，余幼时尚及见之。

寄村（讳是平）雪舫（讳乘济）吾家画（两公系叔侄，吾家司寇公之后也），名与栖霞老鹤俱。（二公皆工花卉，雍乾时与马、扬相后先）数幅丹青传者少，百年文献近来无。却看笠泽小蓬海，足继诗人莺脰湖。（小海尊人海村公，书画称名家，蓄金石极富，自称莺脰湖长。）读罢剪镫重回首，苏斋邱墓已荒芜。（吾翁氏在北平，覃溪先生父子最著，余访得其墓表扬之，今不可问矣。）

（《瓶庐诗稿》卷七）

凌 泗

凌泗（1832—1907），字斷仲，号磬生，晚自号苹庐。清吴江（今江苏吴江）人，居苹塔。同治十二年（1873）副贡生。候选内阁中书。师事同邑潘纬、陈寿熊。性和易，好奖后进，为乡所重。性喜游，曾结伴游邓尉、虞山、武林。著有《苹庐遗集》等。

平波观汤贞愍公（贻汾）琴隐小影石刻用贞愍壬辰秋宿平波台韵三首

一卷怀忠录，长留天壤间。当年诗酒会，此地水云环。海浅仙犹劫，台荒佛亦闲。葫芦真本在，珍重蝶飞还。

仿佛西台吊，招魂烟水间。一挥如意竹，重唱大刀环。朱鸟恍呼下，白鸥相对闲。挐音听不得，惆怅刺船还。

回忆壬辰岁，怆怀身世间。将军题玉管，皇考锡金环。攸忽年垂老，登临客不闲。试啼逾七秩，可乞大丹还。

（《苹庐遗诗》卷二）

黄子眉莺湖

曾侍枢垣傫直来，东门祖帐去西台。樱桃湖畔白云起，须识钱林是老莱。

殷植庭贰尹（槐龄）平波羡钓图

唐高士亦汉狂奴，若说升仙事有无。我羡钓矶千古在，桐江而外此莺湖。
一卷栈云峡雨书，人来海外访幽居。侍郎只羡归家好，闲煞烟波旧钓庐。
寺矗楼台红倒水，堤萦杨柳绿围天。莺湖不羡西湖胜，直为银鱼也是贤。
一角水村松雪图，侬家风景占分湖，婿乡亦复移居羡，惆怅归田谏大夫。

（《苹庐遗诗》卷五）

张京度

张京度，即释祖观，字觉阿，一字莲民。清元和（今属江苏苏州）人。幼不聘室，为学官弟子，名声籍甚。尝佐州县幕，后与父母及弟同时出家。筑室西津桥畔，颜曰"通济庵"，绕屋种梅五百树，课诵其间，不辍吟咏。著有《通隐堂诗存》《梵隐堂诗存》。

莺脰湖棹歌

画眉桥畔月如眉，不照团圆照别离。郎似早潮侬晚汐，湖边来往总参差。

台上平波万顷沉，风波最险是湖心。长篙难测湖心底，笑问郎心深不深。

（《通隐堂诗存》卷一）

凌宝树

凌宝树（1865—1887），字荫午，号敏之。清吴江（今江苏吴江）人，居莘塔，泗长子。自幼与弟宝枢共读，又同岁为县学生。著有《第六水村居稿》。

十二月廿六日移家莺湖，舟中大风雪

朔风一吹寒气栗，莽莽奇寒大雨雪。我欲移家莺湖去，小小扁舟借一叶。天公嫌余舟中太愁闷，特做玉戏来饯别。灞桥风雪画图中，驴子背上驮诗客。摇出荡中一阵旋风急，水底鱼龙欲出没。风姨娘子手弄风轮不肯息，素娥助兴霏玉屑。河伯无灵恶作剧，幻出一座银山当住船头立。船头倒退下流逆，逆流而上愤急切。雪花撩乱眩眼花，舟子欲摇摇不得。天地今日尽缟素，山川草木傅粉白。云树江山看不出，但见水天一色光相接。风声浪声橹声并相咽，一家性命在呼吸。须臾风定雪渐小，两岸积雪乱山叠。开窗一望真大观，平生豪兴来勃勃。偶然触景即生情，咏絮无人殊可惜。嗟余季子本诗才，白战何须持寸铁。雪泥鸿爪廿年缘，回首当年空叹息。千愁万绪并相结，今日又复遭此一大劫。无端拍案忽叫绝，转忧为喜亦便捷。天寒岁莫将除夕，乾坤一年一荡涤。苍帝故意大风更大雪，一扫下界红尘污秽积。我今借此祓除不祥气，从此避凶好趋吉。

（光绪《平望续志》卷十）

附录一：平望词钞

葛郏

葛郏（？—1181），字谦问。宋归安（今属浙江湖州）人。葛立方之子。绍兴二十四年（1154）进士。乾道七年（1171）任常州通判，历守临川。著有《信斋词》。

水调歌头
（舟回平望，久之过乌戍，值雨少憩，向晚复晴，再用前韵赋二首）

帆腹饱天际，树发渺云头。翠光千顷，为谁来去为谁留。疑是吴宫西子，淡扫修眉一抹，妆罢玉奁秋。中流送行客，却立望层楼。

风色变，堤草乱，浪花愁。跳珠翻墨，轰雷掣电几时收。应是阳侯薄相，催我胸中锦绣，清唱和鸣鸥。残霞似相贷，一缕媚汀洲。

（《全宋词》卷六）

王克谐

王克谐，字季和，生平不详，约活动于明末。

踏莎行（桑盘秋暮）

碧月衔山，幽花笑岸，移舟浅泊芦苇乱。轻衫始怯晚来风，渔家茅屋炊烟断。

松影孤高，棹歌低缓，醉来小倚琅玕倦。一痕霞映万峰青，枫林橘圃颜初换。

（雍正《平望镇志》卷一）

江尚质

江尚质，字丹崖。清休宁（今安徽休宁）人，约生活于康熙间，曾增辑吴江人沈雄所辑之《古今词话》，流传颇广。

浣溪沙（晚过莺脰湖）

数缕霞光射碧波，垂杨苏水绿如罗。推篷试问夜如何。烟月满湖横素练，渔灯隔岸隐清歌。吴娘橹响破新荷。

（《百名家词钞》之《澄晖堂词》）

曹尔堪

曹尔堪（1617—1679），字子顾，号顾庵。浙江嘉兴籍，华亭（今上海松江）人。顺治九年（1652）进士。博学多闻，工诗，为柳州词派盟主，善作艳词。与宋琬、沈荃、施闰章、王士禄、王士禛、汪琬、程可则并称为"海内八大家"。著有《南溪词》。

洞仙歌（晓过莺脰湖）

悲凉屈宋，重过吴江道。小市鱼虾闹清晓。想蛟龙睡稳，千顷晴澜风色好，霜后白蘋花老。

角巾还故土，烟月谁争，一苇凌波胜蓬岛。茶灶笔床随意具，呼取樵青芛，莼丝浊醪须倒。看双丸寒暑织如梭，羡湖笛渔榔，白头翁媪。

（《百名家词钞》之《南溪词》）

吴 绮

吴绮（1619—1694），字薗次，号绮园。清江都（今江苏扬州）人。顺治十一年（1654）贡生，官至湖州知府。工诗词骈文，诗仿徐陵、庾信，以清新为尚；骈文学李商隐，以秀逸见胜，与陈维崧齐名。著有《林蕙堂全集》等。

长相思（平望舟中）

春春波，秋秋波。锦缆牙樯似掷梭，青山奈客何。

官船过，估船过。不及渔翁自唱歌，斜阳晒绿蓑。

（《林蕙堂全集》卷二十三）

渔家傲（莺脰湖次子寿）

金羽何时飞去早，平波台上秋烟渺。野水傍天天傍草。青不了，越山断处吴山好。

采菱舟并渔郎棹，渔郎却顾吴姬笑。翻网得鱼多白小。诗句巧，浣花溪上人将老。

（《林蕙堂全集》卷二十四）

陈维崧

陈维崧（1625—1682），字其年，号迦陵。清宜兴（今江苏宜兴）人。诸生，康熙十八年（1679）举博学鸿词，授翰林院检讨，与修《明史》。清初著名词人，阳羡词派领袖。著有《迦陵词全集》等。

贺新郎（月夜泊舟平望）

拨剌疏罾罅。正江乡、蘁黄矿鲙，蘋香抑鲊。风弄樯灯千万点，点点随波漂射。光直透、水晶宫下。寥亮空潭飘水调，客船孤、烛冷听来怕。月又向，前村挂。

噌吰鞺鞳银涛洒。恰邻舟、乱旗杂火，军装如画。下濑戈船身手健，使得帆如使马。恶浪里、摊钱白打。归矣吾家阳羡里，学当年、射虎南山者。任乡里，苦无藉。

（《迦陵词全集》卷二十七）

邹祗谟

邹祗谟（1627—1670），字訏士，号程村，别号丽农山人。清武进人（今属江苏常州）。顺治十五年（1658）进士。早有文名，其古文辞与陈维崧、董以宁、黄永并称"毗陵四子"。尤工填词。著有《远志斋集》。

青玉案（题平望湖画帧）

江天漠漠飞鸿去，曾忆向，苕溪路。野涨接蓝谁唤渡。红船乌榜，绿蓑青篛，莺脰湖边雨。

斜川图上烟云暮，千顷波光凌尺素。莫道风波增几许。钓筒茶灶，幡竿鱼磬，便拟从他住。

（《瑶华集》卷七）

曹亮武

曹亮武（1637—？），原名璜，字渭公，号南耕。清宜兴（今江苏宜兴）人。陈维崧表弟，词亦与迦陵齐名。著有《南耕词》《岁寒词》等。

桂殿秋（平望夜泊）

烟淡淡，水蒙蒙。越溪黏接旧江东。吴娘一曲醒残梦，月满船头又起风。

（《南耕词》卷五）

顾贞观

顾贞观（1637—1714），字华峰，一字远平，号梁汾。清无锡（今江苏无锡）人。康熙十一年（1672）举人，官内阁中书，迁秘书院典籍。与纳兰性德友善，工词，与陈维崧、朱彝尊称"词家三绝"。著有《清平遗调》等。

踏莎美人（六桥词）

渺渺风帆，凄凄烟树。望中便是侬行处。羁魂别后若相招，分付采菱，歌畔木兰桡。翠被浓香，青帘细雨。依然坐对篷窗语。双鱼好托夜来潮，此信拆看，应傍画眉桥。

（《弹指词》卷下）

吴参成

吴参成，字石叶。江都（今属江苏扬州）人，吴绮长子。能诗，著有《兰隐斋稿》。

卖花声（记侬）

莺脰湖边，记得侬家傍水。小红楼香肩并倚。春风柳外，被一声惊起。有轻舟摇来窗底。

帘旌翠额，错认玉郎归矣。到而今音沉双鲤。赚人烦恼，想多情如此。拼寻向温柔乡里。

（《东白堂词选》卷八）

查慎行

查慎行（1650—1727），字悔余，号他山。清海宁（今浙江海宁）人。康熙四十二年（1703）进士，特授翰林院编修，后获罪放归。诗学东坡、放翁。自朱彝尊去世后，为东南诗坛领袖。著有《敬业堂诗集》《他山诗钞》等。

临江仙（平望驿）

两岸菰蒲闻笑语，人家只隔轻烟。银鱼晓市上来鲜。一湖莺脰水，双橹燕梢船。

屈指邮亭刚第一，眼中长路三千。南风吹梦到江天。故乡桑苎外，无此好山川。

（《敬业堂诗集》卷四十九）

张 埙

张埙（1731—1789），字商言，号瘦铜，别称锦屏山人。清吴县（今属江苏苏州）人。乾隆十年（1745）举人，官至内阁中书。十岁余即能填词，诗才横厉，与蒋士铨齐名。在京与翁方纲、赵翼等友善，曾结都门诗社。精鉴赏。著有《竹叶庵文集》。

少年游（舟次平望）

晚墟驱犊下东皋，平远没溪桥。树里鸣榔，烟中下簖，春水长鱼苗。

橛头船户皆兄弟，风月易招邀。夜市竿镫，茶垆僧屋，人卖薄荷糕。

（《竹叶庵文集》卷三十二）

洪亮吉

洪亮吉（1746—1809），字君直，号北江，晚号更生居士。清阳湖（今属江苏常州）人。乾隆五十五年（1790）进士，授编修。嘉庆初，因上书极论时弊谪戍伊犁，释还后居家十年而卒。学问渊博，工骈体。著有《更生斋集》等。

减字木兰花（十五日五鼓过平望湖）

偶开窗扇，破曙鹊声波上乱。百顷湖光，卷上先生六尺床。

雪花难集，倔强水虫多不蛰。落月团团，东海鱼龙尚爱看。

（《更生斋诗馀》卷一）

吴锡麒

吴锡麒（1746—1818），字圣征，号谷人。清钱塘（今属浙江杭州）人。乾隆四十年（1775）进士，入直上书房，升国子监祭酒。性耿直，不趋权贵，名著公卿间。能诗，尤工倚声，诗笔清淡秀丽。著有《有正味斋集》等。

摸鱼儿（平望）

染轻帆、满陂烟翠，橹声随意摇去。江枫落尽诗题少，一雁催来寒句。云乍聚，向雪色、芦边界得斜阳住。篷窗欸语。有琴画前缘，莼鲈旧约，吾欲问鸥鹭。

光阴换，约略吴船唤渡。当时来往沙渚。可怜莺脰湖心水，重照鬓丝如许。风飐处，认几点青帘，挂在冥冥树。渔歌唱暮。早清逼疏钟，冷窥断塔，新月一眉吐。

（《有正味斋词集》卷一）

桂枝香（银鱼）

芹芽新长，乍密密疏疏，来乘春涨。难避千丝，细杂落花粘网。天然二寸轻跳雪，正斜风、乱鸣渔榜。倩描粉本，点睛堪认，者般纤样。

只合作、针芒想像。笑稚子敲余，空钓寒浪。雨后烟边，谁向舵楼分饷。水晶名字须盐配，最相思、樱桃湖上。夕阳晒遍，和羹滋味，梦回吴桨。（莺脰湖一名樱桃湖）

（《有正味斋词集》卷七）

杨芳灿

杨芳灿（1753—1815），字才叔，号蓉裳。清金匮（今属江苏无锡）人。少即华赡，学使彭元瑞大异之。好为诗，取法于工部、玉溪，填词亦兼有梦窗、竹山之妙，尤工骈体。著有《翼率斋稿》《芙蓉山馆诗词稿》等。

临江仙（平望）

澄碧奁中红一抹，秋波倒浸斜晖。画眉桥影向人低。柳腰霜外，瘦菜甲雨余肥。
一曲渔歌声未歇，沙头鸂鶒惊飞。何时觅得绿蓑衣。三间茅屋，畔著个钓鱼矶。

（《国朝词综》二集卷三）

释达尘

释达尘，字月樵。清震泽（今属江苏吴江）人。梅堰显忠寺僧，主长庆寺讲席。不慕利，亦不慕名。工诗词，能画山水、花卉。著有《一指窝诗馀》。

少年游（莺湖泛棹图）

芳草如烟，绿波如縠，迤逦水云乡。轻桨双划，平湖万顷，宛在小潇湘。

先生自署莺湖长，蓑笠任行藏。树里钟声，沙边鸥梦，尘事淡相忘。

（《国朝词综续编》卷二十一）

李 福

李福（1769—1821），字备五，号子仙，一号兰室。清吴县（今江苏苏州）人。嘉庆十五年（1810）举人，官州同。主讲昆山玉峰书院。工书，善诗词，与黄丕烈友善。著有《花屿读书堂诗钞》等。

减字木兰花（过莺脰湖凉雨乍至）

漫天丝雨，一帆冷载秋归去。堤外柔桑，送我依依似女郎。

吴山越水，不断烟云难画界。弥望莺湖，可有银鱼出网无。

（《花屿读书堂词钞》卷一）

顾 翰

顾翰（1783—1860），字木天，号蒹塘、简塘。清无锡（今江苏无锡）人。嘉庆十五年（1810）举人。历仕咸安宫教习及安徽含山、定远、泾县知县。工诗词。著有《拜石山房诗》《拜石山房词》。

壶中天（过莺脰湖）

晓云横浦，写江天数笔，都成秋意。渺渺空波浮去棹，十里明漪吹起。浅水生蒲，疏烟画柳，小艇秋阴里。凉潮一尺，柂痕拖过沙尾。

何时去学天随，莼鲈虾菜料，理闲生计。青缥门前飘酒字，好典绿蓑重贳。水鹤孤眠，雪凫独立，款我扁舟檥。奁开玉镜，吴山大好烟鬓。

（《拜石山房词钞》卷一）

张应昌

张应昌（1790—1874），字仲甫，号寄庵。祖籍钱塘（今属浙江杭州），生于归安。嘉庆十五年（1810）举人，道光间曾参与编修《仁宗实录》。致力于《春秋》之学，兼工诗词。著有《国朝正气集》《彝寿轩诗钞》等。

三姝媚

（暮泊乌戍桃花溪村，霞绮月明，倚舷凝眺，夜忽大风，平旦乃息，遂渡莺脰湖至松陵）

溪桃红半道。更烘云烧空，落霞斜照。一霎迷离，又柳昏花暝，暮烟浓罩。一霎清明，换月下、芳阴深窈。剧爱晴春，月满花娇，数番凭眺。

惆怅良辰偏恼。忽妒起风姨，夜号蘋杪。舣棹湖边，待唱公无渡，渐平波晓。鹢退还飞，荡柔橹、垂虹亭到。回首天台流水，仙源梦绕。

（《烟波渔唱》卷三）

张宝钟

张宝钟（1798—1854），初名镆，一名宝铦，字颖甫，又字尺宝，号昔冶，又号苕叔，亦号芗吏、香吏、香午。清吴江（今江苏吴江）人，居盛泽。宝璇弟。诸生。制行谨饬，闭户自修，不征逐声气。著有《玉海书堂诗》等。

贺新凉（平望夜泊和子湘）

晚饭艖梢罢。趁斜阳、系桡何处，水杨柳下。两面窗纱风不隔，些子秋光先借。只团扇、招凉还把。指点湖楼红压水，有雕阑、曲曲纹。回亚眉样，月窥帘罅。

参差闲弄珠喉泻。想刚是、兰汤浴后，墨罗衫卸。谩诉当年萧史事，只算秦楼未嫁。乍一点、痴情儿惹。知否个侬凉太甚，听声声、渐近三更也。扶香梦，倘今夜。

（《盛泽张氏遗稿录存》词存）

张景祁

张景祁（1827—?），原名左钺，字蘩甫，号韵梅，又号新蘅主人。清钱塘（今属浙江杭州）人。同治十三年（1874）进士。曾任福安、连江等地知县。工诗词。历经世变，多感伤之音。著有《新蘅词》《蘩圃集》等。

八归（泊舟平望追忆旧游感赋用白石韵）

烟寒鹭溆，镫昏鱼寨，阑夜戍鼓未歇。朱楼已隔蓬山远，休问翠樽销黯，玉笙凄切。尚忆垂虹秋色好，倚画槛炉香同拨。顿忘却、客里行舟，不住唤鹔鸠。

谁念江乡岁晚，淹留无计，一笛离亭催别。赤阑桥畔，那时来路，落尽芦花枫叶。纵凌波赋就，何处芳尘梦罗袜。君知否，片帆相送，惟有天边，朦胧无恙月。

（《新蒨词》卷二）

张鸣珂

张鸣珂（1829—1908），原名国检，字公束，号玉珊，晚号寒松老人、窳翁。清嘉兴（今浙江嘉兴）人。咸丰十一年（1861）拔贡，官江西德兴县知县、义宁州知州。工词，以婉丽著称。性嗜书，藏书逾万卷。著有《寒松阁诗集》等。

金菊对芙蓉（吴松云家莺脰湖侧寄半园图征题）

丛桂飘香，疏松荡翠，小园秋色争妍。绕迴廊曲，折石瘦云。连洞庭山，远浮眉黛。映夕阳，暝入苍烟。芦花开后，渔歌唱晚，镫火星圆。

遥指莺脰湖边，记孤篷来往，听雨宵眠。认萧萧战垒，回忆当年。浓磨盾墨驰飞檄，洗甲兵，乔木依然。补篱扫径，课茶饲鹤，输与词仙。

（《寒松阁词》卷四）

附录二：莺脰湖棹歌

编者按：

《莺脰湖棹歌》，清王光熊撰。光熊（1840－1892），一名廷鼎，字铭之，号梦薇，一号懒鹤。清震泽（今属江苏吴江）人。世居平望莺脰湖之滨，庚申（1860）兵燹时移居苏城。嗜学，能诗文，善骈体，古艳幽秀，有六朝人笔意。兼精医画。俞樾极称之，以清才备末僚于浙。光绪四年（1878）奉檄出居庸关，历时八十八日，所成日记为时所重。《莺脰湖棹歌》为王光熊寓居苏州时所作，共一百首，例仿朱彝尊《鸳鸯湖棹歌》，记述莺脰湖周边自然风景、人文胜迹、物产风土等，寄托作者伤今怀古之情。诗中小注皆信而有征，史料价值颇高。卷前有同治十一年（1872）殷兆镛序和王颂蔚识，并有秦云、李文楷、陆懋修、程绛裳、潘钟瑞、张燮承、胡恭筹、姚虞诸人题词，后有门人周灿敬跋。今按苏州图书馆所藏清同治十一年（1872）刻本，标校如下，以存平望典故。

莺脰湖棹歌

钟仪楚奏，庄舄越吟，穷达虽殊，怀土一也。昔小长芦钓师旅食潞河，言归未遂，成《鸳鸯湖棹歌》百首，有李符者序且和之。平望当唐宋时见诸过客留题，一萧条村落耳，如颜清臣"际海兼葭色，终朝凫雁声"，范致能"寸碧闽高浪，孤墟明夕阳"等句可证焉。近世则烟火万井，商旅千樯，越尾吴头，称巨镇矣。余家此七十余年，薄宦入都，庚申难作，榆枌灰烬。忆甲子秋使闽经过，贼初退，庐舍惟周氏数椽在，因嘱屯兵妥为守护。冬自闽还，兵民俱杳，尸骸载路，并不逮唐宋时萧条景象矣。迄今又将十稔。幸荷皇仁，流亡稍稍复，而余作吴门寓公，客岁葬亲旋里，重寻钓游，与二三遗老话承平畴，昔事如醉如梦。梦薇王君亦平望人，乱后迁吴门者也。其先自明以来号望族，居枳湖浜，有独笑亭、芙蓉槛诸胜迹载邑乘。君为余友蟾生哲嗣酉山喆甫从子也，精绘画，好吟咏，恐吾乡轶闻坠典之与烽燧俱湮也，托渔榔牧笛以播之歌谣。夫人间世，除却虚空，本无永久，以累代声明文物之区，一洗为寂寞荒凉之境。废者可以复兴，而新者终非其旧。衰龄多感，读君诗益难忘故土，窃效李符之序竹垞，愧未能属和也，惟有南望欷歔而已。时同治壬申夏五，殷兆镛敬序。

莺湖水木明瑟，川路秀野，暄辰肃月，罟师榜曳，吹火沙际，投饵船唇，凭流眺瞩，不减鲁望当年也。梦薇世居湖麋，栖游最习，寒食上冢，端阳吊胥，朋樽所萃，雁惊皆曜。顾自精夫不逞，田陇庐墓，鞠为园蔬，傍渚渔户，纶舵皆废。靴纹竟川，寒飙自咽。梦薇以孤飘之迹，寓骚屑之思，以视泉明，下溯杜陵《渼陂》，俙其感矣。壬申端午，佛馨王颂蔚识。

长洲秦云肤雨

王郎才笔本清超，百首新诗遣寂寥。付与吴嬢樽底按，断肠怕听雨潇潇。
樱桃湖浪碧于油，轻荡枝枝画橹柔。十里鲈乡传唱遍，翻来水调旧歌头。

昆山李文楷直清

回首总迷离，曾记飞鸿踏雪泥。飘忽前游如昨梦，依依。一片湖光潋滟时。
浩劫剧堪悲，文物声明付烬灰。犹动新词歌宛转，咿咿。抑塞王郎作告衰。（调寄南乡子）

元和陆懋修九芝

莺湖风景足兰荘，曾作清游唤小舠。为问生涯何处好，钓人都爱住吴江。
人生不合际时艰，乱后身羁尚未还。省识诗中无限感，分明一曲念家山。

莺湖程绛裳女史

故乡风物久怀思，快读王维百首诗。是我儿时游钓处，可堪老去一题词。
堂北知君尚有亲，年来我已感鲜民。他年树蕙堂重到（堂为我祖东园先生建，乱后幸存），定说新诗与旧邻。

长洲潘钟瑞瘦羊

小长芦后谁人，水天梦唤鸳鸯起。寻诗别在，鲈乡亭畔，垂虹桥底。双桨桃花，半篷杨柳，几般情思。问篷家何处，渔家何处，行云响，烟波里。

载酒江湖滋味，近中年，故乡归未。吴歈引我，也曾经惯，听风听水。（余有听风听水填词图）待约浮家，微吟浅醉，早秋天气。好绿蓑对影，重歌白苎，倩西施记。（调寄水龙吟）

含山张燮承师筼

鸳湖歌好又莺湖，竹垞风流信不孤。回首扁舟斜日里，十年鸥梦已模糊。（鸳鸯、莺脰曾皆泛棹）

听说吾宗放鸭台，乡思一样动湖隈。吴舲仅作浮家客，牛渚西江底日回。（时襄太湖军事，次于金昌）

山阴胡恭筹心龙

一卷新词触旧游，艺英交酒极绸缪。（丁巳，余曾读书湖上，与君昆季暨诸友结社于艺英书院，极文酒之乐）樽前忍付吴孃唱，肠断当年泛月舟。

樱桃湖上鉴湖滨，一样乡关感旧因。吾独输君少风雅，海天江渚宦游身。（时初解貂貔司，任摄金匮县尉事）

秀水姚师虞抚之

感君莺湖歌，促我鸳湖梦。一棹劫余归，忍听柁孃哢。（时适挈家归禾）

莺脰湖棹歌

余家莺湖之滨，自遭兵燹，敝庐荆棘，赁庑吴门七年。于此岁晚无事，偶仿曝书亭《鸳湖棹歌》，制为此词，亦得百首，伤今怀古，意有交致，不徒纪风土物产已也。

安民桥北济民桥（《图经续记》：平望三桥，南安民，中利民，北济民。今呼南大桥、北大桥），走马呼鹰俊侣招。十里官塘芳草嫩，盛斌墓畔爱逍遥。（孙吴将军盛斌葬此，俗称盛墩）

近山仿佛云遮树，远水微明雪霁时。一径西村开别业（西村别构，明征士史鉴筑，在黄家溪，张渊署额），有人能读鲁公诗。（颜真卿《平望》诗："近山犹仿佛，远水忽微明。"）

旧日江村旧日经，当门曾见卞峰青。寻诗重访天随宅，觅醉还眠无悔亭。（震泽别业，陆龟蒙故居也。有"更感卞峰颜色好，晓云吹散便当门"。醉眠亭，宋李无晦筑，在淞江亭畔）

高僧谁复善谈经，殊胜禅堂仔细听。（寺本名殊圣，宋治平四年建，至蔡京当轴，得敕额为"殊胜"）不信周圆三百部，夕阳未上望仙亭。（寺有僧诵光明经，日课至百部，人疑之，僧作颂有云"吾诵光明经，自得三昧力。一日三百部，日轮犹未昃。"望仙，寺前亭名）

春光送尽无聊赖，何处能消闷一堆。咫尺黄溪（宋黄由所居，人多种橘）好风景，枣花香逐橘花开。

湖光山色画难传，南入平川北绮川。（宋莫子文宅在绮川，又范文穆有绮川亭）两岸绿杨春旖旎，拖风带雨压渔船。

一棹烟波仙境似，万家楼阁画图收。望中不着山遮却，毕竟平田望尽不。（杨万里《过平望》有云"望中不着一山遮，四顾平田接水涯"）

儿家仍住竹篁隈，十唤郎君九不回。记否元宵相约去，泰通桥上拜如来。（桥建于宋建炎三年，旁有石像如来，南渡时某宫妃所舍）

鹤鹊兜前波似縠，鸳鸯亭畔雨如丝。（范成大诗："亭前旧时水，还照两鸳鸯。"）年年离别知何地，但有春禽叫子规。（又云："年年离别地，清思断人肠。"）

平川塘北接同川，酒往诗来不系船。记得聚书楼下过，满身槐影听鸣蝉。（同川水花园，元叶振宗别墅，中有槐花轩、聚书楼诸胜）

满川野竹路弥漫，不见清秋万玉寒。闻有华亭张子笔，何从觅得画图看。（万玉清秋轩，元财副司宁昌言别业也，在同里镇，华亭张可观绘图）

东风吹绿画墩湖，（俗呼张王荡），一幅轻帆晚挂蒲。来访崔君旧时宅，松阴留句半模糊。（半泽村有元副司崔天德友竹居别业，郝经题碣）

牛湖东去水茫茫。（牛头湖，八坼下塘淮张练兵处），残垒荒芜没草塘。一炬齐云空霸业（城破，士诚妻刘氏驱后宫同赴齐云楼上自焚死），至今疑冢说张王。（画墩湖中有墩，相传士城疑冢，因呼为张王荡。实士城弟士信坟也）

东风淡荡纸鸢飞，小雨如酥点客衣。总管坟场春寂寞，破垣开遍野蔷薇。（下塘有坟极高，俗呼坟场头，传是元某总管墓）

南村萧散爱移家（元张璚隐居南村，有雪侉亭），水竹空明误若耶。记取溪桥沽酒路，店旁栽遍紫薇花。（王稺登诗："店旁栽紫薇，颜色斗江霞。"）

一曲吴歈感废兴，邵昂壁垒失崚嶒。（邵昂，即邵巷，为淮张屯兵处）可怜清澈城濠水，剩有孤坟说右丞。（下塘有称城濠里者，士诚将右丞徐义筑城其上，西高冢为其部下偷葬右丞于此）

三杨高阁失当时，独笑亭边草欲滋。（余家远祖明祠部公归田后，广治园林，有八精舍、川观堂、对山楼、慈云庵、双槐径、三杨阁、芙蓉槛、悬榻斋、独笑亭，皆载曹爽《平望志》，亦见家乘）惟有文星桥下水，落花流出使臣祠。（迁祖竹逸公明行人司，于成化初始浚枳湖浜以居，俗称转河浜，有文星桥、公祠在焉）

荷花池畔部郎坟（在殊胜寺后，吾家始迁祖明部郎公葬此），百尺松杉覆碧云。记得小时寒食节，闲寻鹤颈证遗闻。（地成鹤行，墓其顶焉，为刘青田点定，载家乘）

东去枫湖浪作堆，怒涛曾送战船来。（总兵俞大猷自泖湖一夜趋平望，与杨芷合兵烧破倭舟于莺湖，见《明史》）泥塘水拍孤蒲长，何处杨公旧炮台。（泥塘有杨墩，传是杨芷列炮其上）

唐家湖里水沄沄，废垒空余夕照曛。风雨秋塘燐火暗，行人犹说戚将军。（唐家湖在盛墩，戚宫保继光以水兵胜倭于此，改盛为胜，堞楼尚存）

曹家池上草萋萋，水竹幽居迹已迷。循遍墙阴游客少，苔花深处觅留题。（明训导曹谨居平望，有水竹居，俞焯为记。高恒留题有云"曹家池上绝尘氛"）

芳草渡头桃李溪，鹤汀鱼岛路全迷。（明史鉴西村别墅中有芳草渡、桃李溪、鹤汀、迷鱼岛诸胜）当年下榻观书地，一片沧凉落日西。（明汝泰留题有云："老去观书健，朋来下榻忙。"）

堂开午梦傍渔矼，风走汾湖碧到窗。生就女郎都绣口，至今莲唱有新腔。（午梦堂在汾湖，明工部叶绍袁所居。妻沈宜修与三女昭齐、蕙绸、琼章皆能诗）

南庄榆柳又成阴，村女提筐打菜心。试上寄翁亭上望（明训导朱伯辰故居），农家遍地是黄金。

秋泽村前秋泽深，潘公墓上乱蛩吟。（村在莺湖西南，明广西参政潘志伊有墓）晚来拄杖溪桥去，明月清风缓步寻。（明月、清风，村中二桥名）

莺湖南下烂溪滨，偕隐当年大有人。（国初朱不远隐居不仕，作《广宋遗民录》以见志。同隐溪滨者计大章）灯火书堂空想像，一编谁续广遗民。

扬帆湾口卧垂杨（在济民桥北，行船至此始出市扬帆，故名），长老桥头村酒香（桥建于明成化八年，知县王迪作记）。东去杏花村落古，青旗影里遂初堂。（潘耒故居，钮琇书匾）

三贤祠宇敞疏棂（在艺英书院，中祀明训导曹谨、知县刘时俊、国初检讨潘耒），廊壁时来读旧铭（有林文忠学箴石刻）。却上湖山平远阁（在院中，里人徐江帆征士书匾），烟螺双扑洞庭青。

一岁银花两度开，春街秋市灿楼台。李王园子刘王庙，哄动游人彻夜来。（每元宵中秋，城隍刘、王两庙灯剧、彻三昼夜，为灯节）

野市年丰秋有戏，溪桥酒熟晚停舟。行人底苦思家切，似此风情舍得不。（元萨都刺《夜泊》有云："中酒不堪连夜饮，思家无奈五更前。"）

荷叶莲花皆是荡，桃红李白亦名墩。阿谁绘出侬家景，半幅烟波半幅村。

爱听伊凉自拨筝（伊凉，曲名，见《容斋随笔》，即今吴妓所歌西迷调也），锦鞍一骑系松棚。妾家近徙梅花堰（梅堰，在荻塘西十里），莫向塘西一径行。

一片蘼芜放鸭台（在莺湖东北，张志和放鸭于此），儿家门傍绿杨开。客来莫道无兼味，青蚬红虾入馔来。（梅家荡青口蚬、莺湖红壳虾皆载入志，虾为张志和下酒吐壳所成，故红）

桃花墩后李花墩（桃墩、李墩皆村名）。相隔盈盈只一村。访妾便闻当户织，不须款到别家门。

河棚十里米成市，水阁重围鱼有城。余米换丝还换布，碎鱼论斗不论秤。（明王穉登《过平望》诗云"鱼鳞成斗量"）

莺湖清胜蠡湖清，万顷烟波一镜平。生怪棹郎呼铁面（俗患风波之险，呼莺湖为莺铁面，言其无情），春风秋月恰多情。

冬荡鱼虾夏荡菱，唱筹补网小姑能。一年只计工钱积，且换襄城几匹绫。（王江泾古名射襄城，出绫子绸）

湖雨初晴黛色天，南塘一带柳如烟。暮虹桥下波流缓，买到银鱼不论钱。（桥在南塘锁莺湖下流，其下产银鱼最良，长寸许，碧玉色，金眼翠尾。按：此鱼为急濑所成，

必俟苕水发后乃盛。初春水暖流缓，所得甚稀。郡志谓出太湖，乃吾乡所称银鱼婆，长而有骨，味亦不佳）

垂杨两岸是东溪，春到黄鹂不住啼。别有麦弓来钓艇（渔艇以大麦约竹片两端作弓样为钓，谓之麦弓钓），湖棚穿去不嫌低。

水上人家皆养鸭，春深儿女惯看蚕。客来酒馔何须市，村酿园蔬味最甘。

樱桃湖畔画眉桥（莺脰亦名樱桃，画眉桥俗呼南大桥，宋政和元年建，国初重修）一夜春风破梦遥。漫说青宫唐代事（桥畔城隍司庙神封昭灵侯，为唐太宗十八子曹王明也，俗误为明皇太子。每新岁，灯彩剧杂，倾动合邑），闹人灯剧过元宵。

东安坊巷盛楼台，才过新春市未开。忽听琵琶声拉杂，莲花小伎凤阳来。

填街钲鼓沸如雷，为闹元宵火树开。记得一春天不夜，龙灯去后马灯来。

千金一刻试灯天，点缀春宵结彩鲜。痴绝街头小儿女，背人学唱荡河船。（马灯中选俊童妆扮，戏剧有《卖橄榄》《荡河船》等名）

村北村南掠社钱，茆庵轰饮乍开筵。醉归十亩桑阴绿，正是蚕娘浴种天。

十年水会说双杨（双杨水会十年一赛，士女买舟征逐，极其热闹），棹遍南塘又北塘。金小娘浜齐下泊（浜在小塘，明名伎金兰故居），说来姓氏尚余香。

杨柳楼台入画图，饯春时节唤提壶。湖鲀入市鲈鱼嫩，园笋掀泥蚬子篰。

晴溪浅渚柳花飘，爱看游鱼白小跳。一夜荻塘苕水发（荻塘俗呼西塘，直达湖州），笋船直抵望仙桥。（笋产吴兴诸山，春日贩船连络荻塘。望仙桥在殊圣寺望仙亭下，明正统十三年僧昙芳建）

寻芳争向扇坊过（扇子坊在殊圣寺旁），怪底茶樯酒幔多。两鬓海棠红欲滴，蚕

花小伎正婆娑。（南浔女伎打鼓唱舞，以祝蚕花，俗呼蚕花娘）

快船三月荡平波（平波，台名，在莺湖中，烟波四面，风景最胜），六曲红阑倚翠娥。相约元真祠里去，名花艳说牡丹多。（西偏为元真祠，中植牡丹数百本，花时游人不绝）

寓公当日有匏园（国初青浦周篆，字籀书，隐居严墓，著有《匏园文集》），严子坟头春草蕃（汉严忌墓在烂溪西南，地犹称严墓）。西出新城蚕事急（今称新塍），桑阴一路掩篱樊。

潘家兜里王家渡，太史祠堂进士坟。（潘家兜，检讨潘次耕故居，有祠。南五里为余家明进士二峰公墓，人呼王家渡口）多少冶春人过去，桃花如雨柳如云。

青青陌上剪柔桑，目送郎归夹浦塘（在同里北）。郎迹恰随春去远，妾情还比水流长。

花梢蜂蝶柳梢莺，米市河西斗草行。好雨初收泥正软，寻春原忌十分晴。

平堤十里柳垂垂，河上人家正晓炊。西到丝船赶新市，布帆千万趁风吹。

小雨催黄一树梅，蠡庄新水品茶回。洞庭近在湖楼角，采碧螺春入市来。（洞庭产碧螺春茶，采买者每索重值）

烟雨晴丝袅一汀，兴隆桥下水泠泠。（桥为明嘉靖二年水利郎李某建）野航归自梨花里，新酿争沽竹叶青。（梨里所酿酒名）

杨家港口老渔居，古柳维舟草结庐。一自黄梅新水发，绿蓑青笠卖银鱼。（夏初银鱼盛时，渔人争晒作腊，雨则急卖去，盖不能耐久也）

一径柔桑一径麻，木棉花畔是侬家。郎来莫怪梳妆懒，才了缫丝又浣纱。

金龙奋迅玉龙骄，五月龙舟五色标。一碧莺湖齐下戏，万家空宅上兰桡。

浓妆相约看龙舟，争赁西塘近水楼。（西塘全据莺湖之胜，五月前，远近争赁楼，屋价虽昂不惜，至期率其家人寝食其上）晓借莺湖作妆镜，粉花香压浪花头。

十五村姑梳洗工，绿鬟花插石榴红。崇朝罢看分龙会（每岁五月龙舟至，二十日罢会酬神。是日清晨，合镇水龙舁至演武场，向空试之以应分龙），乡庙争来赛马公。（神逸其名，为元季死难者，此日诞期，乡人祀之甚虔）

瓜皮艇子桑盘去，爱看芙蕖十里红。（桑盘村居民种藕为业）恰有鸳鸯真解事，导人深入万花中。

堂号川观旧迹留（见上），几枝遗镞认门楼。（明倭寇过境射矢着楼上者三，今存遗镞一，为家传）烂溪六月风涛壮，想见当年破倭舟。（《筹海图》记嘉靖三十三年六月，吴江知县杨芷、举人周大章追倭至莺湖、烂溪等处，大破之）

小潇湘外水滔滔（小潇湘在吴江南，元行省宁伯让居，后属周相国道登），消暑年年兴最豪。沁得诗脾有佳品，庞山湖藕庵村桃。

菱叶菱花簇水隈，腰圆桶子一齐开。（采菱者皆坐腰圆桶）小姑生长莺湖上，裙布兜腰打桨来。

台访平波艇系椿，四围寒碧荡禅窗。日高堤外柳阴含，菱唱一声齐上缸。（采菱所乘桶外，又有一种尖底缸。凡采者破晓下荡，至日中为度，为上缸。候贩船齐泊平波台，唱筹计值。盛则下午再采，为晚缸）

八角亭前放鸽回，九华寺里晚钟催。（小九华寺在莺湖滨暮虹桥北，中有八角亭，高三层。祖考半怡公与里人徐融春创建，祀文帝其上）自从开到山门后，日计香船百十来。（寺于七月朔，谓之开山门，自是香船连络，数百里外皆来）

香客年年岳庙行，秋风聒耳踏歌声。（岳庙自七月后进香成市，秋千、戏剧、笙歌腾沸）刘公祠里思遗爱，野草闲花剧有情。（明知县刘时俊捐廉，筑官塘八十里，民德之，立专祠于岳庙旁）

蒲团棋布讲经堂，坐守秋宵漏点长。（岳庙七月晦地藏王诞，男女趺坐待旦，谓之坐蒲团）待听一声钟破晓，摩肩连臂进头香。

濮家绸子织轻匀（濮绸，先时濮家女制出，因名。莺湖南皆织之），自制衫裙恰称身。晓阁罢妆呼姊妹，桂花宫里寿夫人。（俗以八月二日为城隍夫人诞，合邑妇女浓妆上寿）

西风容易到町庐（国初，戚元公勋隐居后溪，著有《町庐集》），又是村村稻熟余。馈岁客夸乡味好，韭溪黄雀烂溪鱼。（韭溪俗称溪港，出黄雀，味极佳）

场功初毕九秋过，青秆黄粳（米名，载《平望志》）载到多。唱彻夕阳筹未了，市灯红遍后溪河。（俗呼米市河，上下五百余家，市无杂肆）

有约谈诗访寺僧，延秋风味最堪矜。唐家田里平头芋，莫舍湾前末角菱。

浅水平沙架石梁，渔歌一曲起新凉。晚来爱看鸬鹚阵，菱叶蘋花罩野塘。（鸬鹚用以捕鱼，俗呼摸鱼公）

十五娇娃纺织精，木棉花熟爱天晴。此乡不唱无衣句，万户鸣机彻夜声。（四乡皆以放纱织布为业）

缫丝结网亦生涯（女郎年十二三便佣人治丝网），况有田园似妾家。带露缘收羊眼豆，经霜黄摘狗头瓜。

盂兰古会岁频仍，剪纸争看水面灯。转怪秋凉才几日，溪头摇出叫浜菱。（重阳后荡禁始宽，村女搜采余剩，操舟唤卖，谓之叫浜菱）

白马寺西桑叶老（寺在莺湖南盛泽镇，今呼圆明寺，明正统年建），青龙桥北豆花香。（桥在莺湖南滨，明成化初年建）菜油卖去须遗妾（菜油甚香，女子买以泽鬓），米布织成先衣郎（俗以青白纱经纬成布，呼为米布）。

一骑秋风驿路分（平望驿西达乌程，南通嘉兴，唐时已置，宋元迄今因之），漫言到处重离群（唐张祐诗"何堪秋草色，到处重离群"）。征衫湿透麻花雨，村酒垆边火借熏。

长浜野寺掩苍扉，秋老江村鹰乱飞。一片寒云横古渡，芦花如雪拥僧归。

白荡滩前白鹭飞，北麻漾里蟹初肥。（莺水入白荡、北麻漾，汇松江入海，载郡志）东洋酒熟香成市（冬酿酒味甜，家家能酿，俗呼东洋），明月当楼醉未归。

梅花晴雪喜相遭，古寺联吟兴又豪。特爱老僧工饷客，孙家宫饼闵家糕。（国初，孙禄斋善制饼，遂以名，店与闵糕驰名通省。糕，闵家为之，皆载入志）

鸥鹭无声水欲澌，太湖西去聘渔师。五更鼓角喧村落，知是帘船下荡时。（业荡者于冬至后唤渔者以竹帘周围其荡，五更鸣鼓吹角，驱鱼入围，渐围渐窄，旬后彻围取鱼，谓之起荡。渔者皆太湖来，为帘船，至则各荡争接恐后）

荻塘残雪又三冬（俗呼西塘，直达湖州），濒水楼头酒兴浓。一角斜阳鱼市散，斋堂初下饭僧钟。（斋堂禅寺，宋祥符敕建。远祖二峰公曾捐田，撰《饭僧碑记》）

漕艘齐泊运河隈，林立争看万道桅。连日官塘候风讯，舵楼恰对市楼开。

先人占宅枳湖滨（俗呼转河浜），祖德犹传迹已陈。此日重寻游钓处，蓬蒿长欲没行人。

每叹流风复古难，劫余景物况催残。秋宵一片吴淞月，尚忆平波台上看。

春祈秋赛记年年，神号昭灵祷卜虔。（城隍司甚灵验）签句犹从家乘读，劝君莫向凤头缠。（六世祖太园公以岁贡选发浙江西安县丞，临行祷神，得签有云"莫向日边缠凤头"句。之任后，同僚李拱日、廖凤鸣俱以赃败，公以同官保结亦罢，始悟）

垂杨岸岸春风晓，小麦田田碧浪匀。一卷诚斋诗载读，伤心最是劫余人。（杨万里诗："小麦田田种，垂杨岸岸栽"）

前代园林半已荒，可堪历劫更红羊。到门仍是梨泾水，何处怀柯旧草堂。（余家堂名为浙抚陈鹏年书）

寒鸦啼断半江枫，笠泽松陵望里空。（杨万里诗："笠泽非尘世，松陵入画图。"）一自当年惊劫火，至今怕见夕阳红。

芙蓉到处媚红妆，绝忆当时曲槛旁。（芙蓉槛，见上）爱听吴儿制新曲，花时仅采不曾防。

晚风约约雨冥冥，近水遥山接洞庭。（"风来潮约约，烟积雨冥冥"，竹垞《平望》诗）今日扁舟堤外泊，荒烟泠尽约鸥亭。（在水花园内）

乌衣何处旧门庭，剩有西山一角青。苦忆儿时风月夜，豆花棚下捉流萤。

故土归时没草莱，断桥老屋总堪哀。闲行莫向溪西去，青石城边白骨堆。（贼以青石筑垒，横亘数里，尚未削平）

满庭凉月逼银钉，人与梅花共一窗。自怪吟魂羁不住，西风吹梦过吴江。

越客吴姬说旧时，漫劳旅邸续新诗。无端一夜思乡泪，湿透青衫冷不知。（元萨都剌《平望驿》诗："越客夜吹船上笛，吴姬晓倚酒垆边。"）

插柳分花上冢朝，东风一路纸灰飘。白云亲舍年年梦，南石桥来北石桥。（在画墩湖滨，高祖以下葬此）

俚言聊付棹头歌，敢诩遗闻掇拾多。一卷壬林今散尽，扁舟愁向韭溪过。（潘圣木号力田，隐居韭溪，著作等身，有《今乐府》《松陵文献》《壬林》《韭溪集》，以庄史事被累，遂散尽）

平望诗钞

吾师素好吟咏，（灿）偕（弟焕）游其门数载，见所作诗卷已盈尺。今从案头得读客腊所成《莺湖棹歌》一卷，凡百首，清丽缠绵，最足开人诗境。爰与叶子紫繁、潘子玉友、亢子仰如、汪子子佩、徐子啸湖诸同门请其稿，先付诸梓，以便讽诵。编次依原稿，大抵始怀古，终伤今，中纪风物，略以四时为序。刻既竣，因志缘起。壬申新秋，门人周灿敬跋。

征引书目

[唐] 颜真卿撰：《颜鲁公集》，清文渊阁四库全书本。

[唐] 张籍撰：《张司业集》，清文渊阁四库全书本。

[唐] 张祜撰：《张承吉集》，清文渊阁四库全书本。

[唐] 罗隐撰：《甲乙集》，《四部丛刊》本。

[唐] 吴融撰：《唐英歌诗》，清文渊阁四库全书本。

[唐] 释皎然撰：《杼山集》，清文渊阁四库全书本。

[宋] 郑虎臣编：《吴都文粹》，清文渊阁四库全书本。

[宋] 沈遘撰：《西溪集》，清文渊阁四库全书本。

[宋] 陈舜俞撰：《都官集》，清文渊阁四库全书本。

[宋] 赵鼎撰：《忠正德文集》，清文渊阁四库全书本。

[宋] 沈与求撰：《龟溪集》，清文渊阁四库全书本。

[宋] 史浩撰：《鄮峰真隐漫录》，清文渊阁四库全书本。

[宋] 范成大撰：《石湖诗集》，清文渊阁四库全书本。

[宋] 杨万里撰：《诚斋集》，清文渊阁四库全书本。

[宋] 张镃撰：《南湖集》，清文渊阁四库全书本。

[宋] 周南撰：《山房集》，清文渊阁四库全书本。

[宋] 释居简撰：《北涧诗集》，清抄本。

[宋] 孙锐撰：《孙耕闲集》，清抄本。

[元] 王恽撰：《秋涧集》，清文渊阁四库全书本。

[元] 方回撰：《桐江续集》，清文渊阁四库全书本。

[元] 戴表元撰：《剡源逸稿》，缪氏藕香簃抄本。

[元] 唐元撰：《筠轩集》，清文渊阁四库全书本。

[元] 萨都剌撰：《雁门集》，清文渊阁四库全书本。

[元] 宋褧撰：《燕石集》，清文渊阁四库全书本。

[元] 陈基撰：《夷白斋稿》，清文渊阁四库全书本。

[元] 胡奎撰：《斗南老人集》，清文渊阁四库全书本。

[明] 释正勉辑：《古今禅藻集》，清文渊阁四库全书本。

〔明〕刘璟撰：《易斋稿》，清抄本。

〔明〕姚绶撰：《谷庵集选》，明嘉靖刻本。

〔明〕曹学佺辑：《石仓历代诗选》，清文渊阁四库全书本。

〔明〕史鉴撰：《西村集》，清文渊阁四库全书本。

〔明〕吴宽撰：《家藏集》，清文渊阁四库全书本。

〔明〕王廷相撰：《王氏家藏集》，明嘉靖刻清顺治十二年修补本。

〔明〕陶谐撰：《陶庄敏公文集》，明天启四年陶崇道重刻本。

〔明〕刘麟撰：《清惠集》，清文渊阁四库全书本。

〔明〕陆深撰：《俨山集》，清文渊阁四库全书本。

〔明〕刘储秀撰：《西陂集》，明嘉靖三十年刻本。

〔明〕徐献忠撰：《长谷集》，明嘉靖刻本。

〔明〕皇甫汸撰：《皇甫司勋集》，清文渊阁四库全书本。

〔明〕万表撰：《玩鹿亭稿》，明万历万邦孚刻本。

〔明〕俞允文撰：《仲蔚先生集》，明万历十年程善定刻本。

〔明〕徐师曾撰：《湖上集》，明万历刻本。

〔明〕郭谏臣撰：《鲲溟诗集》，清文渊阁四库全书本。

〔明〕吴国伦撰：《甔甀洞稿》，明万历刻本。

〔明〕田艺蘅撰：《香宇集》，明嘉靖刻本。

〔明〕王世贞撰：《弇州四部稿》，清文渊阁四库全书本。

〔明〕沈一贯撰：《喙鸣诗集》，明刻本。

〔明〕王穉登撰：《王百谷集十九种》，明刻本。

〔明〕汤显祖撰：《玉茗堂全集》，明天启刻本。

〔明〕邹迪光撰：《始青阁稿》，明天启刻本。

〔明〕祝以豳撰：《诒美堂集》，明天启刻本。

〔明〕范允临撰：《输寥馆集》，清初刻本。

〔明〕徐𤊹撰：《鼇峰集》，明天启五年南居益刻本。

〔明〕程嘉燧撰：《松圆浪淘集》，明崇祯谢三宾刻清康熙三十三年陆廷灿补修《嘉定四先生集》本。

〔明〕查应光撰：《丽崎轩诗》，明崇祯十二年刻本。

〔明〕吴之甲撰：《静悱集》，清乾隆四年吴重康刻本。

〔明〕吴本泰撰：《吴吏部集》，清顺治刻本。

［明］周之夔撰：《弃草诗集》，明崇祯木犀馆刻本。

［明］程于古撰：《落玄轩集选》，明天启三年刻本。

［明］沈宜修撰：《鹂吹集》，《午梦堂集》本。

［明］叶小鸾撰：《返生香》，《午梦堂集》本。

［明］钱谷辑：《吴都文粹续集》，清文渊阁四库全书本。

［明］董斯张辑：《吴兴艺文补》，明崇祯六年刻本。

［清］揆叙辑：《历朝闺雅》，清康熙间刻本。

［清］陈田辑：《明诗纪事》，清陈氏听诗斋刻本。

［清］张豫章等辑：《四朝诗》，清文渊阁四库全书本。

［清］钱谦益辑：《列朝诗集》，清顺治九年毛诗汲古阁刻本。

［清］邢昉撰：《石臼集》，清康熙刻本。

［清］李天植撰：《蜃园诗前集》，清嘉庆十九年钱椒刻本。

［清］毛莹撰：《晚宜楼集》，清抄本。

［清］钱棻撰：《萧林初集》，明崇祯刻本。

［清］李明嶅撰：《乐志堂诗集》，清康熙间李宗渭刻本。

［清］许楚撰：《青岩集》，清康熙五十四年刻本。

［清］沈峻曾撰：《涟漪堂遗稿》，清康熙间刻本。

［清］张嘉荣辑：《盛泽张氏遗稿录存》，1920年铅印本。

［清］蒋薰撰：《留素堂诗删》，清康熙间刻本。

［清］方文撰：《嵞山集》，清康熙二十八年王概刻本。

［清］顾炎武撰：《亭林诗集》，清刻本。

［清］魏畊撰：《雪翁诗集》，《四明丛书》本。

［清］宋琬撰：《安雅堂诗》，清顺治十七年刻本。

［清］徐元灏辑：《吴门杂咏》，清康熙三十八年刻本。

［清］彭孙贻撰：《茗斋集》，涵芬楼影印海盐张氏涉园藏手稿。

［清］陶季撰：《舟车后集》，清康熙刻本。

［清］徐崧辑：《百城烟水》，清康熙二十九年刻本。

［清］阮元辑：《两浙輶轩录》，清嘉庆仁和朱氏碧溪草堂钱塘陈氏种榆仙馆刻本。

［清］阮元、杨秉初辑：《两浙輶轩录补遗》，清嘉庆刻本。

［清］方孝标撰：《钝斋诗选》，抄本。

［清］吴绮撰：《林蕙堂全集》，清文渊阁四库全书本。

［清］顾景星撰：《白茅堂集》，清康熙间刻本。

［清］杜濬撰：《湄湖吟》，清康熙间刻道光九年增刻本。

［清］李稻塍辑：《梅会诗选》，清乾隆三十二年寸碧山堂刻本。

［清］潘柽章撰：《观物草庐焚余稿》，清纫芳宦写本。

［清］王士禄撰：《十笏草堂上浮集》，清康熙六年刻本。

［清］蒋景祁辑：《瑶华集》，清康熙二十五年刻本。

［清］王昊撰：《硕园诗稿》，清五石斋抄本。

［清］陆弘定撰：《爱始楼诗删》，清顺治间刻本。

［清］王锡阐撰：《晓庵先生诗集》，清抄本。

［清］朱彝尊辑：《明诗综》，清文渊阁四库全书本。

［清］朱彝尊撰：《曝书亭集》，清文渊阁四库全书本。

［清］屈大均撰：《屈翁山诗集》，清康熙间李肇元等刻本。

［清］叶舒颖撰：《叶学山先生诗稿》，《丛书集成续编》本。

［清］王士禛撰：《带经堂集》，清康熙五十年程哲七略书堂刻本。

［清］王士禛辑：《感旧集》，清乾隆十七年刻本。

［清］宋荦撰：《西陂类稿》，清文渊阁四库全书本。

［清］王摅撰：《芦中集》，民国五年钱燿伊钞本。

［清］徐釚撰：《南州草堂集》，清康熙三十四年刻本。

［清］徐釚撰：《南州草堂续集》，清康熙四十四年刻本。

［清］嵇永仁撰：《抱犊山房集》，清文渊阁四库全书本。

［清］沈广舆撰：《嘉遇堂诗》，清康熙间刻本。

［清］钮琇撰：《临野堂诗集》，清康熙三十八年刻本。

［清］高士奇撰：《清吟堂全集》，清康熙朗润堂刻本。

［清］彭定求撰：《南畇诗稿》，清康熙间刻本。

［清］张云章撰：《朴村诗集》，清康熙间刻本。

［清］潘耒撰：《遂初堂诗集》，清康熙间刻本。

［清］查慎行：《敬业堂诗集》，清文渊阁四库全书本。

［清］先著撰：《之溪老生集》，清刻本。

［清］朱昆田撰：《笛渔小稿》，民国涵芬楼影印清康熙五十三年刻本。

［清］张世炜撰：《秀野山房二集》，清刻本。

［清］梁章钜辑：《闽川闺秀诗话》，清道光二十九年刻本。

［清］周廷谔辑：《笠泽诗钞》，清抄本。

［清］薛雪撰：《抱珠轩诗存》，清乾隆间刻本。

［清］赵执信撰：《因园集》，清文渊阁四库全书本。

［清］顾嗣协撰：《依园诗集》，清康熙三十九年刻本。

［清］顾嗣立撰：《秀野草堂诗集》，清道光二十八年刻本。

［清］徐昂发撰：《畏垒山人诗集》，清康熙徐氏刻本。

［清］徐昂发撰：《乙未亭诗集》，清康熙徐氏刻本。

［清］沈德潜撰：《归愚诗钞》，清刻本。

［清］沈德潜撰：《归愚诗钞余集》，清乾隆刻本。

［清］沈德潜辑：《国朝诗别裁集》，清乾隆二十五年刻本。

［清］张廷璐撰：《咏花轩诗集》，清乾隆间刻本。

［清］秦时昌撰：《韭溪渔唱集》，清乾隆十年刻本。

［清］王鲲辑：《松陵见闻录》，清道光七年刻本。

［清］王鲲辑：《盛湖诗萃》，清咸丰五年刻本。

［清］徐骏撰：《石帆轩诗集》，清康熙间刻本。

［清］周长发撰：《赐书堂诗钞》，清乾隆间刻本。

［清］李重华撰：《贞一斋集》，清乾隆间刻本。

［清］陈梓撰：《删后诗存》，清嘉庆二十年胡氏敬义堂刻本。

［清］钱陈群撰：《香树斋诗集》，清乾隆间刻本。

［清］钱陈群撰：《香树斋诗续集》，清乾隆间刻本。

［清］金农撰：《冬心先生集》，清雍正十一年广陵般若庵刻本。

［清］厉鹗撰：《樊榭山房集》，清文渊阁四库全书本。

［清］桑调元撰：《弢甫续集》，清乾隆间刻本。

［清］顾诒禄撰：《吹万阁集》，清乾隆间刻本。

［清］沈大成撰：《学福斋诗集》，清乾隆三十九年刻本。

［清］任端书撰：《南屏山人集》，清乾隆间刻本。

［清］金甡撰：《静廉斋诗集》，清嘉庆二十五年姚祖恩刻本。

［清］毛曙撰：《野客斋诗集》，清乾隆二十二年刻本。

［清］郑炎撰：《雪杖山人诗集》，清嘉庆五年郑师尚刻本。

［清］万光泰撰：《柘坡居士集》，清乾隆二十一年刻本。

［清］曾燠辑：《江西诗征》，清嘉庆九年赏雨茅屋刻本。

［清］翟灏撰：《无不宜斋未定稿》，清乾隆间刻本。

［清］汪筠撰：《谦谷集》，乾隆八年汪璐刻本。

［清］袁枚撰：《小仓山房诗集》，清乾隆刻增修本。

［清］袁枚辑：《随园女弟子诗选》，清嘉庆元年刻本。

［清］楼锜撰：《于湘遗稿》，清乾隆二十年陈章刻本。

［清］程晋芳撰：《勉行堂诗集》，清嘉庆二十三年刻本。

［清］金兆燕撰：《棕亭诗钞》，清嘉庆十二年赠云轩刻本。

［清］王昶辑：《湖海诗传》，清嘉庆八年三泖渔庄刻本。

［清］王昶撰：《春融堂集》，清嘉庆十二年塾南书舍刻本。

［清］钱维城撰：《茶山诗钞》，清乾隆四十一年眉寿堂刻本。

［清］吴泰来撰：《砚山堂集》，清嘉庆间刻本。

［清］王鸣盛撰：《西庄始存稿》，清乾隆三十年刻本。

［清］袁景辂撰：《小桐庐诗草》，清乾隆三十二年震泽袁氏刻本。

［清］蒋士铨撰：《忠雅堂文集》，清嘉庆二十一年藏园刻本。

［清］朱景英撰：《畲经堂诗文集》，清乾隆间刻本。

［清］闵华撰：《澄秋阁集》，清乾隆十七年刻本。

［清］黄达撰：《一楼集》，清乾隆间刻本。

［清］程之骏撰：《练江诗钞》，清乾隆十八年王鸣刻本。

［清］阮葵生撰：《七录斋诗钞》，清稿本。

［清］赵翼撰：《瓯北集》，清嘉庆十七年湛贻堂刻本。

［清］汪启淑撰：《切莽诗存》，清乾隆间刻本。

［清］蒋业晋撰：《立厓诗钞》，清嘉庆四年交翠堂刻本。

［清］方芳佩撰：《在璞堂续稿》，清乾隆间刻本。

［清］王嘉曾撰：《闻音室诗集》，清嘉庆二十一年王元善等刻本。

［清］沈初撰：《兰韵堂诗集》，清乾隆间刻本。

［清］吴省钦撰：《白华前稿》，清乾隆间刻本。

［清］张埙撰：《竹叶庵文集》，清乾隆五十一年刻本。

［清］顾光旭撰：《响泉集》，清宣统二年顾氏刻本。

［清］朱休度撰：《小木子诗三刻》，清嘉庆间刻汇印本。

［清］吴骞撰：《拜经楼诗集》，清嘉庆八年刻增修本。

［清］韩是升撰：《听钟楼诗稿》，清嘉庆间刻本。

［清］沈景运撰：《浮春阁诗集》，清乾隆五十四年刻本。

［清］金学诗撰：《播琴堂诗集》，清乾隆间刻本。

［清］任大椿撰：《子田初集》，清乾隆间刻本。

［清］程际盛撰：《稻香楼诗集》，清乾隆间刻本。

［清］钱维乔撰：《竹初诗钞》，清嘉庆间刻本。

［清］张五典撰：《荷塘诗集》，清乾隆间刻本。

［清］陈樽撰：《古衡山房诗集》，清刻本。

［清］沈赤然撰：《五研斋诗钞》，清嘉庆间刻增修本。

［清］顾宗泰撰：《月满楼诗集》，清嘉庆八年瞻园刻本。

［清］祝德麟撰：《悦亲楼诗集》，清嘉庆二年姑苏刻本。

［清］吴翌凤撰：《与稽斋丛稿》，清嘉庆间刻本。

［清］邵晋涵撰：《南江诗钞》，清道光十二年刻本。

［清］秦瀛撰：《小岘山人诗集》，清嘉庆间刻增修本。

［清］吴俊撰：《荣性堂集》，清嘉庆间刻本。

［清］李书吉撰：《寒翠轩诗续钞》，清嘉庆间庆誉堂刻本。

［清］洪亮吉撰：《更生斋集》，清光绪三年洪氏授经堂刻增修本。

［清］洪亮吉撰：《卷施阁集》，清光绪三年洪氏授经堂刻增修本。

［清］吴锡麒撰：《有正味斋诗集》，清嘉庆十三年刻有正味斋全集增修本。

［清］赵怀玉撰：《亦有生斋集》，清道光元年刻本。

［清］汪学金撰：《静厓诗稿》，清乾隆间刻嘉庆间增修本。

［清］庄述祖撰：《珍艺宧诗钞》，清刻本。

［清］黄钺撰：《壹斋集》，清咸丰九年刻本。

［清］唐仲冕撰：《陶山诗录》，清嘉庆十六年刻道光间增修本。

［清］李赓芸撰：《稻香吟馆诗稿》，清道光间刻本。

［清］王芑孙撰：《渊雅堂外集》，清嘉庆间刻本。

［清］张士元撰：《嘉树山房集》，清嘉庆二十四年震泽张氏家刻道光六年续刻本。

［清］石韫玉撰：《独学庐稿》，清刻独学庐全稿本。

［清］凌廷堪撰：《校礼堂诗集》，清道光六年刻本。

［清］姚文田撰：《邃雅堂集》，清道光元年江阴学使署刻本。

［清］孙原湘撰：《天真阁集》，清嘉庆五年刻增修本。

［清］刘凤诰撰：《存悔斋集》，清道光十七年刻本。

〔清〕尤维熊撰：《二娱小庐诗钞》，清嘉庆十七年钱塘陈氏刻本。

〔清〕刘嗣绾撰：《尚䌹堂诗集》，清道光六年大树园刻本。

〔清〕严可均撰：《铁桥漫稿》，清道光十八年四录堂刻本。

〔清〕焦循撰：《雕菰集》，清道光四年刻本。

〔清〕顾日新撰：《寸心楼诗集》，清嘉庆间刻本。

〔清〕舒位撰：《瓶水斋诗集》，清光绪十二年边保枢刻十七年增修本。

〔清〕席佩兰撰：《长真阁集》，清嘉庆十七年刻本。

〔清〕乐钧撰：《青芝山馆诗集》，清嘉庆二十二年刻后印本。

〔清〕吴嵩梁撰：《香苏山馆诗集》，清木犀轩刻本。

〔清〕郭麐撰：《灵芬馆诗初集》，清嘉庆至道光间刻《灵芬馆全集》本。

〔清〕郭麐撰：《灵芬馆二集》，清嘉庆至道光间刻《灵芬馆全集》本。

〔清〕吴琼仙撰：《写韵楼诗集》，清刻本。

〔清〕许宗彦撰：《鉴止水斋集》，清嘉庆二十四年德清许氏家刻本。

〔清〕潘衍桐辑：《两浙輶轩续录》，清光绪十七年浙江书局刻本。

〔清〕叶绍本撰：《白鹤山房诗钞》，清道光七年桂林使廨刻增修本。

〔清〕张廷济撰：《桂馨堂集》，清道光间刻本。

〔清〕张鉴撰：《冬青馆集》，民国四年吴兴刘氏嘉业堂刻《吴兴丛书》本。

〔清〕李福撰：《花屿读书堂诗钞》，清道光二十六年吴县李氏刻本。

〔清〕盛大士撰：《蕴愫阁诗集》，清道光元年刻本。

〔清〕陈文述撰：《颐道堂诗选》，清嘉庆二十年刻道光间增修本。

〔清〕宋翔凤撰：《洞箫楼诗纪》，清道光十年刻本。

〔清〕陈本直撰：《覆瓿诗草》，清同治十二年刻本。

〔清〕陈本直撰：《粤游吟》，清同治十二年刻本。

〔清〕严元照撰：《柯家山馆遗诗》，清光绪间陆心源刻《湖州丛书》本。

〔清〕童槐撰：《今白华堂诗录补》，清光绪三年童华刻本。

〔清〕沈钦韩撰：《幼学堂诗稿》，清嘉庆十八年刻道光八年增修本。

〔清〕张澍撰：《养素堂诗集》，清道光二十二年刻本。

〔清〕吴慈鹤撰：《吴侍读全集》，清嘉庆十五年至道光七年刻本。

〔清〕汤贻汾撰：《琴隐园诗集》，清同治十三年刻本。

〔清〕屠倬撰：《是程堂集》，清嘉庆十九年真州官舍刻本。

〔清〕俞鸿渐撰：《印雪轩诗钞》，清道光二十七年萱荫山房刻本。

［清］庄庆椿撰：《冬荣室诗词》，清刻本。

［清］郑祖琛撰：《小谷口诗钞》，清道光二十四年宝研斋刻本。

［清］谢元淮撰：《养默山房诗稿》，清光绪元年刻本。

［清］林则徐撰：《云左山房诗钞》，清光绪十二年刻本。

［清］张祥河撰：《小重山房诗词全集》，清道光间刻光绪间增修本。

［清］柳树芳撰：《养余斋全集》，清道光二十七年吴江柳氏刻本。

［清］沈学渊撰：《桂留山房诗集》，清道光二十四年郁松年刻本。

［清］张应昌撰：《彝寿轩诗钞》，清同治二年西昌旅舍刻增修本。

［清］陆嵩撰：《意苕山馆诗稿》，清光绪九年刻本。

［清］赵允怀撰：《小松石斋诗集》，清光绪十五年重刻本。

［清］冯询撰：《子良诗存》，清刻本。

［清］彭蕴章撰：《松风阁诗钞》，清同治间刻彭文敬公全集本。

［清］叶廷琯撰：《楸花盦诗》，清《滂喜斋丛书》本。

［清］吴振棫撰：《花宜馆诗钞》，清同治四年刻本。

［清］黄爵滋撰：《仙屏书屋初集》，清道光二十六年翟金生泥活字印本。

［清］赵景淑撰：《延秋阁剩稿》，民国二十年铅印本。

［清］张际亮撰：《思伯子堂诗集》，清同治八年姚濬昌刻本。

［清］何绍基撰：《东洲草堂诗钞》，清同治六年长沙无园刻本。

［清］戴熙撰：《习苦斋诗集》，清同治五年刻本。

［清］孙义钧撰：《好深湛思室诗存》，清同治十二年孙氏刻本。

［清］姚承绪撰：《吴趋访古录》，清道光十九年刻本。

［清］姚燮撰：《复庄诗问》，清道光间姚氏刻大梅山馆集本。

［清］宝鋆撰：《文靖公诗钞》，清光绪三十四年羊城刻本。

［清］张文虎撰：《舒艺室诗存》，清光绪刻本。

［清］周之桢辑：《垂虹诗剩》，民国四年年吴江费氏刻本。

［清］林寿图撰：《黄鹄山人诗初钞》，清光绪六年刻本。

［清］贝青乔撰：《半行庵诗存稿》，清同治五年叶廷琯等刻本。

［清］叶名澧撰：《敦夙好斋诗全集》，清光绪十六年刻本。

［清］彭慰高撰：《仙心阁诗钞》，清光绪三年羊城刻本。

［清］徐鸿谟撰：《蔷卜花馆诗集》，清光绪十一年刻本。

［清］王庆勋撰：《诒安堂诗稿》，清咸丰三年刻五年增修本。

［清］雷浚撰：《道福堂诗草》，稿本。

［清］孙衣言撰：《逊学斋诗钞》，清同治间刻增修本。

［清］许瑶光撰：《雪门诗草》，清同治十三年刻本。

［清］洪昌燕撰：《务时敏斋存稿》，清光绪二十年钱塘洪氏刻本。

［清］吴仰贤撰：《小匏庵诗存》，清光绪四年刻本。

［清］俞樾撰：《春在堂诗编》，清光绪刻春在堂全书本。

［清］林直撰：《壮怀堂诗三集》，清光绪三十一年羊城刻本。

［清］胡凤丹撰：《退补斋诗存二编》，清光绪七年刻本。

［清］翁同龢撰：《瓶庐诗稿》，民国八年邵松年等刻本。

［清］凌泗撰：《莘庐遗诗》，民国三年刻本。

［清］张京度撰：《通隐堂诗存》，清同治六年刻本。

［民国］徐世昌辑：《晚晴簃诗汇》，民国十八年退耕堂刻本。

［民国］费善庆辑：《松陵费氏诗集》，抄本。

［清］聂先、曾王孙辑：《百名家词钞》，清康熙间绿荫堂刻本。

［清］陈维崧撰：《迦陵词全集》，清康熙二十八年刻本。

［清］曹亮武撰：《南耕词》，清康熙间刻本。

［清］顾贞观撰：《弹指词》，清乾隆四十九年刻本。

［清］佟世南辑：《东白堂词选》，清康熙十七年刻本。

［清］洪亮吉撰：《更生斋诗馀》，清嘉庆刻更生斋诗集本。

［清］吴锡麒撰：《有正味斋词集》，清嘉庆十三年刻有正味斋全集增修本。

［清］王昶辑：《国朝词综》，清嘉庆七年王氏刻增修本。

［清］黄燮清辑：《国朝词综续编》，清同治十二年刻本。

［清］李福撰：《花屿读书堂词钞》，清道光二十六年吴县李氏刻本。

［清］顾翰撰：《拜石山房词钞》，清光绪十五年刻本。

［清］张应昌撰：《烟波渔唱》，清同治二年西昌旅舍刻增修本。

［清］张景祁撰：《新蘅词》，清光绪九年百亿梅花仙馆刻本。

［清］张鸣珂撰：《寒松阁词》，清光绪江西书局刻本。

唐圭璋编：《全宋词》，中华书局 1965 年版。

［清］王樑、王藻等纂：《（雍正）平望镇志》，清西郊草堂抄本。

［清］倪师孟、沈彤纂：《（乾隆）吴江县志》，清乾隆十二年刻本。

［清］沈彤、倪师孟纂：《（乾隆）震泽县志》，清乾隆十一年刻本。

［清］翁广平撰：《（道光）平望志》，清道光二十年刻光绪十三年重刻本。

［清］黄兆柽撰：《（光绪）平望续志》，清光绪十四年刻本。

佚名撰：《（民国）震泽县志续》，民国九年年抄本。

平望诗钞

后　记

　　近年来，我一直致力于苏州地方文献的整理工作，在地方古诗的汇集方面，先后编纂出版了《苏州桃花坞诗咏》（山东画报出版社2011年6月版）及《吴中诗钞》（全二册，凤凰出版社2014年12月版）诸书。在此过程中，我阅读了大量的诗歌总集和文人别集，也积累了不少内容关于平望的诗歌，就萌生了编纂《平望诗钞》的想法。

　　此后不久，姜雨婷同志进入了苏州图书馆古籍部工作，成为我的新同事。小姜毕业于南京师范大学古文献专业，相关造诣深厚。巧合的是，她就是土生土长的平望人，现在仍居住于莺脰湖畔，对家乡的文献整理颇具热情，于是我们两人一拍即合，共同进行《平望诗钞》一书的资料搜集工作。

　　机缘还不仅仅如此，几乎与此同时，在苏州历史文化研究会的理事会议上，我又遇到了俞前先生。俞先生是吴江文学艺术界的专家，一直致力于吴江文化的宣传和弘扬，成果丰硕，是我十分尊敬的学者。虽然我们在不同场合能经常遇到，但在这次会议上我才知道俞先生也是平望人，并且对平望有很深入的研究。得知我和小姜正在准备编纂《平望诗钞》一书，俞先生非常支持，并联系了平望镇党委和政府相关领导，拟将该书作为挖掘平望历史文化成果、传承平望历史文化记忆的重要文献，为正在如火如荼进行的平望文化建设添砖加瓦。

　　为了确保质量，在编纂过程中，我们严格把握三方面原则。首先是诗歌的内容必须和平望有关。在平望的历史上，曾编纂过《平望诗拾》及《国朝韭溪诗存》等地方诗歌总集，但所收诗歌的标准侧重于平望籍或寓居平望的诗人之作，其诗歌内容不少和平望无关，无法反映出平望的历史风貌。此次编纂，严格按照内容甄别，诗歌内容无关平望的一概不收。其次是认真考订，有疑问的不收。如平望的莺脰湖为古往今来的著名景点，但过去宁波的鄞县也有湖名莺脰湖，并留下不少关于此湖的诗篇，因此对于相关诗歌一定要注意甄别，以免张冠李戴。最后是精选版本，所选诗歌来源侧重于第一手的文人诗文集，并核对所有入选诗歌的原始出处，有牴牾之处的则以最早出现的版本为准。在编纂过程中，我们发现了清末平望人王光熊所撰的《莺脰湖棹歌》一书，共一百首，例仿朱彝尊《鸳鸯湖棹歌》，记述莺脰湖周边自然风景、人文胜迹、物产风土等，寄托了作者伤今怀古之情，诗中小注皆信而有征，史料价值颇高，因此予以整体收入。另外还把关于平望的词作汇集起来，以《平望词钞》之名附录于后。

经过近两年的紧张努力，《平望诗钞》一书终于脱稿了。本书收录了自唐代到清末四百四十多位作者的八百余首诗作，均与平望密切相关，大体以作者的先后为序。这些诗作在时间上跨越了一千多年，作者阶层广泛，从皇帝到显宦，从著名诗人到一般文士，还有僧人、道士及女诗人。这些作品从不同角度记载了平望的历史和社会变迁，成为我们了解往昔平望的重要桥梁。

平望历代留存的诗篇浩若烟海，由于资料过于分散，为搜集工作带来了很大难度，再加上时间紧迫，本书只能说是做了初步工作，挂一漏万之憾在所难免。由于我们学力有限，在作品的取舍、编排、点校方面想来还存在不少问题，尚望读者批评指正。

在本书的编纂过程中，平望镇党委和政府提供了大力支持，同时也屡次得到俞前先生的指导，在此一并致谢。

孙中旺

丙申荷诞日于姑苏城南湄轩

平望诗钞

249